"태양에 바래면 역사가 되고
월광에 물들면 신화가 된다."

산하 1

이병주

한길사

이병주전집 편집위원

권영민 문학평론가 · 서울대 교수
김상훈 시인 · 민족시가연구소 이사장
김윤식 문학평론가 · 서울대 명예교수
김인환 문학평론가 · 고려대 교수
김종회 문학평론가 · 경희대 교수
이광훈 경향신문 논설위원
이문열 소설가
임헌영 문학평론가 · 중앙대 교수

산하 1권

1부 배신의 일월
서장 | 9
운명의 출발 | 21
날마다 좋은 날 | 167

2권

역사의 고빗길
굴절의 색채

2부 얼룩진 승리
허망한 도주

3권

허허실실
악의의 선풍 1
악의의 선풍 2

4권

명암의 고빗길

3부 승자와 패자
어설픈 막간 1
어설픈 막간 2

5권

별 하나 떨어지고
운명의 고빗길
권력의 희화

6권

4부 배신의 종언
갈수록 산
허상과 실상

7권

얼룩진 무지개
모략의 덫
종장

행간에 묻힌 해방공간의 조명 • 이광훈
작가연보

1부 배신의 일월

서장

일본 천황 히로히토裕仁의 핏기 없는, 그리고 인간 외적인 목소리가 한때 전파를 타고 이 지구를 7,700만 바퀴하고도 일곱 번을 더 돈 적이 있다. 인간이 아니라면서도 인간일 수밖에 없는 사람의 말을 전파가 실어보긴 이 우주가 생긴 이래 처음 있는 일이라고 하는데, 다음은 바로 그 무렵에 있었던 이야기다.

트루먼은 백악관 동쪽의 호화로운 침실에서 고목 같은 팔을 뻗어 부인의 어깨를 가볍게 안았다. 그러고는
"베시! 어쩌면 내가 미국 역대 대통령 가운데 가장 행복한 대통령일는지 모르오."
하고 속삭였다.
"그래요, 해리! 나는 가장 행복한 대통령 부인이구요."
부인은 이렇게 말하면서 인디펜던스에서의 고등학교 시절을 회상했다. 그곳에서 베시는 부유한 집 아들의 구애를 물리치고 가난한 해리의 사랑을 받아들였다. 철이 오면, 학교 뜰에는 재스민이 그윽한 향기와 더불어 만발하고 있었다. 대통령으로서의 화려한 노년이 초라한 청춘

만도 못하다는 것은 어이없는 노릇이다. 부인은 한숨을 죽이고 시든 젖가슴으로 남편의 앙상한 가슴을 비볐다.

스탈린은 그루지야의 장미 뿌리로 만든 마도로스 파이프를 문 채 크렘린 창 너머로 백야를 내다보며 미국 대통령에게 보낼 요구서를 구술하고 있었다.
"일본군이 소련군에게 항복할 지역에 지시마 열도千島列島 전부를 포함시켜야 한다."
그는 선뜻 어떤 상념에 사로잡혀 다음의 문구를 구술했다.
"북해도도 소련군의 관할하에 두어야 한다."
스탈린은 이 요구서를 읽었을 때의 트루먼의 표정을 상상했다. 그가 만일 승낙하기만 하면, 그야말로 자기는 소련에 대한 최대의 봉사자로서 역사에 기록될 수 있을 것이라는 생각에 흥분되었다.
그는 부하린·투하체프스키·키로프·트로츠키 등 자기의 지령으로 학살한 수많은 원령들의 모습을 눈앞에 그려보며 마음속으로 주먹을 휘둘렀다.
"네놈들은 앞으로 어떠한 기록 속에서도 발언권을 되찾지 못할 것이다……."

원스턴 처칠은 이미 조니 워커를 반병 이상이나 마셨는데도 심기가 밝아지지 않았다. 일본의 항복을 대영제국의 수상으로서 맞이하지 못했다는 것이 아무래도 서운했다. 그 어려운 시대, 영국을 영도한 자기를 국민들이 투표로써 배신할 줄은 꿈에도 몰랐다. 이미 동구라파에서 스탈린은 장난을 하기 시작했고, 극동에서도 그 음흉한 속셈을 드러내

려고 하는 판인데,

'그를 견제할 수 있는 유일한 인물인 내가 지도권을 빼앗기고 말았으니 이게 될 말이냐.'

고 외치고 싶은 심정이었다. 루스벨트의 사망이 또 다른 기분으로 섭섭하기도 했다.

"그러나 두고 봐라. 나는 다시 한 번 수상직을 맡고 말 테니까. 전쟁에서의 승리가 대영제국의 몰락과 통하게 된 이런 정세를 그냥 두고 정계에서 은퇴할 수는 없다……."

드골은 위대한 프랑스를 만들기 위한 구상에 열중하고 있었다. 그러나 각파 정객들의 의사를 통일힐 빙도는 묘연했다. 구네타도 불사해야 한다는 심복들의 얼굴과 열띤 주장이 뇌리를 스쳤다. 그러나

"위대한 프랑스도 민주주의 없인 불가능하다. 먼저 우리는 민주주의를 가꾸어야 한다. 위대한 프랑스를 위한 나의 구상도 프랑스에 민주주의를 가꾸기 위해선 희생시켜야 할지 모른다. 국민의 절대다수의 동의 없인 나는 손끝 하나 움직이지 않을 것이다. 그 동의를 얻기 위한 민주적 절차는 어떤 명분과 목적으로도 무시될 수 없고 뛰어넘을 수도 없다. 어제 우리가 타도한 히틀러의 수법과 조금이라도 닮은 수단과 방법은 일절 배제하는 길만이 우리를 진정한 승리로 이끌 것이다."

하고 언제나 되풀이하던 소신을 바꿀 생각은 추호도 없었다.

'키가 크면 슬픔도 또한 크다.'

작가 앙드레 말로는 묻지도 않고 듣지도 않아도 서재의 한구석에 앉아 드골의 심중에 전개되고 있는 드라마를 읽고 있었다.

아직도 동굴 신세를 면하지 못하고 있는 모택동은 '전쟁은 지금부터'라는 메시지를 준비하면서 10년 전에 있었던 서안사건西安事件을 특히 상기하고 있었다.

"미국의 힘을 빌려 일본을 대륙에서 내쫓기 위해서는 장개석을 살려보내야 한다. 장개석을 없애는 일은 일본군을 쫓고 난 후에 할 일이다. 마지막의 승리를 위해선 일시적인 감정은 참아야 한다. 원수는 철저하게 그리고 의미와 보람이 있게 갚아야 한다. 지금 장개석을 죽이면 원수를 갚았다는 일시적인 만족은 있을지 모르나 궁극의 승리를 어렵게 하는 원인이 된다. 장개석을 돌려보내라!"

동지들의 반대를 무릅쓰고 이와 같이 한 자기의 결정이 오늘의 기회를 만들었다는 자부가 그의 입 언저리에 엷은 미소를 그리게 했다. 장개석으로서는 이건 분명히 악마의 미소를 닮은 것이었는데도, 그 악마의 미소를 상상하지 못한 바는 아니었는데도, '십년항전 조국광복'十年抗戰 祖國光復이라고 대서한 송문松門을 거리마다 세우고 그 송문 각각에 커다란 자기의 초상화를 걸고 환호성을 올리는 군중의 기쁨에 도취해서 비극의 발소리가 문전에까지 들려오고 있다는 사실을 깜박 잊고 있었던 것이다.

네루·호치민·우누·수카르노·세크 투레·은크루마·케냐타 등은 각기 나라의 독립을 위해 지모를 총동원하기 시작했다. 김구와 이승만이 가장 순수한 심정으로 겨레와 조국을 사랑한 것도 바로 이 순간이 아니었을까 한다.

수백만 병사들은 '살아남았다'는 느낌으로 한숨을 쉬었다. 포성은 멎고 하늘은 본래의 빛깔을 찾았는데, 그 하늘 아래 중국의 상숙常熟에

서 한국의 청년 이병주는

'전쟁에서는 이긴 나라도 진 나라도 없다. 이긴 사람이 있고 진 사람이 있을 뿐이다. 전쟁에서 살아남은 사람은 이긴 사람이며, 죽어 없어진 사람은 비록 그가 미국인이건 영국인이건 중국인이건 소련인이건 패배한 사람.'
이라는 사상을 익히고 있었다.

전쟁소설을 쓰기 위해 전쟁에 참가한 노먼 메일러는 장차 『나자裸者와 사자死者』라는 명작으로 나타나게 될 작품의 단편적인 초고를 읽어보고는 전쟁소설은 필경 불가능한 것이라고 느껴 장탄식을 했다.

한 토막의 전투를 그리기 위해서도 사람은 전사를 해야 하고 동시에 살아남아야 한다. 1초의 몇만 분의 1.1밀리미터의 억시 몇만 분의 1을 미분하는 테크닉을 지녀야 하며, 무한한 우연과 단호한 필연을 골고루 마스터하는 신통력을 지녀야 하며, 인과의 연쇄를 지구생성의 그때까지 거슬러 찾고 지구멸망의 미래까지 추구할 수 있는 불사의 직관력을 갖추어야 하며, 일광·월광·성광은 물론이고 반딧불에 이르는 조명력을 합쳐야만 겨우 전쟁소설은 가능할지 모른다고 할 때, 메일러는 검은빛과 붉은빛으로만 된 자기의 초고를 누런빛의 액체에 담갔다가 오랜 시간 햇볕에 바래서 겨우 하나의 패러디를 만들 수밖에 없다고 판단했다.

A. G. 녹크는 이때부터 제2차 세계대전 중 희생된 생명의 숫자를 헤아려보기 시작했다고 하는데, 사람을 죽이긴 쉬워도 헤아리기란 어렵다는 생각과 전쟁은 아직 끝나지 않았다는 생각에 사로잡혀 전쟁 희생자의 정확한 숫자는 7,000만에서 8,000만 명 사이일 것이라고 발표하곤 그 작업을 포기해버렸다. 7,000만이건 8,000만이건 30억 인구 가운

데 겨우 3퍼센트를 차지하는 숫자다. 하지만 끝나고 보니 전쟁은 결국 그 7,000만인가 하는 사람을 죽여 없애기 위한 광분이었다는 뜻만 뚜렷이 남고 말았다.

히로히토의 방송이 사자들의 귀에까지는 들리지 않았다는 것은 살아남은 사람을 위해서 지극히 다행한 일이 아닐 수 없다.

한반도의 산하는 해방이란 뜻으로 일본 천황의 방송을 받아들였다. 그때 조국의 산하가 어떤 표정을 지었는지는 겨레 삼천만의 가슴마다 나름대로의 모양과 빛깔로 새겨졌을 것이지만, 아쉽게 요절한 우리의 작가 심훈沈熏의 말 그대로 '그날'이 왔으니 삼각산을 비롯한 모든 산이 두둥실 춤을 추고 한강을 비롯한 모든 강물이 기쁨에 겨워 소리 높이 노래했을 것은 자명한 일이다.

그러나 삼각산이 춤을 추든 낙동강이 노랫가락을 부르든 우리의 이종문李鍾文이 알 바가 아니었다. 그날 이종문은 이웃 마을의 구석진 방에 끼리들과 모여 앉아 걷어붙인 팔뚝으로 연신 흐르는 구슬땀을 훔치면서 투전에 자기의 운명을 걸고 있었다.

어젯밤 하마터면 그는 돼지 판 돈 15원을 몽땅 날려 빈털터리가 될 뻔했다. 실상 실낱 요행줄을 타고 새벽까지 겨우 끝전을 지탱해왔는데 아침나절에 이르러 간신히 본전으로 돌아설 수가 있었고, 정오 무렵이 되면서부터 차츰 운이 트이기 시작했다. 그리고 밤참으로 막걸리 두어 사발을 켜고 난 뒤부터 노름꾼 문자 그대로 왕운王運이 돋았다. 별반 속임수를 쓴 것도 아닌데 끗발이 마음먹는 대로 나왔다. 상대방이 3땅을 잡으면 이편에선 4땅을 잡고, 상대방이 7땅을 잡으면 이편엔 8땅이 솟았다. 그러다 보니 동이 틀 무렵에는 판에 있던 다섯 사람의 돈이 모두 이종문의 돈이 되어버렸다. 상대들은 모두 입도선매로 노름 밑천을 구한 사정이고 보니 다시 돈을 마련할 방도를 잃고 있었다.

"금년 농사는 헛농사가 됐네."

유근칠이 처량한 한마디를 뱉고 하품을 했다.

"누군 안 그렇고?"

주도성이 피시시 드러누우며 한숨에 하품을 겹쳤다.

이종문이 밉살스럽게도 점잖은 태도로,

"음지가 양지 될 날도 안 있겠나."

하며 돈을 호주머니에 쑤셔 넣고 있는데, 끝까지 버틴 정진갑이

"제에미 운수에 옴이 올랐나."

하고 투덜대다가 담배기루밖엔 나오지 않는 호주머니를 다시 털어보고 앉은 자리를 이곳저곳 뒤져보고 하더니,

"지성이면 감천이라더니."

하고 구겨진 1원짜리 한 장을 찾아냈다. 그리고 종문을 노려보고 말했다.

"자, 또 시작이다."

내키지는 않았지만 하는 수가 없다. 승자는 언제나 패자의 도전을 받아주어야 하는 게 노름판의 관례다. 종문은 투전을 섞었다. 진갑이 썰었다. 피차 다섯 장씩 나눠 가졌다. 진갑이 투전장을 집어들자마자,

"심심새로 지었겠다."

하고 334의 순서로 투전장을 방바닥에 깔아놓고는 나머지 두 장을 쪼았다.

"이크, 이게 웬말이고. 어디 갔다 인자 왔소. 계룡산 정 도령이 나왔고나."

하며 9땡을 내보이곤 판돈을 검으려고 했다.

"그 손 비끼지."

이종문이 점잖게 말하고는 자기의 투전장을 가지런히 방바닥에 깔았다.

"눈을 떠도 보일 끼고 눈을 감아도 보일 끼다. 콩콩팥에 장땡이."

아니나 다를까. 118로 짓고 10자가 두 장 나란히 놓인 게 무슨 마력의 부첩符牒과도 같다.

"우찌 된 기고?"

보고 있던 유근칠이 한숨을 쉬었다.

"너 속있제?"

정진갑이 탁 가라앉은 소리로 말했다.

"속여? 누가 누굴? 안 본 소린 하지도 마라."

이종문이 구겨진 1원짜리 두 장을 집어들고 구김살을 얌전히 펴 이미 불룩해 있는 호주머니 속에 집어넣었다.

"아무래도 속였어."

정진갑이 와들와들 떨었다.

"나는 임마, 천하가 다 아는 노름꾼이긴 해도 도둑놈은 아니다."

"가만있어."

정진갑이 방바닥에 깔린 투전 묶음을 집어들더니 장수를 헤아리기 시작했다. 그러고는 고함을 질렀다.

"한 장이 없네."

유근칠·주도성·문병완이 모두 한꺼번에 몸을 일으켰다.

"한 장이 없으몬 그게 내 탓이란 말이가?"

이종문이 쏘았다.

"임마, 이 투전에 들어오곤 계속 네가 오야를 안 했나. 그렇게 네 탓이지 누구 탓이고."

정진갑이 다부지게 덤볐다.

"자세히 세어봐, 나는 모르는 일잉께."

이종문이 침착하게 말했다.

"내가 인자 안 세봤나. 임마, 돈 내놔라. 이때까지 한 것 전부 무효다."

"뭐라캤나?"

"돈 내놓으라캤다."

"임마, 내가 이때까지 장난을 했나?"

이종문이 버럭 고함을 질렀다.

"장난이 아닌께 내놓으라 안쿠나."

정진갑도 지지 않았다.

무효라는 말이 돈 잃은 사람들에게 솔깃하지 않을 리 없다.

"참말로 속임수를 한기몬 돈을 내놔야지."

유근칠이 정진갑을 거들고 나섰다.

"이놈의 자석들이 미쳤나? 환장을 했나?"

이종문이 방 안을 둘러보며 내뱉었다.

"미쳤다, 환장을 했다!"

정진갑이 외쳤다.

"1년 내내 지은 농사가 헛농사가 됐는데 환장 안 할 놈 있나."

유근칠의 말이다.

"그런 미친놈들 나는 상대 않겠다."

이종문이 이렇게 말하고 일어서려는데 정진갑이 종문의 중의 가랑이를 잡아끌었다. 그 바람에 이종문의 궁둥이가 반쯤 드러났다. 이른바 팬티라는 걸 그는 입고 있지 않았던 것이다.

"이놈의 자석이 남의 옷을 벗길라쿠나, 왜 이러노."

이종문이 정진갑의 손을 홱 뿌리치며 고함을 지르곤 허리끈을 졸라맸다.

"중우만 벗길 줄 아나, 이놈아. 돈 안 내놓으면 꽉대기를 홀랑 벗겨버릴 끼다."

정진갑은 약이 오를 대로 올라 있었다.

"흥, 임마. 내 손은 굉일 한다더냐."

하고 이종문은 몸을 재빨리 돌려 방문을 차고 밖으로 뛰어나갔다. 사립문을 열려고 할 때 뒤쫓아온 정진갑·유근칠·주도성이 이종문의 어깨·허리·다리를 잡았다. 난투는 그때부터 시작되었다.

사방에서 덤비는 놈들을 치고 차고 뿌리치고 밀고 하면서 이종문은 언젠가도 이런 싸움 끝에 주재소에 붙들려가서 딴 돈을 모조리 토해냈을 뿐 아니라, 사카키란 일본놈 순사부장에게 호되게 얻어맞은 기억을 새롭게 했다. 동이 틀락말락할 시각이어서 사람들이 모여들지 않는 것은 다행이지만 싸움이 길어지면 그만큼 위험하게 된다. 이종문의 완력으로 그따위 몇 놈 감당하긴 어렵지 않았지만 문제는 싸움에 이기는 데 있는 것이 아니고, 딴 돈을 가지고 고스란히 도망치는 데 있는 것이다. 사카키에게 다시 붙들리면 이번엔 영락없이 콩밥을 먹을 것이다, 생각을 하니 한시가 급한 심정이 되었다. 이종문은 정진갑의 면상을 박치기로 조져놓고, 유근칠은 아랫배를 차서 뒹굴려놓고, 주도성과 문병완은 사정없이 휘둘러 쓰러뜨리고는, 사립문을 차고 이제야 동이 트기 시작한 들길을 지나 자기 마을을 향해 뛰었다.

산모퉁이를 돌며 뒤돌아보니 따라오는 기색은 없었다. 이종문은 거기서 한숨 돌리고 시냇가에서 손가락으로 양치질을 하곤 동리의 골목에 들어섰다.

'그만큼 당했으면 겁이 나서라도 집에까지 찾아오지야 않겠지.'

노름꾼은 노름판에서는 싸움을 해도 그 싸움을 집에까지 파급시키지는 않는다. 뿐만 아니라 노름 끝의 싸움은 금세 잊게 마련이기도 했다. 어제 싸웠다가 오늘 만나면 다시 희희낙락하며 투전장을 나눠가지게 된다.

어쨌든 다행이었다. 15원을 밑천으로 400여 원을 벌었으니 말이다. 이종문은 노름 밑천으로 돈 100원을 남기고 나머지로 밭을 두어 마지기 사 보태야겠다고 마음을 먹었다. 마음이 한결 가벼웠다. 그러나 자기 집 사립문 앞에 섰을 때는 연방 하품을 했다. 사흘 밤, 사흘 낮을 자는 둥 마는 둥 노름판에 골몰했으니, 게디가 육박전까지 벌였으니 지칠 만도 했다.

사립문을 열고 들어서자 이제 막 잠에서 깨어난 듯한 아내가 열어젖뜨린 방문으로 얼굴을 내밀며 기도 안 찬다는 투로 중얼거렸다.

"당신도 사람이오?"

"사람이 아니몬 뭣고?"

"그래, 그 돼지 판 돈을 가지고 노름판에 가는 사람이 사람이란 말요?"

"걱정 마라. 돈은 날리지 안 했응께."

그 말에 마음이 놓이기는 했으나 그렇다고 해서 감정이 풀릴 까닭은 없다. 종문의 아내는 노름꾼의 아내 된 팔자를 한탄했다. 그러나 언제나 360일을 염불처럼 외는 아내의 팔자타령에 신경을 쓸 이종문은 아니다. 오히려 이종문은 자기에게 노름하는 기술이나마 없었더라면 모두 비렁뱅이가 됐을 것이라는 반론을 가지고 있기까지 했다.

사실 이종문은 살림을 날리는 노름꾼과는 종류가 달랐다. 초가삼간 마련한 것도, 아홉 마지기의 논·일곱 두락의 밭을 갖게 된 것도 모두 노름한 덕택이다. 거나하게 한잔 취하면 이종문이 아내에게 손가락을 펴 보이며 자랑을 한다.

"이 손이 옥손이란 말이다. 돈을 만들어내는 재주에다 여편네 질겁 게 하는 기술에다……."

그러나 오늘은 지친 바람에 농담할 겨를도 없다.

"자, 여깄어."

종문은 호기 있게 10원짜리 두 장을 꺼내 마룻바닥에 날려놓곤,

"돼지는 15원에 팔았다. 나는 좀 자야겠구만."

하고 방으로 들어갔다.

"미쳐도 예사로 미친 기 아니지. 아이구, 내 팔자야."

아내의 중얼거리는 소리를 등 뒤로 들으며 이종문은 돈이 든 삼베조 끼를 벗어 둘둘 말아 베개 밑에 깔고는

"사서삼경을 다 읽어도 '누울 와' 자가 제일이라쿠더라."

하며 벌렁 드러누웠다. 아내는 계속 중얼거리고 있었다.

"해방이 되었다고 동네가 온통 야단인디 노름판에 처박혀 있었다 쿠니……."

"해방이고 달방이고……."

채 말끝도 맺지 못하고 종문은 쿨쿨 코를 골기 시작했다. 노름꾼 이 종문이 '해방'이란 귀에 익지 않은 말의 뜻을 알아차렸을 까닭이 없다. 그저 건성으로 아내의 말투를 받아 중얼거리다가 잠에 빠져든 것이다.

운명의 출발

1

 실컷 잤다는 기분이었다. 깨이보니 온 몸뚱이가 땀무성이다. 햇볕이 방에까지 기어들고 있었다. 서향집이라서 오후만 되면 햇볕이 들어온다.
 점심때도 꽤나 지난 모양이다. 부스스 일어나 앉아 담배를 피워 물었다. 어디에선가 꽹과리 치는 소리가 들려왔다.
 '누구 집에서 무당을 데려다가 굿을 하나?'
했는데 무당의 굿과는 달랐다. 젊은 환성, 만세 소리 같은 게 간혹 섞였기 때문이다.
 "미친놈들이 한더위에 꽹과리를 치고 왜 야단들이고."
 종문은 한 번 혀를 차고는 마루로 나왔다. 아내는 감나무 그늘에 평상을 내놓고 앉아 삼을 삼고 있었다.
 "점심 좀 묵자."
 아내는 밥상을 감나무 그늘 평상 위에 갖다놓았다.
 종문은 보리밥을 찬물에 말아 입에 퍼넣고 풋고추를 된장에 찍어 툭

깨물었다. 짜릿한 매움이 입 안에 꽉 찼다. 얼른 다음 술을 퍼넣고 꿀꺽 삼켰다. 꽹과리 소리는 여전히 계속되고 있었다.

"미친놈들, 이 더위에 꽹과리는 왜 치고 야단들이고?"

종문이 우물우물 밥을 씹으며 중얼거렸다.

"해방되었다고 그러는 것 아닝교."

"해방? 해방이 뭣고?"

"일본놈들이 손을 들었당께요."

"뭣이?"

숟가락을 입에 대다가 말고 종문이 아내를 지켜보며 되물었다.

"일본놈들이 손을 들어?"

"그렇당께요. 창이와 맹이도 매구 치는 판에 갔소. 온 동네가 그래서 야단이랑께요. 당신은 그것도 몰랐소?"

종문은 어안이 벙벙했다. 일본놈이 손을 들다니, 그런 일이 있을 까닭이 없지 않은가. 바로 며칠 전만 하더라도 높은 사람이 경성으로부터 와서

"일본은 꼭 이기고야 만다."

고 연설을 하지 않았던가. 도무지 믿기지 않는 일이다.

"이거 안 되겠다. 나도 나가봐야지."

종문은 말아놓은 밥을 씹는 둥 마는 둥 목구멍으로 흘려넣고 허겁지겁 사립문을 빠져나갔다.

꽹과리 소리는 동리 앞 타작마당에서 울려오고 있었다. 돌부리에 채여 몇 번인가 넘어질 듯하다가 동리 앞에 다다랐다. 정자나무 근처에 남녀노소가 모여 젊은애들이 신나게 꽹과리를 치는 광경을 보고 있었다. 한창 김매기에 바쁜 때인데도 들에는 사람의 그림자도 보이지 않았

다. 이웃 마을 쪽도 마찬가지였다.

"일본놈이 손을 들었다면서요."

하고 종문이 송 노인 곁에 앉았다.

"허허, 이 사람. 자넨 그것도 몰랐는가? 어제 일본 천황이 항복한다는 방송을 했는디."

"어제요? 언제쯤요?"

무안을 가누느라고 종문이 되물었다.

"점심때쯤이지."

이종문은 자기의 노름 끗발이 그때쯤부터 한창 나기 시작했다는 생각을 했다. 종문이 다시 물었다.

"그라몬 우찌 되는 깁니꺼?"

"우찌 되긴 우찌 돼. 일본놈들은 가고 우리나라는 독립이 되는 기지."

"독립이 되는가요?"

"되고말고."

독립이 되면 어떻게 되는 건지, 독립이란 도대체 어떤 것인지, 노름꾼 이종문의 머리로는 도무지 갈피를 잡을 수가 없었다.

"그럼 왕이 생기겠네요?"

"아무렴 왕이 있어야지."

"누가 왕이 될까요?"

"거 와 안 있나, 이왕李王의 아들이. 그분이 왕이 되겠지."

이종문은 조금 납득이 갔다. 이왕의 아들이 일본에 볼모로 잡혀 있다는 소식을 종문도 들어서 알고 있었기 때문이다. 볼모로 잡혀 있던 사람이 왕이 되면 백성들의 딱한 사정을 잘 알아줄 것이라는 생각이 들기도 했다. 그러나 그보다 더 궁금한 게 있었다.

"일본놈이 간다몬 주재소의 사카키 부장도 가겠네요."

"그놈들이 맨 먼첨 가야 될걸."

이렇게 말하는 송 노인의 표정은 흐뭇했다. 종문은 노름을 하다가 들켜 그 사카키란 놈한테 혼난 일을 생각했다. 그놈이 없어진다고 생각하니 마음이 들뜨기 시작했다. 지금부터는 외고 펴고 노름을 할 수 있겠거니 싶으니 신이 나기 시작했다. 그러나 그런 내색을 송 노인 앞에 나타내뵐 수는 없다.

"그라몬 규택이도 돌아오겠십니더?"

규택이란 송 노인의 막내아들인데 지원병으로 끌려나갔다.

"규택이뿐이가. 강덕호 아들도, 길진섭 아들도 다 돌아올 끼다. 그동안에 아무 탈이 없어야 할 낀디."

송 노인은 약간 불안한 투로 말했다.

"탈은 없을 깁니더. 지금까지도 무사했는디."

"우리 남창 마을은 운이 좋은께. 징병에 가고 징용에 나가도 한 사람도 험한 꼴을 안 봤으니 걱정할 것까진 없다만 어디 마음을 놓을 수가 있나."

송 노인의 말마따나 낙동강 지류를 바라보고 동산東山 기슭에 자리 잡은 80호 남짓한 마을은 윤택한 생활은 못할망정 험한 꼴은 당하지 않았다.

"잘될 깁니더. 마음 푹 놓으십시오."

이종문은 무슨 영감이나 받은 것처럼 이렇게 말하고 벌떡 일어나 꽹과리 판으로 뛰어들더니 덩실덩실 춤을 추기 시작했다. 괜히, 그렇다. 괜히 신바람이 나는 것을 어떻게 할 수가 없었다. 꽹과리를 치고 있던 아들놈 창이가 이종문이 춤추는 것을 보고 싱긋 웃었다. 그러자 종문이

'술을 사야겠다.'
는 생각을 했다.

종문이 창이 곁으로 가서 꽹과리를 뺏아쥐고 다른 손으로 호주머니를 뒤져 10원짜리 한 장을 꺼내주며 일렀다.

"이걸 갖고 술을 살 수 있을 만큼 사오니라."

창이는 아버지의 말뜻을 금방 알아차리고 친구 하나를 꼬이더니 꽹과리 판을 빠져 들길을 달리기 시작했다.

해질 무렵, 정자나무 아래 타작마당에서는 일대 잔치가 벌어졌다. 종문이 산 술이 쏟아져나왔고, 어느 집은 돼지를 잡고 어느 집은 닭을 쪄서 보냈다. 온 동리가 각기 능력껏 음식을 마련해서 축제에 참석하게 된 것이다.

"이런 날을 볼 줄 누가 알았겠나, 오래 살고 볼 끼다."

평생을 과부로 늙은 할머니는 이렇게 되풀이하면서 눈물을 흘렸다. 남편이 의병이었다는 그 할머니는 유복자 하나를 데리고 뜬소문 하나 없이 알뜰하게 살아온 경력의 주인이다.

내일이라도 하늘에서 쌀이 쏟아져내릴 것 같은 기분이었다. 내일이라도 땅에서 황금이 솟아오를 것 같은 기분이었다. 이종문은

"술이 모자라면 또 있어예."

하고 빈 항아리를 채우고 돌아서는 길진섭의 며느리를 보고 속으로 웃었다.

'생과부 면한다 싶은께 되게 기분 좋은가배.'

아닌 게 아니라 누구보다도 남편을 전쟁터에 내보낸 아낙네의 기쁨이 제일일 것이었다.

배불리 먹고 취하고 난 뒤 할 일은 꽹과리를 치고 춤을 추는 일밖에

없다. 타작마당은 다시 한 번 광무의 도가니가 되었다. 이윽고 남녀노소가 한덩어리가 되어 '에기나 칭칭 나아네'의 춤과 노래로 옮아갔다. 이렇게 되면 그 선창을 먹이는 사람은 이종문을 빼놓고는 있을 수가 없다. 일자무식인, 낫 놓고 기역 자도 모르는 이종문이 '에기나 칭칭 나아네'의 선창만 맡으면 출출문장出出文章이고 구구시천口口詩泉이다.

이종문이 징을 받아들고 쿵 한 번 울려놓곤,

"술령수."

하고 목청을 뽑았다.

"어어이."

하며 군중이 받았다. 종문이 다시 천천히 목청을 뽑았다.

"에기나 칭칭 나아네"

남녀노소가 일제히 창화했다.

"에기나 칭칭 나아네"

"하늘에는 별도 많고"

"에기나 칭칭 나아네"

"우리네 가슴엔 수심도 많더니"

"에기나 칭칭 나아네"

"질겁고나 기쁘고나"

"에기나 칭칭 나아네"

"낙동강에 굽이굽이"

"에기나 칭칭 나아네"

"웃음 물결 흐르누나"

"에기나 칭칭 나아네"

"김해 들에 너틀너틀"

"에기나 칭칭 나아네"
"웃음꽃이 피었구나"
"에기나 칭칭 나아네"
"송규택이 돌아온다"
"에기나 칭칭 나아네"
"강신중이 돌아온다"
"에기나 칭칭 나아네"
"길창호도 돌아온다"
"에기나 칭칭 나아네"
"우리 형제 모두모두"
"에기나 칭칭 나아네"
"먼 길에서 돌아온다"
"에기나 칭칭 나아네"
"이역만리 먼 곳에서"
"에기나 칭칭 나아네"
"구름 안고 돌아온다"
"에기나 칭칭 나아네"
"웃음 안고 돌아온다"
"에기나 칭칭 나아네"
"희망 안고 돌아온다"
"에기나 칭칭 나아네"
"우리 모두 힘을 모아"
"에기나 칭칭 나아네"
"금수강산 꽃 피우세"

"에기나 칭칭 나아네"
"나라 독립 만세 하세"
"에기나 칭칭 나아네"
"우리 임금 받들고서"
"에기나 칭칭 나아네"
"천년 만년 살아보세"
"에기나 칭칭 나아네"
"조상님들 들어보소"
"에기나 칭칭 나아네"
"영웅 궐사 들어보소"
"에기나 칭칭 나아네"
"우리나라 찾았다오"
"에기나 칭칭 나아네"
"삼천리 강산을 찾았다오"
"에기나 칭칭 나아네"
……

 종문이 웃으며 울고, 울면서 웃으며 땀과 눈물이 뒤범벅이 된 꼴로 다음다음으로 사설을 선창하면 동리의 남녀노소도 눈물과 땀이 뒤범벅이 된 꼴로 한결같이 창화하는데, 양력 8월 16일 음력 7월 9일의 달이 구름 한 점 없는 중천에서 다소곳이 옆얼굴을 보인 미녀의 모습으로 향긋한 미소를 보내고 있었다.
 술에 취하고 감격에 취해 언제 집으로 돌아와 누웠는지 모른다. 아침에 눈을 떠보니 아내도 아이들도 보이지 않았다. 아마 논에나 밭에 나갔겠지, 짐작하고 마루로 나왔다. 종문은 어젯밤의 감격을 회상하며 허허한 하늘을 쳐다봤다. 오늘도 구름 한 점 없는 맑은 날씨다.

'오늘에라도 동네 사람들이 모여 회의를 한다쿠던데.'

어젯밤 동리 어른들이 주고받던 말이 생각났다. 세수를 하고 도로 마루에 걸터앉았다. 마루 한구석에 차려놓은 밥상이 눈에 띄었다. 종문은 밥상의 상보를 벗겨보았다. 호박나물과 가지나물이 먹음직스럽고 밥에는 쌀이 많이 섞여 있었다. 게다가 군 간갈치 한 토막으로 밥상은 제법 짜임새가 있었다. 종문은 미역냉국을 한 모금 마시고 숟가락을 들었다.

사립문에 살짝 비친 듯싶은 것이 공두팔인 것 같았다. 공두팔은 주로 노름꾼들 연락을 해주고 개평으로 먹고사는 친구다. 종문이 사립문을 향해 소리를 높였다.

"두팔이 들어오게. 아무도 없응께."

두팔이 두리번거리며 뜨락에 들어섰다.

"아무도 없다쿤께."

지레 겁을 먹고 있는 두팔의 몰골이 우스워 종문이 말했다. 두팔은 종문의 아내를 만날까봐 겁을 내고 있는 것이다. 종문의 아내는 남편에게는 꿈쩍도 못하면서 노름 연락을 하는 두팔에게는 사정없이 덤비는 여자다.

"건넛마을 채문식이가 오늘 좀 보자쿠더라."

두팔이 속삭이듯 말했다.

"그놈의 자석, 돈내를 맡았구나."

종문이 너털웃음을 웃었다. 채문식은 이 근처에서는 소문난 노름꾼이다. 남창엔 이종문, 서창 마을엔 채문식 하면 그런 사회에서는 모두들 알아준다.

"우짤래, 올 끼가?"

두팔인 마음이 바쁜 모양이다.

"가께. 그런데 정진갑이헌테도 연락했나?"

"진갑인 아프다고 꿍꿍 앓고 있더라."

"많이 아픈 것 같더나?"

이종문은 약간 불안해졌다.

"저녁때쯤은 일어나겄다쿠더라."

"그놈의 자석, 덤비길래 한 대 갈겨줬더니 그 모양이다. 하룻강아지 범 무서운 줄도 모르고……."

"사람을 때리면 되나. 넌 손버릇이 나빠 큰일이다."

"사자 꼬리는 안 밟는 법이여. 가만있는 놈을 내가 때렸겠나? 그런디 어디서 한다쿠대?"

"칠보 영감 집으로 오라쿠더라."

"건 주막집 아니가."

"해방이 됐는데 뭐, 순사 겁낼 것도 없고……. 칠보 영감이 오늘 개 잡는다쿠더라. 개고기 묵으면서 하자쿠는 거 아니가."

"됐다, 가께."

"그라몬 기다리께."

두팔을 보내놓고 밥을 마저 먹었다.

'밑천을 얼마쯤 가져갈까, 50원? 30원?'

나머지 돈은 여편네가 모르는 곳에 숨겨놓고 가야겠다는 생각과 함께 이번에도 몽땅 따서 한재산을 만들어야겠다는 용맹이 생겼다.

'사카키란 놈도 맥을 못 출 거니까 싸움이 벌어져봤자 걱정 없고……. 속임수를 멋지게 써야지.'

하다가 선뜻 해방과 독립이라는 사실에 마음이 미쳤다.

'해방하고 독립도 될 끼라쿠는데 계속 노름판으로 돌아댕기도 될까.'
이어 그는 그저께, 말하자면 해방이 된 그날 바로 그 시간부터 자기의 노름 끗발이 나기 시작했다는 사실을 상기했다. 그것이 운명의 지시가 아닐까, 하는 생각이 들었다. 운명의 지시라면 그것은 계속 노름을 하라는 뜻일까, 앞으로는 노름을 하지 말라는 뜻일까. 이렇게 생각할 수도 있고 저렇게 생각할 수도 있다.

'노름을 하지 말아야 한다고 치면 나는 앞으로 뭣을 해야 하나. 농사만 지어 묵고 살아야 되나. 그건 안 되것고…….'

그러자 노름판으로 갈 것이 아니라 서울로 가봤으면 하는 엉뚱한 생각이 일었다.

'서울 가면 혹시 할 일이 생길는지 모른다.'
하는 마음과 함께,

'독립이 된다쿠는데 서울 구경 한번 못했대서야 말이 되나.'
하는 생각이 어울렸다. 어떻게든 서울에 가기만 하면 기막힌 운수가 기다리고 있을지 몰랐다. 다행히 노자는 톡톡히 있었다.

아내가 밭에서 돌아오는 모양으로 푸성귀를 담뿍 이고 들어왔다.

"동사 앞에 동네 어른들이 많이 모였든데 당신은 안 가보요?"
푸성귀를 평상 앞에 내려놓으며 아내가 한 말이다.

"오라는 소리도 없는데 내가 거기 뭐 할라꼬 가?"

말을 해놓고 보니 일종의 노여움 같은 것이 끓어올랐다. 자기를 무식한 노름꾼으로 치고 동리 어른들이 회의에서 자기를 빼놓은 게 분명했기 때문이다. 그러나 노여움은 자기를 무시한 동리 어른들에게보다 오히려 자기 자신에 대한 것이었다. 공두팔이 아침에 그 동사 앞을 오고 갔을 것이고, 어른들이 두팔을 보고 자기를 생각했을 것이고, 그래 오늘도 노름을 하러 갈 놈이라고 점을 찍고 말았을 것이란 짐작이 또렷또렷 들었다.
"내 오늘 서울 갈란다."
종문이 뚜벅 말했다.
"서울요? 밑도 끝도 없이 서울엔 왜 갈라쿠요?"
아내는 어이없다는 표정으로 말했다.
"말은 제주도로 보내고 사내는 서울로 보내란 말이 안 있나."
"흥, 노름판에 갈라꼬 엉뚱하게 둘러대는 거 아니고? 아까 밭에서 본께 두팔이 놈이 오더니만."
"무슨 말을 그리하노. 독립이 될 끼라는디 노름을 해? 우리도 인자부터 떵떵 울리고 살아야재. 내로라하고 살아봐야재. 그래 서울로 갈라쿠는 기다."
"서울만 가면 질에 돈이 깔렸답디까? 무식한 사람이 서울 가서 뭣 할 끼요? 작기 묵고 가는 똥이나 싸지."
"새 세상이 안 오나. 그 새 세상 마중할라꼬 간단 말이야."
"새 세상이면 무식쟁이가 별수 있을 끼라 캅디까. 우떤 세상이라도 무식꾼에게 줄 벼슬은 없다 캅디다."
"제엔장, 우떤 놈은 나면서부터 유식했나? 우떤 놈이라도 배우면 되는 기지. 하여튼 나는 서울 가고 말껭게."
그리고 한 시간쯤 뒤, 이종문은 모시로 만든 탱크 바지에 국방색 상의를 입고, 파나마 모자를 쓰고, 손엔 낡고 조그만 트렁크를 들고는 정거장을 향해 들길을 걷고 있었다. 이종문이 만일 유식했더라면 그때 자기의 가슴속에서 '청운의 뜻'이라는 글귀를 발견했을 것이다.

2

삼랑진에서 서울 가는 기차를 탔다. 탄 것이 아니라 멧돼지처럼 밀고 들어섰다. 푹푹 찌는 떡시루 같은 찻간에 사람들은 짐짝처럼 차곡차곡 실렸는데 들리는 말이라야 아우성뿐이다.

"사람 좀 삽시다아."

"제발 그만 미소."

"뒤에서 미는데 우짤 기요."

"콩나물도 사는데 참읍시다아."

"아, 아퍼. 사람 발 좀 밟지 마소."

"밟히는 데 놓시 마소."

"아아……."

"아아……."

그런데 모두들 성을 낼 때도 웃는 낯이고, 비난하는 말에도 가시가 없다. 아우성 사이에 이런 말도 섞였다.

"사다오야, 보오야 나까시 하지 말레이."(사다오야 어린애 울리지 말아라.)

"아게한 니모쓰, 요꾸 요꾸 봐라."(올려놓은 짐을 잘 감시해라.)

오사카에서 한동안 막벌이를 한 적이 있는 이종문은 이런 정도로 섞인 일본말은 안다. 자기도 옛날 곧잘 썼던 말투다. 종문은 일본에서 나오는 사람들 때문에 기차가 이처럼 붐빈다고 보았다.

그런데 이종문이 이번에도 운수가 좋았다. 기찻간 중간까지 밀려들어갔는데 어떤 노파의 자리 근처에 가자 앉아 있던 그 노파가,

"여기가 삼랑진이재애."

하면서 허겁지겁 일어나서 사람 틈을 비비고 나가려고 했다. 그 노파를 빠져나갈 수 있게 하자면 우선 종문이 그 노파가 앉아 있던 자리에 앉아야 했다. 그렇게 해서 통로 바로 옆이긴 했으나 이종문이 자리를 잡을 수가 있었다.

기차가 움직이기 시작하자 그처럼 혼잡했던 찻간이 그 나름대로 질서를 잡고 어울리게 되었다. 종문이 한숨 돌렸다.

"젊은이는 어디까지 가오?"

바로 곁의 갓을 쓴 노인이 종문을 보고 물었다.

"서울 갑니더."

맞은편에 일본에서 돌아오는 듯한 40세 안팎의 여자, 그 곁에 60세 남짓한 노파, 창가엔 30세가 될락말락한 젊은 여자가 앉아 있는 것을 대충 훑어보며 종문이 답했다. 그리고 물었다.

"영감님은 어디까지 가십니꺼?"

"대구 딸네집에 가요. 아들놈이 대구 부대에 있는디 거기 가서 아들 나오는 걸 기다릴 참이오."

"기쁘겠습니더."

"기쁘고말고. 그런데 댁은 금년 몇 살이나 됐소?"

"서른아홉입니더."

"좋은 나이에 좋은 세상 만났소."

영감은 짐짓 부러운 듯 말했다.

종문은 맞은편에 있는 여자에게 말을 걸었다.

"아주머닌 일본에서 오시지요?"

"그렇습니더."

"일본 어디 살았소?"

"우지나라고 하는 데 살았습니더."

우지나가 어딘지 알 까닭이 없다. 종문이 다시 물었다.

"우지나란 데가 오사카하고 어떻게 됩니꺼?"

"오사카와는 멀어요. 히로시마하곤 가깝지만."

히로시마란 말이 나오자 종문의 옆자리에 있는 영감이 물었다.

"히로시마라면 원자폭탄 떨어진 곳이 아니오?"

"그렇습니더. 우리 살던 곳에까지 피해가 있었는데요, 뭐."

"아, 그라몬 아주머닌 구사일생했네요."

영감이 고개를 끄덕이며 말했다.

"말씀도 마이소."

그 여사는 얼굴을 띨구었다.

그동안 이종문은 창가에 앉아 있는 여자에게 시선을 쏟았다. 울긋불긋한 상의에 회색 몸뻬를 받쳐입은 초라한 행색이었지만 단정한 이목구비를 가진, 종문이 받은 인상으로는 '꽤 먹물도 들어 있을 성싶은' 여자였다. 모두들 들뜬 기분으로 얘기를 주고받고 야단인데 그 여자만은 가끔 손수건으로 이마와 코 언저리의 땀을 훔치며 창 쪽으로 슬픈 얼굴을 돌리고 있을 뿐이었다.

맞은편 자리의 여자와 영감 사이에 일본에 관한 얘기가 오가고 있었다. 일본은 지금 형편없는 지경이라고 했다. 폭격 바람에 집이 모자라 창고 같은 데를 빌려 공동생활을 하고 있다고도 했다. 먹을 게 없어 부자들 밥 먹듯 모두들 굶기가 예사라고도 했다.

"그래 일본놈들이 조선 사람을 쫓아냅디까?"

종문이 물었다.

"쫓아내기는요, 우리가 나오는 기지요. 우리는 해방되기 전부터 돌아올 채비를 하고 있었습니더. 배편이 어려워 이제사 겨우 나오게 된 깁니더."

그 여자는 또 해방이 되어 우리 백성들이 기고만장하다고도 했다. 일본놈은 맥을 못 쓰고 조선 사람이 기고만장하다니 대단히 신바람 나는 얘기다. 종문은 서울로 갈 것이 아니라 일본으로 가는 게 좋지 않을까 하는 생각을 얼른 해보았다. 그러나 먹을 것도 없을 만큼 딱한 곳에 가서 으스대보았자 별수 없을 것 같았다.

"앞으로 우찌 될 것 같소?"

영감은 이제 종문을 보고 물었다.

"자알 될 깁니더."

종문이 태연하게 답했다.

"잘 되다니 독립은 운제 될까요?"

"일본놈이 가고 나면 안 되겠습니꺼."

"첫째, 주인이 있어야 할 낀디."

"임금님이 곧 오실 겁니더."

"임금이라니?"

노인은 돌연 호기심에 복받친 모양이다. 종문의 답을 기다리는 태도가 은근했다.

"일본에 안 있소 와, 이왕의 아드님이."

"그 사람이 왕이 될 낍니꺼?"

"그렇지요. 그 사람이 안 되고 누가 되겠소?"

"우리 동네 사람들은 이승만이나 김구가 왕이 될 끼라쿠던데."

이승만, 김구 이런 이름은 종문에게는 금시초문이었다. 남창 마을에서 그런 이름을 들어본 적이란 없다. 이종문은 잘못하면 큰 실수를 저지를지 모른다고 생각하고 너무 아는 척을 말아야겠다고 마음먹었다. 그리고 사뭇 점잖게 말했다.

"그런 사람들도 있지요. 그러나 그 사람들은 대신이 될 사람이지 임금이 될 사람은 아닐 끼요."

"왕이 다 뭐요?"

하고 머리 위에서 말이 들렸다. 고개를 들어볼 필요도 없이 아까부터 쉴 새 없이 종문이 도무지 알아들을 수 없는 말을 지껄이고 있던 두 청년 가운데 하나였다.

"앞으로 우리나라는 공화국이 될 끼란 말이오, 공화국이."

"공화국이 뭐요?"

노인은 그 청년들을 향해 물었다.

"공화국이란 임금이 정치하는 게 아니라, 우리 국민이 뽑은 대통령이 정치하는 나라란 말이오."

청년은 이렇게 설명했다. 종문은 약간 무안을 당한 기분이었다. 이럴 때면 곧잘 엉뚱한 말을 하는 버릇이 종문에게는 있다. 종문이 생각나는 대로 지껄였다.

"누가 그렇게 정했단 말요? 누가 공화국 하자고 정했소?"

"앞으로 공화국이 되도록 모두 힘을 합해야 된다는 얘기요."

다른 청년이 이렇게 말을 고쳤다. 종문은 자기의 말이 과히 빗나간 것이 아니었구나 생각하고 안심을 했다. 그러나 그 이상 말하면 무식이 폭로될 것 같아서 잠자코 있기로 했다. 여행 도중에 무식이 폭로된들 어떠랴만 종문의 의식 가운데는 창밖을 내다보고 있는 젊은 여자가 있었다. 그 여자 앞에서 자기의 무식을 폭로할 수는 없다, 그런 기분이었던 것이다.

청년들은 원하지도 않은 설명을 차례를 바꿔가며 계속했다. 종문은 한마디라도 놓칠세라 귀를 기울여 그 지식을 모아두려고 했지만 전부를 이해할 수는 없었다. 민주주의라는 말이 있었다. 연합군이란 말도 있었다. 소련군이란 말도 나오고 38선이란 말도 나왔다. 한꺼번에 쏟아져들어온 지식을 어떻게 처리해야 할지 몰랐다. 종문은 평생 동안 배운 것보다도 더 많은 것을 이 기찻간에서 배우리라고 마음먹고 귀를 기울였다.

대구에서 많은 사람이 내렸다. 옆자리의 노인, 맞은편의 중년 여자와 노파, 그리고 이것저것 설명을 해주던 청년들도 대구에서 내렸다. 그런데 창가의 여자만은 눈물이 글썽한 눈으로 중년 여자와 노파에게 인사를 하고 도로 그 자리에 앉았다. 그들이 주고받는 말투로 봐서 일본에서 같이 살다가 같이 배를 타고 같이 기차도 탔는데 여기서 헤어지는 모양이었다. 종문은 그 여자가 내리지 않는 것을 천만다행이라 생각하고, 창가에 마주 앉는 자리를 잡을 수 있게 된 것은 하늘이 점지한 인연이라고 여겼다. 조그마한 일에도 운수와 인연을 찾는 것이 노름꾼의 버릇인 것이다.

대구에서 종문과 같은 자리에 앉게 된 사람들은 제법 유식한 사람들로 보였다. 그들은 자리에 앉기가 바쁘게 아까부터의 계속인 듯한 얘기에 열중하기 시작했다. 38선이란 말이 자주 혀끝에 올랐다. 종문이 그들의 얘기에서 얻어낸 지식은 이랬다.

'조선에는 38선이란 게 있다. 다행히도 그 38선은 반도의 한가운데 있다. 38선 북쪽에는 소련군이 들어오고 38선 남쪽에는 미국군이 들어온다. 그렇게 하기로 정한 것은 미국의 대통령과 소련의 우두머리다.

그리고 자칫 잘못하면 우리나라가 남북으로 쪼개질 염려마저 있다.'
"문제는 이 38선이다."
하나가 탄식을 섞어 이렇게 말했다.
"단결해야지. 단결만 하면 그까짓 38선쯤 문제도 아니다."
다른 하나의 응수였다.
종문은 38선이 뭣일까 하는 궁금증에 걸렸다. 난생처음 듣는 말이다. 그런데 미국의 대통령과 소련의 우두머리가 조선인인 자기도 모르는 38선이 이 반도에 있다는 걸 어떻게 알았을까, 하고 생각하니 신기하기만 했다. 종문은 유식해 뵈는 옆자리의 신사들에게 물어보고 싶은 충동이 몇 차례 일었으나, 앞자리에 앉은 여자에게 일부러 자기의 무식함을 폭로해 보일 필요가 없다고 느껴 꾹 참기로 했다. 그러나저러나 이 반도에 38선이 있다는 사실, 그 38선으로 인해 남북이 갈라지게 되었다는 사실, 북에는 소련군이 들어오고 남에는 미국군이 들어오게 되었다는 사실을 안 것만 해도 대단한 일이고 서울 가는 기차를 탄 보람이 있다고 종문은 생각했다.
"미국은 민주주의 국가니까 일본놈 같진 않을 거야."
하는 말이 있었고,
"필리핀 꼴쯤 되겠지, 미국이 지배하면. 어쨌든 이승만 박사와 김구 선생이 빨리 돌아와야 할 건데."
하는 말도 나왔다. 아까도 그 이름을 들었다.
이승만 박사와 김구 선생. 종문은 이 두 이름을 가슴에 새겨넣었다. 앞으로 왕이 될 사람이라고 생각하니 가벼운 흥분마저 느껴졌다. 어떻게든 임금님에게 잘 보이도록 해야겠다는 각오가 솟았다. 어떻게 하는 것이 잘 보이는 건지, 어떻게 해야만 잘 보일 수 있게 되는 건지, 그런 구체적인 방법을 알 까닭이 없었다. '지성이면 감천'이라는 노름방의 문자가 종문의 머릿속에 빽빽이 그려졌을 뿐이다.

'정성엔 무쇠도 녹는다쿠는데……'

이종문은 왕성 앞에 거적때기를 깔고 앉아 머리를 조아리고 있는 자기의 모습을 막연히 상상했다.

유식해뵈는 사람들은 이종문이 모르는 이야기를 늘어놓았다. 민주주의라는 말이 빈번히 들렸다. 궁금하기 이를 데가 없었다. 이종문이 용기를 내어 물었다.

"민주주의란 게 뭡니꺼?"

"민주주의란 쉽게 말하면 나라의 어른을 선거를 해서 뽑는단 말입니다."

안경을 쓴 사람이 친절하게 말했다.

"그렇게 왕을 선거로써 뽑는다, 그 말입니꺼?"

"왕이 아니지요. 대통령입니다."

"대통령?"

"나라엔 여러 가지 종류가 있습니다. 왕이 어른이 되는 나라가 있고, 대통령이 어른이 되는 나라도 있구요. 앞으로 우리나라는 왕을 받드는 나라가 아니라 대통령을 뽑아서 정치하는 나라가 될 겁니다. 미국처럼 말입니다."

왕이 아니고 대통령이라는 데 종문은 실망했다. 어쩐지 왕에게는 잘 보일 수 있을 것 같은데 대통령에게는 그게 힘들지 않을까 하는 생각이 든 것이다. 그래서 다시 물었다.

"누가 그렇게 하기로 한 겁니꺼?"

"누가 그렇게 하기로 한 것이 아니라, 그게 세계의 대세라고 하는 겁니다."

안경 쓴 신사의 말이었다.

'세계의 대세!'

종문은 또 한 가지 말을 배운 셈이다. 종문은 이 말도 또한 소중하게 간직했다. 그 두 신사는 독립이 되는 날 굉장한 벼슬을 할 사람들이라고 짐작했다. 갖가지를 더 물어보고 통성명이라도 했으면 했는데 그들은 대전에서 내려버렸다.

대전에서는 스물대여섯으로 보이는 청년 둘이, 아까 신사들이 앉았던 자리를 차지하고 역시 토론에 열중하기 시작했다. 친일파를 철저하게 숙청해야만 민족정기를 바로잡을 수 있다고 하나는 주장하고, 친일파의 숙청보다 민족의 내동단결이 시급하다고 다른 하나는 맞서고 있었다. 종문은 그들의 말은 이해할 수 있었다. 생각하니 친일파의 처리 문제가 만만치 않을 것 같았다.

'일본놈들에게 붙어 동포를 괴롭힌 놈들을 해방된 이 마당에서 가만 둘 수 있겠는가.'

하는 자기 생각으로 번지기도 했다. 그러고 보니 자기는 무식할망정 친일파는 아니었다는 사실을 확인할 수 있었다. 친일파가 아니라는 사실, 어쩌면 이것이 앞으로 내세울 커다란 간판이 될지 모른다는 생각도 들었다.

'나는 노름쟁이로서 일본놈들에게 뺨을 맞은 적은 있어도 일본놈 앞에서 알랑거린 일은 없다. 일본놈 공사판에서 날품팔이는 했어도 일본놈 앞재비 한 일은 없다……. 그렇다, 나는 친일파를 치는 데 앞장 서야겠다.'

종문이 이런 생각을 하면서 그 청년들의 토론에 귀를 기울이고 있는

데 돌연 그 가운데 한 사람이,

"너와 나와 자꾸 싸우기만 해봤자 별수 없다. 어쨌든 여운형 선생님을 만나봐야 할 테니까 여운형 선생님의 말씀을 듣고 만사를 정하자."

하고 제안을 했다. 그러자 상대방도 그렇게 하자고 쉽게 응했다. 이종문은 호기심이 일었다.

"여운형 선생님이란 어떤 분입니꺼?"

"아저씬 여운형 선생님을 모르시우?"

사뭇 어이없다는 투로 하나가 말했다. 종문은 건너편에 앉아 있는 여인을 의식하고 얼굴을 붉혔다.

"시골 사람이 어디 그런 어른을 알 수가 있겠습니꺼?"

두 청년은 번갈아가며 여운형 선생에 관한 이야기를 들려주기 시작했다. 첫째 우리나라에서는 제일가는 웅변가란 것이었고, 둘째 평생을 애국운동에 바친 어른이라는 것이었고, 셋째 일본놈들도 존경해 마지 않는 대인격자라는 것이었는데, 그 결론에 종문의 귀가 번쩍했다.

"앞으로 우리나라의 운명은 오로지 그분의 양어깨에 달려 있습니다."

"그렇다면 그분이 대통령이 될 끼란 말입니꺼?"

"그렇지요. 그분을 빼놓고 우리나라에 대통령 될 사람이란 없소."

청년들의 말은 단호했다.

'그렇다면 아까 들은 이승만 박사와 김구 선생은 우찌 되는 걸까.'

그러나 이러한 질문을 할 겨를도 주지 않고 두 청년은 여운형 선생에 관한 이야기를 침이 마를 사이도 없이 늘어놓았다.

일본 동경 한복판에서 우리말로 대웅변을 토했다는 얘기, 일본놈 검사를 혼내준 얘기, 10년 전에 잠깐 만난 사람의 이름을 정확하게 기억하고 있다는 얘기, 게다가 위대한 학자이며 교육자·애국자·혁명가일 뿐만 아니라 풍채가 뛰어난 만능의 운동선수라고도 했다. 종문은 그러한 인물을 상상할 수조차 없었다. 공자님과 홍길동을 합친 것 같은 사람이라고 생각할 수밖에 없는데, 그렇다고 치면 중국 상해의 야구장에서 일본놈 형사에게 붙들렸다는 대목이 아무래도 석연하지 않았다. 그러나 두 청년을 미치게 할 정도니까 큰 인물인 것만은 틀림없을 것 같았다. 이종문은 이승만 박사와 김구 선생의 이름과 함께 여운형 선생의 이름도 잊지 않기로 했다.

기차는 어느새 밤의 들을 달리고 있었다. 삼랑진에서부터 꽤 오랜 시간이 지난 것 같았지만 종문은 지루한 줄을 몰랐다.

드디어 찬란한 전등불의 바다가 차창 너머로 보이기 시작했다.

'인제 다 온 모양이다.'

청년들을 비롯한 승객들이 내릴 준비를 하느라고 서두르기 시작했다. 짜릿한 경련이 이종문의 등을 스쳤다. 무사가 전쟁터에 이르렀을 때에 느껴보는 그런 느낌과 통하는 것이었다. 종문은 낯선 동리의 안면도 모르는 노름꾼들이 대기하고 있는 노름방 문을 열 때의 기분과 비슷하다고 생각했다.

그러나 이종문의 관심사는 낯선 서울에 대한 불안도 아니고 해방된 나라의 독립도 아니고 이승만, 여운형도 아니었다. 맞은편 자리에 앉아 있는 젊은 여인이 문제였다.

'서울에 집이 있는 것일까. 아니면 서울에서 다시 기차를 바꿔 타고 다른 곳으로 가는 것일까.'

챙길 짐도 갖지 않은 이종문은 그 여자의 거동에만 신경을 쓰고 있었다.

3

그 여자의 이름은 차진희라고 했다. 평안도 진남포로 가야 한다고도 했다. 종문은 그 여자의 무거운 짐을 대합실까지 날라주었다. 뿐만 아니라 진남포로 가는 기차 시간까지 알아보기도 했다. 나름대로의 노력을 하며 여자의 환심을 사기에 바빴는데, 무식은 사람을 뻔뻔스럽게 만들기도 하지만 상대방에게 순박하다는 인상을 주는 경우도 있다. 종문의 무식과 노름판에서 익힌 배짱을 진희는 순박한 친절로서 받아들이지 않을 수 없었다.

"새벽 세 시에 기차가 있다쿠는디 그때까진 아직 다섯 시간이나 안 남았습니꺼. 요기라도 하고 기다려야지 이대로 굶고 있을 겁니꺼?"

하고 종문이 권하는 대로 차진희는 역 앞 어느 음식점으로 따라 들어갔다.

환한 전등불 밑에 앉았을 때, 종문은 그 여자의 얼굴이 눈부실 정도로 아름답다고 느꼈다. 노름판을 굴러다니자니 자연 주막집 출입도 잦았던 종문에게는 여자를 볼 줄 안다는 자부가 있었다. 그는 초행인 서울길에 이런 여자를 만났다는 건 예사로운 행운이 아니라고 생각하고, 될 수만 있다면 진남포로 보내지 않고 가로챌 계략을 꾸미고 싶었다. 그러나 사람을 꾀는 것은 노름의 끗발을 속이는 것과는 다르다. 어설프게 수작을 걸었다간 도리어 망신만 당하고 말 거란 짐작이 앞섰다.

국밥 두 그릇을 시키고 소주도 한 잔 청했다. 시장하던 끝이라 진희는 국밥을 달게 먹었다. 종문은 한 잔의 소주를 비우고 두 잔째의 소주를 청하게 되었는데 빈속이라 술은 삽시간에 퍼졌다. 주기가 돌자 종문이 갑자기 대담해졌다.

"진남포가 고향입니꺼?"

"진남포엔 시가가 있습니다."

"서방님의 고향이다, 그 말씀입니꺼?"

"예."

두 잔째를 비우고 나니 더욱 용기가 생겼다.

"대천지 한바닥에 뿌리없는 나무가 인생이라쿠는디, 그런 인생인께 인연이라쿠는 걸 더욱 소중히 해야 안 되겠습니꺼."

"……."

"그라몬 새댁은 진남포에서 살 낍니꺼?"

"아직 그것까진……."

"진남포에서 인 실지도 모른다는 말씀입니서?"

"그렇습니다."

"서방님이 그곳에 계십니꺼?"

"……."

"서방님은 아직 일본에 계십니꺼?"

"……."

"무슨 사정이 있는 모양입니다만 털어놓고 말씀하이소. 해방도 되고, 앞으로 좋은 날이 올 낀디 서로서로 도우며 살아야 안 됩니꺼."

"……."

바로 옆자리에서는 작달막한 중년의 사나이를 중심으로 젊은 사람 서넛이 모여 토론을 벌이고 있었다.

"……건방지단 말야, 건방져. 여운형이 따위가 제가 뭔데 건국준비위원회를 만들어?"

"이런 정세니까 무슨 조직이라도 만들어야지 않습니까?"

"그렇다면 먼저 애국자대회를 열어야지. 그 대회에서 위임을 받든지 해가지고 건국준비를 해야 할 게 아닌가."

"그럴 요량이 아니겠습니까. 그럴 요량으로 우선 건준을 만든 게 아니겠습니까?"

"아니야. 그놈들의 뱃속은 뻔해. 만일 그럴 요량이라면 건국준비회 준비위원을 만들어야지. 그리고 위원장이라고 하지 말고 준비연락 책임자라고 해야지. 그런데 뻔뻔스럽게 '위원장 여운형, 부위원장 안재홍' 하고 발표하지 않았나. 이게 될 말이냐."

그러나 이런 토론이 종문의 귀에 들릴 까닭이 없었다. 종문의 전 신경은 앞에 앉아 있는 진희에게 집중되어 있었다.

"남편 되시는 분이 진남포에 안 계시다면 굳이 새댁이 진남포로 가실 필요가 없지 않습니꺼?"

"그래도 가야 해요."

"친정은 어디십니꺼?"

"친정은 사리원이에요."

"그라몬 친정에도 들르시겠네요."

"고향이 사리원이라뿐이지, 식구들은 모두 일본에 있어요."

종문은 뭐가 뭔지 요령부득이었다.

"그라몬 시가에 남편도 없고 거기서 살 작정도 없고……. 도로 일본으로 갈 낍니꺼?"

"……."

"그렇다면 서울에 자리를 잡으소. 38선이란 거 생겼다쿠는디 앞으로 우찌 될 낀지 알 수도 없고……. 서울에 산다쿠면 힘은 없소만 내가 도와드리겠소."

"……."

"진남포에 간다쿠드라도 조금 사정을 알아보고 난 뒤에나 가소. 북쪽엔 소련군인가 하는 것이 들어온다쿠니……. 내 말 들으소. 내 말 들어 나쁠 것 없을 끼요."

"안 돼요. 전 진남포로 가야 해요."

"남편이 거기 없는데도요?"

"남편은 죽었습니다."

차진희는 조용하게 말했다.

"그렇습니꺼?"

종문은 크게 놀라는 한편 동정 어린 투로 이렇게 말했으나 가슴속은 벙벙해졌다. 갑자기 막혔던 염원이 구체적인 희망으로 부풀어올랐기 때문이다.

'이거야말로 황토밭 귀신이 돌본 거로구나. 우찌하든 이 여자를 붙들고 늘어져야겠다.'

종문은 다시 한 잔 소주를 청하고 앞으로 취할 수작을 연구하기 시작했다. 투전장을 잡아들기만 하면 공자님도 무색할 문자가 툭툭 터져 나오는데 막상 중대한 이런 고비에는 말문이 막혀버리는 게 답답할 지경이었다.

"정거장으로 가야겠어요."

진희가 자리에서 일어서려고 했다. 종문은 황급히 만류하며 말했다.

"아직 네 시간이나 남았소. 서둘 건 없응께 조금만 더 앉았다가 갑시다."

옆자리의 토론은 바야흐로 백열화되고 있었다.

"…총무부장 최근우란 놈은 여운형의 심복이다. 조직부장 정백이란 놈은 빨갱이, 선전부장 조동우도 빨갱이, 경무부장 권태식은 친일파, 재정부장 이규갑은 예수쟁이……. 이런 따위가 건국준비위원회의 간부들 아냐? 이런 꼬락서니를 갖고 삼천만 동포를 우롱할 셈 아닌가. 출발부터 이런 꼴이니 될 말이야? 이놈들에게 철퇴를 내려야 해."

"처음부터 반대하지 말고 그 속에 들어가 시정하도록 하시는 게 옳은 일 아니겠습니까. 아직 일본놈들도 물러가기 전에 우리끼리 싸움부터 시작하면 창피한 일이 아닙니까."

"창피를 당하려고 수작을 꾸민 놈은 누군데, 여운형 자신이 저지른 일 아냐?"

"이렇게 대중이 모인 곳에서 여 선생님 악담은 마십시오."

"뭐라고? 여운형의 악담은 말라구?"

"그렇습니다."

"그러고 보니 네놈들도 모두 그 한패로구나."

"한패가 또 뭡니까. 모처럼 건국준비위원회가 결성되었으니 그 조직을 중심으로 해나가자, 이 말씀 아닙니까."

"흠, 두고 봐. 싹이 노랗다. 여운형이 만든 건국준비위원회가 삼천만 동포를 납득시킬 수 있을 것 같애? 어림도 없는 일이여."

"그러니까 힘을 합하자는 것 아닙니까?"

"나는 여운형과는 힘을 안 합해."

"그건 또 왜 그렇습니까?"

"내가 파주에 있는 줄을 번연히 알면서 내겐 한마디의 의논도 없었던 것 아냐? 일본 총독의 부탁을 받고 으쓱해가지곤 자기의 졸개들만 모아갖고 건국준비회? 허파가 뒤집어질 일이야."

"바쁜 시간이 돼서 그렇게 된 것 아니겠습니까. 8월 15일에 항복받은 게 바로 어제이고 오늘인데 애국동지들을 일일이 찾아볼 틈이 있었겠습니까?"

"그러니까 하는 말 아냐? 뭣 때문에 서둘러 건준을 만들어야 했느냐 말이다. 그 준비의 준비쯤으로 해둬도 아무 탈이 없었을 것 아냐? 그리고 애국동지를 모아 의견을 듣고 그 결론을 가지고 간판을 올려도 무방했을 거란 말일세. 그래놓으니까 어제와 같은 창피스런 사건이 생긴 것 아냐?"

'어제와 같은 창피스런 일'이란 다음의 사건을 말하는 것이다.

8월 16일, 덕성여고 강당에서 혁명자대회가 열렸다. 100명 정도의 사람이 참집할 것이라고 보았는데 수백 명이 모여들어 그 강당으로는 수용하지 못할 만큼 되었다. 사회는 양주에서 숨어 살던 홍남표가 하기로 하고 결과 보고는 조동우가 맡았다.

대회는 순서대로 진행되어 이기석이 한창 열을 올려 연설을 하고 있던 중 누군가가 한 장의 쪽지를 사회자에게 전했다. 그 쪽지에는

'오늘 오후 한 시, 소련군이 서울역에 도착하니 환영하러 나가자.'
고 되어 있었다.

이 쪽지의 내용을 발표하자 장내는 흥분의 도가니가 되었다. 이기석의 연설은 중단되고, 모임 자체도 흐지부지되었다.

군중들은 서울역으로 몰렸다. 순식간에 서울역은 손에 손에 태극기와 적기를 든 수만 군중으로 덮였다.

그러나 소련군은 나타나지 않았다. 혁명자대회를 방해하기 위한 모략이었던 것이다.

이런 사실은 물론이고 토론의 의미조차 모르는 이종문은 계속 차진희를 호릴 수작에 열중하여 자기도 모르는 사이에 소주를 연거푸 마셔 정신이 혼미할 지경에 이르고 있었다.

"……듣고 보니 새댁이나 내나 험한 팔자를 타고난 것 같소. 나도 홀몸이오. 시골에 숨어 살다가 해방이 됐다캐서 서울 구경 왔소. 서울에선 팔자를 고쳐볼 생각이오. 돈은 있소. 외고 펴고 할 만큼 있소."

종문은 자기의 주머니를 툭툭 쳐보이며 허세를 부렸다. 아닌 게 아니라 지금 눈앞에 있는 차진희만 자기 말을 들으면 팔자는 수월하게 트일 것 같은 엉뚱한 자신이 돋아나기도 했다.

종문은 오른팔을 쥐었다 폈다 하며 뽐냈다. 술김에 소리가 높아졌다.

"나는 무식한 놈입니다만 내 손은 유식하오. 옥황상제가 마음먹고 만들어낸 손이오. 이 손 하나로 서울은 내 서울이 될 꺼요. 아무리 내로라하는 놈도 내 이 손엔 당하지 못할 꺼요."

노름꾼으로서의 정체는 감추고 무슨 대단한 기술자인 양 보여 차진희의 마음을 끌어보자는 수작이었는데 이 말이 옆자리의 사람을 자극했다.

"거 있는 사람, 얼굴 좀 돌려라!"

작달막한 중년의 사나이가 위엄 있게 고함을 질렀다. 그러나 자기를 보고 하는 소리인 줄을 모르고 이종문이 다시 말을 이으려는데,

"이리 좀 돌아봐!"

하는 호통이 다시 떨어졌다. 여운형을 비난하고 있던 바로 그 사람이었다.

"아저씰 보고 하는 말이에요."

차진희가 나직이 주의를 주었다. 이종문이 그쪽을 보았다. 난난한 피

수被囚와 같은 눈이 주기에 어린 채 종문을 쏘아보고 있었다.

"내 말입니꺼?"

하고 종문이 엉겁결에 말했다.

"그래 네놈에게 하는 말이다. 아까 너 뭐라고 했어? 네 손엔 누구도 당하지 못한다고 그랬지?"

종문은 그저 얼떨떨할 뿐이었다.

"그게 나를 빈정댄 소리냐?"

"빈정대다니. 내가 어째서, 형씨에게……."

"말투로 보니 경상도놈인데, 내 손엔 아무도 당하지 못할 거란 무슨 뜻이냐?"

"그저 그렇기 말한 긴다."

종문으로서는 정직한 실토였다. 그러나 그 사람은

"곡절이 있는 말이야. 터무니없이 괜히 손자랑을 해?"

하고 추궁을 멈추지 않았다.

"그저 술김에 그렇게 말한 긴디요."

하며 종문은 상대방을 대수롭잖게 보자 마음의 여유가 생겨 싱긋 웃는 얼굴로 말했다.

"생살 뜯지 마소. 형씨도 본께 약간 주기가 있구만."

"선생님께 말버릇이 그게 뭐요?"

가까이 있던 젊은 사람이 쏘았다.

"가만있는 사람 보고 시비를 거니까 하는 말 아닌 기요."

종문이 한풀 꺾여 말했다.

"가만있다니?"

중년의 사나이가 버럭 화를 내며 말했다.

"이놈아, 우리 말끝에 네가 손이 이렇고 저렇고 했잖았나?"

"그저 백제 그러쿤 기라 쿤께요."

"그래 이놈아, 건성으로 손 하나로 네 서울이 될 거니, 내로란 놈도 네 손엔 당하지 못할 거라니, 그따위 소리를 함부로 한단 말이야?"

"당신네들관 아무 관계 없는 말잉께 생트집 그만 잡으소."

하고 종문이 일어서며 주인에게 회개하라고 일렀다.

"이놈의 말버릇이 그게 뭐야."

작달막한 사나이가 버티고 섰다.

"이놈 저놈 하지 마소. 양반에 씨가 있다 캅디까. 괜히 시골 사람이라고 얕잡아보지 마소."

"양근환 선생에게 말버릇이 그게 뭐요?"

젊은 사람 하나가 불쑥 나섰다.

"양근환 선생이면 당신들 선생이지, 내 선생이가 어디."

이 말이 실수였던 모양이다. 젊은 사람 하나가 번개같이 달려들어 이종문의 멱살을 잡았다. 그리고 말했다.

"양 선생이 네 선생은 안 된다고?"

"그렇다, 와?"

하고 힘깨나 쓰는 이종문은 멱살을 잡은 청년의 팔을 비틀어 획 앞으로 밀쳐버렸다.

"이놈 봐라?"

작달막한 중년의 사나이가

"이놈은 일본 경찰의 형사인지 모른다. 일본 경찰의 형사이면 민원식을 죽이고 15년 징역살이를 한 양근환을 업수이녀길 만도 할 거다."

하고 다가서는데, 이종문은 우선 그 기백에 눌렸다.

"나는 형사가 아니오."
하고 그 자리를 벗어나려고 했다.
"형사가 아니면 일본놈 앞재비라도 했겠지."
"아닙니더. 일본놈 앞재비도 아닙니더."
"일본놈 앞재비도 아닌 놈이 나라를 위해 15년 옥살이를 한 이 양근환을 몰라봐?"
이 말이 떨어지자 주위의 젊은 사람들이 종문에게 덤벼들었다. 주먹질 발길질이 사정없었다. 종문은 잡히는 대로 닥치는 대로 덤볐다. 그러다가 탕 하는 소리와 함께 정신을 잃었다.

4

부스스 눈을 떴는데 흰 천장이 보였다. 눈부실 만큼 날카로운 햇살이 방 안에 가득 차 있었다. 건너편에 놓인 선풍기로부터 바람이 일고 있었다. 몸을 움직이려고 했으나 꼼짝도 할 수 없었다.
'우찌 된 일일까.'
이종문이 기억의 줄거리를 더듬으려고 하는데,
"정신이 드셨어요?"
하고 들여다보는 얼굴이 있었다.
"아아 새댁이!"
외마디 소리와 함께 종문의 기억은 완전히 되살아났다. 해방, 기찻간, 역 앞 음식점, 거기서 벌어진 싸움, 진남포로 가야 한다는 차진희…….
"진남포로 가신다더니."
종문이 중얼거렸다.

"이런 형편을 보고 떠날 수가 있어야죠."

수심에 겨운 조용한 말씨였다.

"고맙습니다."

차진희는 의사나 간호원을 부르러 나갔다. 종문은 이거야말로 전화위복이라는 생각을 했다. 종문이 어떤 수작을 했어도 진남포로 가는 차진희를 만류할 수 없었을 것이다. 그런데 바로 그 사건 때문에 차진희는 자기의 곁에 남게 되었다. 슬그머니 종문의 자신이 굳어져갔다.

'우찌하더라도 저 여자를 내 사람으로 만들어야지.'

뒤통수가 욱신거리고 허리 근처에 동통이 느껴졌지만, 이종문은 이런 공상을 하느라고 기뻤다. 이윽고 의사가 나타났다. 대단히 결과가 좋으니 일주일쯤 누워 있으면 나을 것이라 하고 다음과 같이 덧붙였다.

"하여간 당신은 장사요. 그런 상처를 입고도 이만한 정도로 견뎌냈으니 다행한 일이오."

"치료비는 우떻게 됩니꺼?"

종문이 물었다. 치료비가 비싸면 여관으로 나가야겠다는 짐작에서였다.

"치료비는 양근환 선생이 부담하기로 했소. 그분들은 깡패가 아닙니다. 그런데 서로 오해가 있었던 모양입니다. 양 선생은 대단히 미안한 일이라고 아까도 전화를 걸어왔습니다."

이종문은 공연히 생트집을 잡힌 일이 불쾌했다. 그래서 물었다.

"양근환이란 사람이 그처럼 높은 사람이오?"

"높고 안 높은 건 고사하고 대단한 애국투사가 아닙니까. 그런 분의 비위를 거슬리지 않도록 해야죠."

"그런 사람이 왜 그런 음식점에 있었을꼬?"

종문이 투덜대자 의사는 껄껄대고 웃었다.

"애국투사라고 해서 음식점 출입 말라는 법이 없잖소. 그분은 원래 술을 좋아하시는데다가 젊은 사람허구 어울려 아무 데나 드나드는 버릇이 있답니다."

의사와 간호원은 주사를 한 대 놓고 나갔다.

"운수가 사나워서 그런 변을 당하셨어요."

차진희는 다소곳이 머리맡에 앉으며 말했다.

'운수가 사나운 게 아니라, 운수가 좋은 기지.'

하며 속으로 웃으며 종문이 말로는 이랬다.

"새댁이 계셔주시니 참말로 고맙구만요. 그제까지만 해도 생티 몰랐던 사람이 서로 도우게 됐으니 인연이라쿠는 긴 이상하지."

조금만 유식했더라면 이럴 때 상대방의 가슴에 못을 박는 말을 할 수 있을 건데, 하니 안타까웠다. 그 대신 숭을 써야겠다는 마음으로 종문은 오만상을 찌푸리고 어깨를 들먹거렸다.

"아프세요?"

차진희는 조심스럽게 물었다.

"아픈 게 다 뭡니꺼. 죽겠습니더. 이러다가 병신이나 안 될는지……. 변소에 가고 싶은디."

하고 종문이 몸을 비벼 틀며 일어나 앉았다. 차진희는 부득불 부축을 해주지 않을 수 없었다. 변소쯤이야 수월하게 갔다올 수 있는데 종문은 일부러 호들갑을 떨었다. 한편 팔을 살짝 끼고 부축을 해주는 차진희의 체온이 한여름의 더위인데도 기막힌 감촉으로 느껴졌다.

변소에서 돌아와 종문은 침대 위에 누우며 깊은 한숨을 쉬었다.

"공연히 폐를 끼칩니더. 이 은혜를 어떻게 갚아야 하겠습니꺼?"

"은혜라뇨. 별 말씀을······."

차진희는 수줍게 말했으나 사실은 딱했다. 당장이라도 떠나야 할 텐데 그럴 수도 없어 망설이고 있던 참이었다.

"진남포로 가셔야 될 끼 아닙니꺼?"

종문이 기진맥진한 투로 말했다.

"예."

진희는 조용히 대답했다.

"그라몬 빨리 가시도록 하이소."

종문이 한숨을 섞었다.

"오늘 낮을 지내고 새벽 차를 타죠."

진희는 그럴 요량으로 답했다.

"고단하실 낀디."

종문이 중얼거렸다.

진희는 대꾸할 필요가 없었다. 아닌 게 아니라 지칠 대로 지쳐 있었다. 새벽녘 침대 아랫목에 이마를 대고 앉아서 잠깐 눈을 붙였을 뿐이다.

"서방님은 어떻게 돌아가셨습니꺼?"

종문은 터무니없는 말을 꺼냈다.

"공장에서 발동기가 터졌어요."

"횡사를 하셨구마. 아이들은 있소?"

"없습니다."

"돌아가신 지 오래됩니꺼?"

"반년쯤 됐어요."

"결혼은 일본서 했습니꺼?"

"아뇨, 진남포에서 했어요."

"그라몬 일본 간 지 얼마 안 되구만요?"

"작년에 갔어요."

"결혼한 지도 얼마 안 됐겠는데?"

"작년에 했어요."

그렇다면 서른 살쯤으로 되어 보였지만, 그보다 나이가 훨씬 어리구나 하는 짐작을 하며

"그런디 친정이 일본 있다 안 캤소?"

하고 물었다.

"삼촌이 큰 공장을 하고 있었어요. 남편은 그 공장에서 일하는 사람이었는데 제가 결혼을 하자 삼촌집 일을 거들 겸 우리 식구가 일본으로 건너간 거죠."

조용조용 말하는 품이 더욱 마음에 들었다. 그러나 내일 새벽이면 진희는 떠날 것인데 병원 침대에 묶여 있는 몸으로 무슨 수작을 부리자니 가망이 있을 것 같지 않았다. 그러면서도 마음 한구석에 이 여자는 내 것이 되고 말 끼다, 하는 믿음 같은 것이 도사리게 되는 게 이상했다.

"새댁이……."

"예?"

"진남포는 가지 마이소."

"……."

대답하지 않는 진희의 태도를 어떻게 판단해야 하나, 하고 마음을 썼다. 안 가겠다는 표시 같기도 하고 대답할 필요도 없다는 묵살의 표시 같기도 했다.

'하여간 새벽까지는 아직 시간이 있응께.'

종문은 눈을 감았다. 팔 어깨 할 것 없이 동통이 느껴졌다. 그렇다고

해서 견디지 못할 정도의 아픔은 아니었다.

점심때가 되었다. 초라한 밥상이 겸상으로 들어왔다. 진희는 아무리 권유를 해도 같이 식사하기를 사양했다. 하는 수 없이 종문이 혼자 식사를 하고 누웠다. 진희는 잠시 밖에 일을 보겠다고 하고 나갔다. 종문은 어떻게 하면 차진희를 붙들어놓을 수 있을까 하는 궁리를 하다가 잠에 빠졌다. 이상한 꿈들이 맥락도 없이 엇갈렸다.

잠을 깨었을 땐 긴 여름 해가 기울고 있었다. 진희의 모습은 보이지 않았다. 종문은 와락 불안해졌다.

'가버린 것일까?'

하고 생각하니 섭섭하기 한량이 없었다. 잡힐 듯 말 듯하던 행복의 끄나풀이 툭 끊어져버린 것 같은 허탈감, 8땅을 잡았는데 9땅에 억눌려버렸을 때 느끼는 아쉬움 같은 것이 가슴의 밑바닥에 고였다.

'제기랄, 팔자에 없는 것이몬 하는 수 없지.'

이렇게 고쳐 생각하면 그만이다. 노름꾼의 특징은 집착을 하면서도 그 집착을 쉽게 끊을 줄 아는 마음성에 있다. 그러면서도

'아직 떠나진 않았을 끼다.'

하는 믿음 같은 것, 또는 바람 같은 것이 마음의 한구석에 호롱불을 켜고 있는 것이었다.

열 시쯤 진희가 돌아왔다. 얼룩덜룩한 상의와 몸뻬를 벗어버리고 흰 저고리, 검은 치마의 행장으로 나타났다. 목욕을 하고 머리도 빗은 모양으로 전연 딴 인물이 되어 있었다. 아름다움이 그만큼 빛났다. 이종문은 눈부신 듯 이제 막 들어온 진희를 바라보며 할 말을 잊었다.

"사람을 찾아보고 오는 길이에요."

진희의 말이었다.

"그래 만나봤소?"

"어디로 이사를 가고 없었어요."

"새댁이 아는 사람이 서울에 더러 있소?"

"더러 있죠. 그러나 주소는 몰라요. 꼭 한 집 주소를 아는 사람이 있어서 가봤더니 없었어요."

"섭섭했겠소."

"섭섭할 것까지야……."

진희는 상냥하게 말했다.

'여자란 여우다. 입성에 따라 저렇게 달라 보일 수가 있나. 아까까지의 저 여자는 수심에 가득 찬 사람으로 보였는데, 지금의 저 여자는 활달하기 짝이 없는 여자로 보이니.'

아무래도 자기를 상대할 여자 같지는 않다는 생각이 아프게 느껴져 종문이 씨알머리 없는 소리를 다시 꺼냈다.

"내일 새벽 갈 끼요?"

"가야죠."

"가몬 영 못 보겠네?"

"……."

그러다가 선뜻 나는 생각에 이끌려

"새댁이, 내 웃통 좀 갖다주소."

하고 종문이 말했다. 차진희는 종문의 상의를 들여다놓았다. 종문이 누운 채 상의의 안주머니를 뒤져 돈다발을 꺼냈다. 그러곤 그 가운데서 10원짜리 열 장을 헤아려 진희에게 내밀었다.

"이걸 갖고 가시오. 고맙다는 표적으로선 너무 적지만 내 마음의 표적으로 받아주소."

"어마나."

하고 진희는 뒷걸음질을 했다.

"그런 큰돈을 제가 받을 까닭이 없잖아요?"

사실 그때까진 100원이라면 큰돈이었다.

"이까짓 돈이 무슨 큰돈이오? 젊은 여자가 원행을 할라쿠면 돈이 있어야 되는 기요."

"제게 필요한 돈은 있어요. 그런 돈을 받을 까닭이 없어요."

종문이 벌떡 일어나 앉으며 한마디 뱉었다.

"이 돈을 안 받으몬 나는 당신을 보내지 않을 끼요. 내가 이 꼴이라고 그만한 힘이 없을 줄 아오? 천만에, 누가 뭐라캐도 저 문을 막아설 끼요."

종문의 돌연한 행동은 진희를 당황하게 했다. 그 말을 무슨 뜻으로 받아들여야 할지 몰랐던 것이다.

"나는 무식한 놈이오. 그러나 절개는 있는 놈이오. 나는 새댁이 좋소. 할 수만 있다면 나는 새댁을 천년 만년 받들고 살고 싶소. 무슨 인연인진 몰라도 나는 새댁을 처음 봤을 때 내 팔자가 트이는 것 같은 생각을 했소. 무식한 놈은 그만큼 알심은 있는 깁니다. 그런디 새댁이 간다쿠니 내 마음이 안 섭섭할 턱이 있소? 그 섭섭한 마음을 조금이라도 풀 끼라고 이 돈을 디리는 기요. 그런디 새댁은 내 마음을 무시하구만요. 그럴 수가 있소? 자, 받으소."

노름판에서 굴리던 혓바닥이 되살아난 느낌으로 종문은 멋지게 한바탕 씨부렸다. 진희는 얼떨결에 그 돈을 받지 않을 수 없었다.

진희가 돈을 받자 종문은 호들갑을 섞어 오만상을 찌푸리며 자리에 누웠다. 흥분을 하고 나니 고통이 일시에 엄습해온다는 냄새를 풍기기 위해서였다.

진희는 안절부절못하며 말했다.

"몸조심을 하셔야 해요."

"둠벙 속의 뚜꺼비만도 못한 놈이 몸조심은 해서 뭣 하겠소."

넋두리 투를 내는 덴 종문이 선수다.

"왜 그런 말씀을 하시죠?"

짐짓 근심스러운 진희의 말이다.

"그렇지 않소? 내 같은 인생, 해방이 됐다고 모처럼 서울에 와선 뭇매나 맞아 병원 신세나 지고……평생 소원 한번 못 풀고 남의 수모나 받고……이러다가 죽을 긴디……뚜꺼비보다 나을 껀데기가 어딨단 말이오? 안 그렇소?"

종문은 울부짓듯 말했디.

차진희의 가슴이 뭉클했다. 가난하게, 그리고 남으로부터 수모를 받고 살던 사람이 갖기 쉬운 일종의 텔레파시 같은 것이 작용하기 시작한 것이다.

종문의 넋두리는 계속되었다.

"새댁은 여기만 떠나몬 나 같은 것 잊어버릴 끼요. 그래야지요. 새댁은 천하일색이라, 앞으로 행운이 자꾸자꾸 트일 끼요. 그럴 때 간혹 내 같은 것 생각이나 해주소. 그 운젠가 해방됐다고 기쁘다고 서울에 와서 음식점에 들러 술 한잔 묵다가 터무니없는 트집을 잡혀 뭇매를 맞은 어리석기 짝이 없는 놈이 있더라고……."

"그만 하세요."

진희는 울먹였다.

"그만 하지요."

종문이 처량하게 한숨을 짓곤,

"내 같은 게 넋두리를 해본들 지렁이 잠꼬대나 되겠소?"
하고 중얼거렸다. 그러고는 입을 다물어버렸다. 말을 하려고 해도 그 이상의 문틀이 없는 것이다.

 침묵이 차지한 병실 안으로 바깥의 온갖 소리가 들려왔다. 기적 소리, 전차 소리, 자동차 클랙슨 소리, 사람들이 웅성거리는 소리……. 종문은 그런 소리완 무관하게 진희의 거동에만 신경을 집중시키고 있었지만, 진희의 가슴엔 그 모든 소리가 애절한 빛깔을 띠고 울렸다.

 여기 이곳에 순진하고 투박한 사나이가 스스로의 팔자타령을 하고 있고, 자기가 갈 곳에는 남편 없는 시가의 찬바람 섞인 냉대가 있을 것이고……. 진희도 종문이 하도 팔자를 들먹이는 바람에 자기도 모르게 자기의 팔자를 되씹지 않을 수 없는 상황이었다. 동시에 입을 다물어버린 종문의 침묵마저 아프도록 가슴을 찌르는 자극이 되었다.

 종문이 변소에 가야겠다고 했다. 진희는 저도 모르게 그를 부축할 차비를 했다. 침대 가까이에서 비틀하며 종문이 진희를 안는 자세가 되었다. 진희는 전신을 움찔했지만, 종문은 가슴에 한순간 안긴 여체가 자기에게 잊을 수 없는 감촉을 남긴 것으로 느꼈다.

 종문은 뜻밖의 실수가 무안하다는 시늉으로 침대 위에 누웠다. 그 무안해하는 태도에 진희는 더욱 무안을 느껴 얼굴을 붉혔다.

 대수롭지 않은 접촉이 남녀간의 경우에 있어서는 정사와 비슷한 효력을 갖는 수가 있는데, 종문이 그런 것까지를 계산에 넣고 고의로서 실수를 조작했다면 시골 노름꾼의 간지奸智도 대단하다고 해야 옳을 것 같다.

 진희는 어색한 분위기를 고치기 위한 의식적인 행동으로서가 아니라 여자의 본능으로 별반 지저분하지도 않은 방 안의 이곳저곳을 살피기도 하고 머리맡 물병의 물을 갈아놓기도 했다. 그러고 있는 동안 진희는 아직 변소 출입이 불편한 종문을 그냥 두고 떠날 수 없다는 생각을 하게 되었다. 그래서 침대 곁에 다가서서 나직이 말했다.

"전등을 끄고 주무시도록 하세요."

"새댁이 갈 때까지 불을 끄지 마소."

"전 오늘은 안 가겠어요."

"……."

"수월하게 변소에 드나들게 될 때까진 여기 있겠습니다."

숭을 쓰고 있을 필요만 없다면 벌떡 일어나 진희를 껴안고 싶은 충동을 가까스로 참으며 종문은 감격에 찬 어조로 말했다.

"고맙습니더. 참으로 고맙습니더. 이 은혜는 두고두고 갚겠습니더."

5

밤 열두 시쯤에 차진희는 간호원들 방으로 자러 갔는데, 이종문은 그 뒤부터 잠을 이룰 수가 없었다.

'겁탈이라도 해버렸어야 될 게 아니었을까. 여자는 한번 당하기만 하몬 그만이라쿠는 긴디…… 그러나 변소에도 제대로 못 가는 척 꾸며놓고 어떻게 그런 짓을 할 수 있겠나…… 내일 밤엔 해치우자. 여자에게도 막상 마음이 없는 건 아닐 끼다…… 하지만 어떻게…….'

이런 생각 저런 생각으로 잠 못 이루는 마음과 몸을 뒹굴다가 새벽녘에야 잠이 들었다.

잠을 깨어보니 화창한 아침이다. 물수건으로 얼굴을 훔치고 식사를 끝냈다.

"차도가 있어요?"

차진희가 물었다.

"덕택으로 많이 나아진 것 같소. 오늘 하루만 지내면 수월하게 변소 출입도 될 것 같고……. 새댁은 오늘 하루만 더 있어주소. 내일은 진남포로 가시오."

하며 종문은 오늘밤은 겁탈이라도 해서 차진희를 자기 것으로 만들어야겠다는 다짐을 했다.

열 시쯤에 어떤 청년이 찾아왔다. 양근환 선생의 심부름으로 왔다면서 과일 꾸러미를 머리맡에 놓고 종문의 기분을 물었다. 이종문은 어떻게 대해야 할지 몰라 그저 무뚝뚝한 표정으로 있었다.

"형씨 차림이 꼭 형사로 보였던 모양이오. 양 선생님은 일본 형사라고 하면 치를 떠는 어른이거든요. 만일 당신이 형사였다면 아마 죽여버렸을 겁니다. 선생님은 아주 미안해하고 계십니다. 지금 바쁜 일로 몸을 빼낼 시간이 없어서 그런데 오늘밤엔 꼭 와서 뵙겠다고 그러십니다."

청년의 태도는 정중하고 그 말은 간절했다. 종문은 그 청년에게 호의를 느껴 다음과 같이 물어볼 생각이 났다.

"양근환 선생이란 어떤 분입니까?"

"절개가 대쪽 같은 분이죠. 그만큼 괴팍하기도 합니다. 술을 자시면 약간 주사도 있습니다만 애국의 열성에 있어서 그분을 따를 만한 사람은 드물 겁니다. 자기 자신의 영달이니 생명이니는 생각 안 하시는 어른이니까요. 그만큼 겁나는 어른이기도 하죠."

청년은 이렇게 말하고 양근환의 경력을 대강 설명했다.

양근환은 경기도 파주 출신이다. 1920년 역적 민원식을 동경의 스테

이션 호텔에서 찔러 죽였다. 그 때문에 체포되어 무기징역 선고를 받았는데 그 뒤 감형이 되어 15년 징역을 살았다. 감옥에서 풀려 나온 뒤 방응모 선생이 서울 창신동에 신탄薪炭 가게를 차려주어 생계를 꾸려나가도록 했는데, 원래 기개가 높은 어른이라 장사에 성미를 맞출 수가 없어 실패하고 말았다. 그 후 만주 등지로 돌아다니며 일본놈들에게 항거하다가 작년, 고향 파주에 돌아와 계셨다.

"그라몬 그 사람, 앞으로 큰 벼슬 하시겠네요?"

종문의 관심은 양근환의 과거나 성격에 있는 것이 아니고 벼슬을 할 사람인가, 못할 사람인가에 있었다.

"때가 오면 큼직한 벼슬도 하시겠죠."

청년은 웃으며 말했다.

"그라몬 날 좀 잘 봐주라쿠이소."

"이런 일이 모두 인연 아닙니까. 형씨께서도 노력하시면 선생님께서 잘 봐주시게 될 겁니다. 더구나 선생님께선 아는 사람이 많으니 형씨를 위해 유익한 길을 터줄 수도 있을 겁니다."

종문은 흐뭇했다. 차진희가 듣고 있는 자리에서 자기에게 유리한 말을 해주는 그 청년이 고맙기도 했다.

"우리 서로 이름이나 알고 지냅시더."

하고 종문이 자기소개를 했다.

"나는 안성조라고 합니다. 고향은 청줍니다."

청년은 정중하게 고개를 숙였다.

"그건 그렇고 세상이 우찌 되는 깁니꺼? 그 얘기나 좀 하이소."

"글쎄요. 뭐가 뭔지 낸들 잘 알 까닭이 없지만······."

하고 안성조는 나름대로 의견을 말했다.

"지금 건국준비위원회란 게 되어 있습니다. 위원장은 여운형 선생이 십니다. 그런데 우리 양 선생님은 이걸 못마땅하게 여기시죠. 양 선생님 의견엔 일리가 있습니다. 그런데 종로에 있는 장안빌딩에 공산당이 몰려 있습니다. 중심인물은 조동우·정백·최익환 이런 분이지요. 그런데 그 밖의 공산당이 또 나타났습니다. 박헌영·김형선·이현상 등입니다. 지금으로 봐선 공산당도 등깔이 날 것 같습니다."

"공산당이 뭡니꺼?"

"한마디로 말하면 소련허구 손을 잡자는 패들이죠."

"앞으로 왕은, 아니 대통령은 누가 된다 캅니꺼?"

"그걸 어떻게 알 수가 있소. 건준을 만들어놓았는데, 민족주의자들은 반대하고 있거든요."

"민족주의자는 또 뭡니꺼?"

"한마디로 말하면 공산주의자, 즉 공산당을 싫어하는 사람들이죠."

종문은 알 것도 같고 모를 것도 같은 애매한 기분이었다. 청년의 설명이 계속되었다.

"게다가 중국에 우리 임시정부가 있습니다. 김구 선생이 주석이죠. 미국엔 우리 이승만 박사가 계시고……. 그분들이 국내에 들어와봐야 무슨 깍단이 나겠죠. 그런데 미리 당파를 만들어 벌써 대립하는 징조를 보이고 있으니 걱정입니다. 양근환 선생의 걱정이 바로 이것입니다. 양근환 선생은 당파를 초월하고 대동단결하자는 겁니다."

"그라몬 양근환 선생의 생각이 옳구만."

종문이 한마디 했다.

"그렇죠. 지금 단계에 있어선 선생님의 생각이 옳습니다. 그러나 어디 뜻대로 됩니까. 공산당은 공산당대로 꿍꿍이속이 있는 모양이고, 민족주의자들은 그들대로 무슨 당을 만들 참인 것 같으니까."

안성조는 그 밖의 요인들에 관한 설명을 하고는 또 오겠노라는 인사를 남기고 떠났다.

안성조가 돌아간 뒤, 이종문은 차진희를 돌아보고 물었다.

"새댁은 글공부를 했소?"

"겨우 언문은 알아봐요."

"아무래도 벼슬을 할라쿠먼, 미관말직이라도 얻어걸릴라쿠먼 글공부를 해야 안 되겠소?"

종문이 심각하게 말했다.

"물론 글공부를 해야죠."

"새댁이 내게 언문 좀 안 가르쳐줄라요?"

"언문도 모르세요?"

"낫 놓고 기역 자도 모릅니더."

"아무리……."

"참말이랑께요. 내가 뭣 할라꼬 새댁헌테 거짓말하겠소?"

"언문은 쉬워요. 차차 배우시면 됩니다. 서둘지 않으셔도."

"딴 사람한테 배우기 싫소. 새댁헌테 같으면 배우지만."

"농담두. 제겐 남을 가르칠 만한 힘은 없어요."

"새댁이 알고 있는 것만큼이라도 가르쳐주소."

창밖에 하얀 뭉게구름이 흐르고 있었다. 그것을 바라보면서 차진희와 농담 진담 섞인 얘기를 주고받고 있는 기분이란 흐뭇했다.

"꼭 벼슬을 해야만 될 건 아니지 않아요?"

진희는 뭔가를 생각해낸 모양으로 이런 말을 했다.

"사업을 해서 성공하는 것도, 장사를 해서 성공하는 것도 좋잖아요?"

"그야 그렇지. 그라몬 돈이나 실컷 벌어볼까. 돈이면 제일이지. 그란디 나는 돈 벌 자신은 있소. 돈 벌 자신은 있는디…… 새댁 같은 사람이 있어야 해. 그런 분의 도움이 있어야 돼."

"부인이 계시잖아요? 부인의 도움이 있으면 되겠죠, 뭐."

"그런디 그 부인이라쿠는 기 죽었단 말입니더."

"그거 참말이세요?"

"뭣 할라꼬 거짓말하겠소. 벼락 맞아 죽을라꼬 있는 것을 없다고 하겠소? 난 무식하지만 거짓말은 안 하요."

노름꾼이 거짓말하기는 예사인데, 특히 이종문에게는 눈썹 하나 까딱하지 않고 한 시간 후에 폭로될 거짓말도 거뜬히 해치우는 장기가 있다. 그때그때만 발라가며 사는 습성이 몸과 마음에 배어 있는 것이다.

"앞으로 좋은 분을 맞도록 하세요."

진희는 종문의 말을 그대로 믿고 말했다.

"난 좋은 분을 점 찍어놨소."

종문이 너털웃음을 웃었다. 그 말의 뜻을 알아차린 진희는 더 이상 말하지 않고 입을 다물었다.

"새댁은 수절을 하실 작정입니꺼? 요즘 세상에 그럴 필요가 있겠습니꺼. 꼭 수절을 하시겠다면 몰라도 그러지 않을 바엔 내 생각을 해주소. 나는 무식하고 데데한 놈이지만 눈치 하나는 빠르요. 꼭 성공하고 말 끼요. 내 같은 놈, 새댁의 눈엔 차지 않겠지만 이런 사내 키워보는 것도 괜찮을 끼요."

진희는 그 말을 듣는 둥 마는 둥 시선을 한더위가 휩쓸고 있는 창밖의 거리로 쏟고 있었다.

저녁나절 양근환이 찾아왔다. 차진희는 마침 밖에 나가고 없었다. 5척이 될까 말까 한 작은 체구였지만 양근환의 전신에는 정력이 넘쳐 흐르고 있었다. 양근환은 자기의 오해를 솔직하게 사과하고는,

"오늘은 자네 손 얘기나 좀 들려주게. 어떻게 되었길래 옥황상제가 마음먹고 만든 손인고?"

하며 침대 옆자리에 앉았다. 거짓말 선수인 이종문도 양근환 앞에서는 거짓말을 꾸며댈 수 없었다. 뿐만 아니라 바른대로 말해버리고 싶은 충동마저 일었다.

"선생님, 전 노름꾼입니다. 김해 바닥에서 이종문이라고 하면 그 사회에서는 알아줍니다."

이 말을 듣자 양근환은 껄껄대고 웃었다.

"일제시대엔 그대로 좋았어. 그러나 우리나라가 독립하려는 이 마당에선 그런 일은 못써. 나라를 위하는 떳떳한 일을 해야지."

"저도 그럴 요량으로 서울에 왔습니다. 그러나 제가 할 일이 뭔지 그걸 알아야지요. 실컷 두들겨 맞으러 서울에 온 건 아닌디."

"두들겨 맞는 것도 수양이지. 자네 할 일은 내가 마련해줄 테니까 여기서 푹 쉬고 상처나 낫도록 하게."

"제가 할 일이 뭐겠습니꺼?"

이종문은 호기심이 일어 물었다.

"건국을 하자면 여러 사람의 갖가지 장기가 모두 필요한 법이지. 자넨 힘깨나 쓰는 사람인 것 같은데 자네의 그 힘이 필요할 때가 있을 거야. 하여간 퇴원을 하게 되면 나와 같이 일하세. 자네 같은 순박한 사람이면 훌륭한 공을 세울 수도 있을 걸세."

"아무쪼록 잘 부탁합니더."

종문은 침대 위에 앉은 채로 절을 했다.

"부탁은 내가 할 거네."

양근환은 돈이 든 봉투를 침대 위에 놓곤

"치료비는 걱정하지 말구 이것 갖곤 구미에 맞는 거나 사먹게. 또 오겠네."

하고 사라졌다.

종문은 흐뭇했다. 이로써 서울에 온 보람을 다할 수 있을 것 같은 기분이었던 것이다.

'게다가 차진희란 여자만 손아귀에 넣으면!'

종문은 회심의 웃음을 웃으며 양근환이 두고 간 봉투를 뜯어봤다. 일금 200원이 고스란했다.

'이크, 이게 무슨 횡재야! 정치만 하면 어디선지 이런 돈이 굴러들어 오는 모양이재.'

종문은 빨리 진희가 돌아오길 기다렸다.

그날 밤 자정이 넘은 시간, 간호원들 방으로 가려는 진희를 종문이 뒤에서 덮쳤다. 진희의 완강한 저항은 힘깨나 쓰는 종문도 당해낼 수 없었다. 고함을 지르지 않는 것만이라도 우선 다행한 일이라고 할 수 있었다.

겁탈이 불가능하다는 것을 알자, 종문은 진희의 치맛자락을 움켜잡고 통사정을 했다.

"나와 같이 삽시더. 당신을 위해서는 내 생명도 바치겠소. 평생 당신의 종놈이 되겠소. 양근환 선생이 나를 이끌어준다쿠요. 내 열심히 돈벌이 할게요."

지리멸렬한 말을 끌어대면서 종문은 '성공하면 충신이고 실패하면 역적'이라는 문자를 되뇌이고 있었다. 이밤, 실패하면 모든 꿈이 버끔(거품)처럼 깨지고 만다고 생각하니 숨이 가빴다. 아무 말 없이 동작으로만 완강한 저항을 하던 진희가 비로소 입을 열었다.

"이 손 놓으세요."

"놓으면 도망 갈라꼬요?"

"도망 안 갑니다."

"꼭 도망 안 가지요?"

"안 가요."

종문이 움켜잡은 치맛자락을 놓았다.

진희는 옷매무새를 고치고 머리도 고쳤다. 그리고 조용히 말했다.

"제가 사람을 잘못 본 것 같애요."

"미안합니더. 새댁이, 나는 진심입니더."

"진심으로 사람을 모욕해요?"

"모욕이 아닙니더. 내가 무식해서 내 마음을 통하자면 이렇게라도 해야겠다고 생각한 깁니더. 용서하이소."

종문의 얼굴에서 샘물 솟듯 땀이 솟아 흘렀다. 진희는 멍청히 한동안을 앉아 있더니,

"전 오늘 새벽에 떠나겠어요."

하고는, 물었다.

"정 저를 원하십니까?"

"원합니더. 진심입니더."

"그럼 제가 이달 22일에 이곳으로 오겠습니다."

"그러겠습니꺼, 꼭 오시겠습니꺼?"

종문은 그 말이 믿기지 않았다.

"그날 오겠어요."

진희는 침착하게 말했다.

"믿어도 좋지요?"

종문은 거듭 물었다.

"어떤 일이 있어도 오겠어요. 그리고 그때 와서 가부간 결정하기로 하겠어요."

진희는 조용히 일어서서 밖으로 나갔다. 종문은 맥이 풀려 침대 위에 오를 생각도 잊고 다다미 위에 그냥 주저앉았다. 대단한 실수를 범한 것 같기도 하고, 자기의 도리를 다한 것 같기도 한 어설픈 기분이었다.

6

어느 해 못지않게 그해 서울의 8월은 하순으로 접어들었는데도 더위는 좀처럼 수그러들지 않았다. 햇살은 볶는 듯 뜨거웠고 공기는 찌는 듯 무더웠다. 게다가 정치의 열풍이 광장마다 거리마다 회오리를 일으켜 한반도의 서울은 물리적으로나 심리적으로나 과열되어 들끓고 있었다.

일본인들은 쫓겨서 지친 늑대처럼 눈에 잔인한 핏대를 세우고 혀를 길게 내뺄곤 더위를 감당하지 못해 허우적거리고 있었으나, 단군의 후손들은 연방 흐르는 땀을 쉴 새 없이 문지르면서도 고통을 느끼진 않았다. 계절의 열도보다 마음의 열도가 더 높았던 까닭이다.

안국동 풍문여학교 교문엔 조선건국준비위원회란 간판이 붙었다. 화신백화점 바로 옆에 있는 장안 빌딩엔 조선공산당의 간판이 붙고, 거기서 얼마 되지 않는 거리에 있는 낙원동의 안중 빌딩엔 조선공산당재건위원회가 도사렸다. 재동 경기여고 교문엔 조선치안단사령부가 간판을 걸었고, 청계천변 화광교원엔 건설치안대란 것이 간판을 걸었으며, 종로 2가 동일은행엔 중앙감찰대가 간판을 내걸었다. 이밖에 유상무상의 사설단체가 본부니 지부니 하는 간판을 내걸고 설치기 시작했다.

이런 것뿐만 아니라 별의별 야릇한 간판이 이곳저곳에 나붙었다. 어느 빌딩의 입구에는 대한제국광복단이란 간판이 붙어 있기도 하고, 기어들고 기어나가는 집의 낮은 처마 밑에 천지신명단군당이란 간판이 걸려 있기도 했다. 이기당理氣黨·정의당正義黨·광한당光韓黨·태극당太極黨·사회민족당社會民族黨·민족정기당民族正氣黨·보천이민당普天利民黨·옥황당玉皇黨·성교당聖敎黨······. 기록하기를 좋아하는 어느 친구는 그 무렵 나붙은 간판의 이름을 적기에 한 권의 대학 노트를 소비했다고 하는데, 그런 간편 아래 나름대로의 웅변이 있었을 것을 상상하면 울결해 있던 민족의 심기가 8·15를 맞아 그 종양을 일제히 바깥으로 내뿜었다는 얘기가 될 것이다. 그러고 보니 경상도 김해에서 구름을 안고 상경한 이종문이 만약 조금이라도 문자의 지식이 있었더라면 '구뻥당'이나 '장땅당'의 간판을 걸었을지도 모를 일이다.

여운형은 '건준'이 순식간에 전국적 규모로 확대되고 그 산하에 치안대의 조직이 완성되었다는 소식을 듣고 흡족해했다. 어느 누가 나와도 이처럼 빨리 이처럼 광범위하게 정치세력을 집결시킬 수 없을 것이라고 생각하니, 전도에 다소의 파란이 예상되더라도 민족의 장래는 자기의 손아귀에 있다는 믿음을 갖지 않을 수 없었다.

"건준이 민족의 정치의사를 하나로 묶지 못하면 민족의 앞날은 암담해질 뿐이다."

건국동맹 아래의 젊은 맹우인 이상백에게 한 이 말에는 여운형의 자부와 불안이 골고루 내포되어 있었다.

"어떻게 하더라도 건준을 지켜야죠."

이렇게 답한 이상백도 여운형과 같은 심정이었다.

"그러기 위해선 좌니 우니 따질 것 없이 널리 문호를 개방해야 한다."

여운형의 이 말에, 이상백은

"그러나 무원칙하게 문호를 개방할 수야 없지 않겠습니까?"

하고 어두운 표정을 지었다.

여운형은 삼천만 민족을 하나의 광장에 모으고 외칠 웅변을 생각했다. 그 웅변의 마디가 전광처럼 뇌리에 빛나고 우렁찬 메아리를 남긴다.

"형제들이여, 동포들이여, 같은 뼈 같은 피를 가진 겨레여!"

"우린 이제 동방의 등불이 되어야 합니다. 밝고 아름답고 영롱한 불빛이 되어야 합니다."

"오천 년 우리의 역사는 비분의 역사였습니다. 오천 년 겪어온 우리의 과거는 통곡의 여정이었습니다."

"바로 어제까지 우리는 노예였습니다. 일제의 쇠사슬에 묶인 불쌍하고 가련하고 처참한 백성이었습니다."

"다시 이런 꼴을 당해야 하겠습니까. 또다시 수치를 되풀이해야 되겠습니까!"

"조국의 독립은 우리의 마음속에 있습니다. 마음으로부터 진실로 독립을 원할 때 우리의 독립은 이룩되는 것입니다. 진정 독립을 원한다면 오늘의 이 감격을 잊지 말고 사사로운 이익을 초월하고 민족의 대의에 순응할 각오를 가져야 합니다. 여러분, 나를 따르시오. 일생을 조국의 독립에 바친 내게 사심이 있을 까닭이 없소. 나를 따르시오……."

우레와 같은 박수가 고막을 찢는 듯했다. 여운형은 아랫입술을 밀어 올리듯하며 사자와 같은 눈을 부릅떴다. 묵연히 그 모습을 지켜보며 이

상백은

'이분을 위해선 죽어도 좋다.'

하고 마음속 깊이 다졌다.

"여운형은 빨갱이다. 민족과 조국을 빨갱이의 손에 맡길 순 없다. 어떤 일이 있어도 여운형에 동조할 순 없다."

송진우는 단호하게 말했다.

"건준은 머지않아 와해되고 말 거요. 두고 보시오."

조병옥이 덤덤하게 말했다.

"하지만 명분 없이 무작정 반대만 할 순 없지 않소?"

장덕수의 말이다. 송진우는 그 말이 귀에 서슬렸다.

"설산雪山은 여운형허구 특수한 인연이 있는가 봅니다만, 정치는 현실 문제를 다루는 일이지 이상론이나 명분론을 따지는 토론이 아니오."

"현실 문제를 다루어야 하니까 하는 말입니다. 현재 건준은 전국적인 정치세력이 되어 있으니까 하는 말입니다."

장덕수는 온건하게 말했다.

"설산, 그런 잠꼬대 같은 소릴랑 마시오. 곧 미국의 지배를 받아야 할 건데 미국이 여운형 따위의 빨갱이를 용납할 줄 아시오?"

송진우의 어조는 격했다.

"건준이 전국적인 조직을 배경으로 하고 있으면, 여론을 존중하는 미국이니까 혹시 여운형과 손을 잡게 될지도 모를 일 아니겠소?"

"그러니까 그런 일이 없도록 대비허잔 말요. 중경에 있는 임시정부를 추어올려 그 카리스마를 이용하잔 말이오. 이승만 박사의 영향력도 허용하잔 말이오. 지금 당장 중요한 문제는 불원 상륙할 미군과의 관계를 우리에게 유리하도록 하는 것이오."

"그렇더라도, 아니 여운형을 셧아웃하는 경우를 생각해서라도 건준에 약간의 발판을 장만해두는 게 좋지 않겠소?"

"설산은 그래서 탈이오."

조병옥이 나섰다.

"건준은 적색집단이란 걸 미국에게 철저하게 인식시켜야 할 판인데 우리가 거게 발판을 잡으면 어떻게 되오? 되려 민족주의자들이 건준에 접근하지 못하도록 막아야 하오. 그러기 위해선 동지의 흡수를 위한 조직을 우리도 가져야 하오."

"그 말이 옳아. 조 동지가 말하는 동지 흡수를 위한 조직을 임시정부환영위원회란 명목으로 하면 어떨까?"

송진우의 말에는 설득력이 있었다. 동지의 이탈을 막고 더불어 시기를 관망하는 뜻으로 '임시정부환영위원회'를 만든다는 건 적절한 수단이란 의견일치를 보았다.

낙원동 안중 빌딩에 이른바 조선공산당재건위원회를 둔 박헌영은 이관술, 이현상과 더불어 대화를 나누고 있었다.

박헌영   장안 빌딩에 당의 간판을 붙이고 있는 놈들을 어떻게 처리할 작정이오?

이관술   모두 일제에 야합한 놈들이니까 그 가면만 벗기면 단번에 거세될 거요.

박헌영   우리 당은 일국일당이 원칙인데, 두 개의 공산당이 있다는 인식을 국민에게 주는 것도 해롭거니와 소련의 승인을 얻는 데도 지장이 있을 것 아니오?

　이현상　그거야 물론이죠. 아무튼 일원화해야죠.

　박헌영　그런데 빨리 서둘러야 헌단 말이오. 조금이라도 길게 가면 그만큼 반작용이 커질 것 아뇨?

　이관술　수일 내에 열성자회의를 열어가지고 단번에 해치울 참입니다.

　이현상　그 전술도 대강 짜여져 있습니다.

　박헌영　자신이 있소?

　이관술　있구말구요.

　박헌영　당이 일원화되면 곧 착수할 문제는 건준의 주도권 장악이오. 여운형은 회색분자니까 어느 시기까지 이용해야 하겠지만 아무튼 건준의 주도권은 빨리 장악해야 하오. 건준에서 인민공화국으로 넘어가는 게 가장 자연스러운 과정이니까.

　이현상　여운형을 이용하는 건 좋지만 지나치게 영웅으로 만들었다간 뒤처리가 곤란하지 않을까요?

　이관술　인민공화국의 첫 단계까진 이용해야지 별수 있겠소? 지금 우리가 일본놈들의 재산을 접수하는 것도 전부 건준의 이름, 말하자면 여운형의 책임으로 하고 있으니까 당분간은 여운형을 활용하도록 해야 합니다.

　박헌영　그런데 재산접수의 성과는 어떻소?

　이관술　꽤 성적이 좋습니다. 그런데 시정잡배들과 일부 정객들도 갖가지 수단으로 일인들의 재산을 접수하고 있습니다. 그래서 사업에 지장이 많습니다.

　박헌영　그런 건 조사를 잘해두시오. 빼앗은 걸 도루 빼앗으면 될 게 아뇨? 다음 단계에 가서 말요.

이관술　잘 알았습니다.

박헌영　그리고 무엇보다도 빨리 서둘러야 합니다. 10년 걸릴 혁명을 한두 달 동안에 해치워야 하니깐요. 미군이 상륙하기 전에 인민공화국의 선포는 꼭 해야 합니다. 건준의 주도권을 잡고 건준의 이름으로 선포하는 게 가장 좋습니다. 그리고 미군에게 기정사실로서 인민공화국을 시인하도록 해야죠. 만일 부정한다면 인민공화국의 이름으로 항거해야 하니까요. 당의 항거보다 공화국으로서의 항거가 국제적으로도 영향력이 클 것 아니겠소? 다행히 소련이 연합국으로서의 발언권을 갖고 있으니 일하기는 수월할 거요. 어쨌든 미군이 상륙하기 전에 인민공화국을 선포해야 하오. 그 깃발 아래서 미군을 환영도 하고 항거도 하고 때에 따라선 시위도 하고 폭동도 불사해야 할 테니까. 하여간 반도를 불바다로 만들지 않곤 인민공화국을 부인할 수 없다는 사실을 미군에게 인식시켜야 한다, 이 말씀이에요. 소련이 우리 배후에 있으니까 믿음직하지만 최악의 경우, 삼천만 인구 가운데서 천만을 희생시키는 한이 있더라도 인민공화국을 밀고 나가야 하오.

이관술　지당한 말씀입니다.

이현상　지당한 말씀입니다.

박헌영　그러니 일주일 안으로 장안파長安派를 없앨 것, 둘째 역시 일주일 안으로 건준의 주도권을 잡을 것, 셋째 일주일 이내에 인민공화국을 선포하는 거요. 이현상 동지는 지금부터 인민공화국의 시정방침 초안을 박문규, 이강국 동지와 의논해서 만들어보도록 하시오.

이와 같은 일이 진행되고 있던 8월 20일. 이종문은 병원의 창가에 앉아 과연 진남포로 간 차진희가 내일모레인 22일 서울로 돌아올 것인가,

돌아오지 않을 것인가에 대해 생각을 집중시키고 있었다. 해방도 정치도 서울도 종문의 의식에는 없었다.

'그 여자가 내게로 오기만 하면 내 팔자는 트인다.'

왠지 이런 상념이 뇌리를 꽉 차게 점령하고 있었다.

'올까?'

꼭 올 것 같은 생각이 든다.

'오지 않을까?'

오지 않을 것만 같은 생각도 든다.

종문은 세상에 나서 처음으로 여자에게 반한 스스로를 발견했다.

'여자에게 반한다는 게 이처럼 고통스런 일일까!'

종문은 만일 차진희가 돌아오지 않을 경우, 자기가 얼마나 지독한 동물이 될지 모른다는 예감에 가슴을 떨었다. 일본놈 집에 불을 지르고 그 불꽃 속에 뒹굴어 타죽는 스스로의 모습이 눈앞에 어른거리기도 했다. 이럴 때의 그의 뇌리에는 고향의 들도 처자도 투전장도 없었다.

바로 그 무렵(8월 20일), 종로경찰서의 서장실에서는 색다른 모임이 있었다. 회의의 소집자는 조선군 경기지구 경비사령부의 참모 가이데 具出 소좌였고, 참집한 사람은 갖가지 한국인 단체의 책임자들이었다. 그 가운데는 건준 부위원장 안재홍도 끼어 있었다.

가이데 소좌가 먼저 입을 열었다.

"여러분들은 조선군의 포고를 알고 있을 줄 믿습니다."

조선군의 포고란 「관내 일반 민중에게 고함」이란 표제의

'민심을 교란하고 치안을 해치는 자에 대해서는 군은 단호한 조치를 한다.'

는 내용의 것이다. 일동은 묵묵히 듣고만 있었다. 이어 가이데는 말했다.

"여러분은 18일 밤의 라디오 방송도 들었을 줄 압니다."

18일 밤의 방송이란 조선군 츠치야土屋 보도부장의 다음과 같은 내용의 것이다.

조선군은 엄연히 건재하고 대권은 아직 천황 폐하에게 있으므로 치안의 책임은 우리에게 있다. 경거망동은 일절 용서하지 않는다. 점령군도 그들의 진주 시까지 치안과 질서의 유지를 우리에게 부탁해 왔다. 따라서 전 군에 비상경비령을 내렸으니 각기 조심하기 바란다.

가이데는 작금의 혼란, 더욱이 일본인에 대한 한국인의 약탈 폭행사건 등을 예로 들며 오늘 오후 다섯 시까지 어떤 종류를 막론하고 한국인 단체는 그 간판을 내리고 일체의 활동을 중지해야 할 것이라고 일렀다. 좌중은 소연하게 되었다. 가이데는 자기는 상부의 명령을 전달할 책임밖에 없다고 말하고, 만일 이 명령을 어겼을 경우 어떤 불상사가 날지 모른다는 위협을 남겨놓고 퇴장했다.

이 보고를 들은 건준은 갑론을박했으나 총무부장 최근우는 건준의 간판을 내리는 것은 천만부당하다고 버티어, 전 만주국 폴란드 영사 박석윤을 데리고 엔도遠藤 정무총감을 찾아가서 항의했다. 엔도는 그건 총독부의 의향이 아니라 조선군 사령부의 의사라고 밝히고 이하라井原 참모장을 만나라고 했다.

두 사람은 이하라 참모장을 만났다. 그 자리에서 이하라는,

"내가 상위자이긴 하지만 정세가 이렇게 되고 보니 젊은 참모들의

강경한 태도를 내 힘으로 누를 수는 도저히 없습니다."
하고 젊은 참모들을 직접 만나 얘기하라고 권했다.

그 권고에 따라 최근우와 박석윤은 두 사람의 고급 참모 간자키神崎 대좌, 마루오카丸岡 중좌가 있는 방으로 들어갔다. 그들이 들어가자 간자키는,

"당신들 뭣 하러 왔어?"

하고 노려봤다.

"건준의 간판을 절대로 내릴 수 없으니 그렇게 알아라."

최근우가 말했다.

간자키는 일본도를 빼들고

"대권은 아직 천황 폐하에게 있다. 명령에 불복히는 지는 이 칼로 친다."

하고 위협했다. 최근우는 분통을 터뜨렸다.

"칠려면 쳐라! 네놈들이 득세하고 있을 적에도 네놈들과 싸워온 나다. 전쟁에 지고도 무슨 건방진 소리냐. 이놈, 네가 칼로 덤비면 나는 이 빨로 너를 물어뜯어놓을 게다."

최근우의 세찬 반격을 만난 간자키는 일본도를 놓고 잠시 묵연히 앉아 있더니 일어서서 최근우에게 악수를 청했다.

"내가 지나치게 흥분을 해서 훌륭한 지사들에게 실례를 한 것 같소. 건준의 간판은 내리지 않아도 좋으니 치안대책엔 아무쪼록 협력해주기 바라오."

그때 동행한 박석윤은 당시의 상황을 얘기하고는

"생각만 해도 섬뜩해. 그 사람하곤 같이 다니지 않을 작정이야."

하고 덧붙이며 쓴웃음을 웃었다 한다.

이렇게 생명을 걸고 건준의 제일선에 선 최근우는 얼마 안 가 미군정 재판 제1호의 피고가 된다.

7

8월 21일, 이날도 서울의 하늘은 맑게 개었다. 태양은 거침없이 그 광과 열을 거리 위에 쏟았다.

정오를 조금 지나 세 대의 비행기가 은빛 날개를 눈부시게 반짝거리며 서울의 상공에 날아와서는 삐라를 뿌렸다. 한여름 대낮에 내리는 눈처럼 그 삐라는 기적의 의미를 닮아 있었다.

삐라가 지상에 가까워지자 거리의 사람들은 남녀노소 할 것 없이 삐라를 손에 넣으려고 광분했다. 이종문도 재빨리 병원 밖으로 나와 석 장의 삐라를 주웠다. 뭔가 글이 쓰인 삐라였다. 그는 줍기만 했지 읽을 순 없었다. 간호원이 대신 읽어주었다.

미국군은 일본군의 항복조건 실시를 여행勵行하고 조선의 재건과 질서 있는 정치를 실행하기 위해 근일 중에 상륙한다. 이 사명은 엄격하게 실행한다. 주민들의 경솔 무분별한 행동은 의미 없이 인명을 잃게 하고 아름다운 국토를 황폐하게 할 뿐 아니라 재건의 시기를 늦추게 한다. 현재의 환경은 여러분의 뜻대로 되지 않을지 모르나 장래의 조선을 위해 평정을 지켜야 한다. 국내에 혼란을 일으키는 행동은 절대로 안 된다. 여러분은 장래에 있어서의 귀국의 재건을 위해 평화적 사업에 전력을 다해야 한다.

이상 지시한 사항을 충실하게 지키면 귀국은 급속하게 재건되어 동시에 민주주의하에 행복하게 살 수 있는 시기가 빨리 도래할 것이다.

　—주 조선 미군 사령관 존 R. 하지.

　이 짧은 문서처럼 커다란 파문을 일으킨 것은 역사에 그다지 흔하지 않을 것이다.

　일본인들은 미군이 곧 상륙할 것이니 숨도 크게 쉬지 말고 조용히 있으란 뜻으로 받아들였다. 조선군의 젊은 장교들은 스스로 무망한 줄 알면서도 미군과 일전을 결해 옥쇄함으로써 벚꽃처럼 지자는 허장성세를 다시금 벌이기 시작했다. 한편 조선인의 반응도 착잡했다.

　"약탈되어온 과부가 새서방 나타나길 기다리는 기분이로구먼."

　이렇게 말한 자는 세상과 인생 만사를 섹스의 차원으로 바꿔놓고야 일단 이해할 수 있는 마음의 버릇을 가진 자일 것이고,

　"일본놈을 모조리 죽이지 않을 바에야 우리를 어떻게 할라구. 빨리 상륙이나 했으면 좋겠다."

고 생각하는 것은 일본놈의 앞잡이 노릇을 한 바람에 기를 펴지 못하고 숨어 사는 자일 것이고,

　"하나의 상전이 가고 다시 다른 상전이 온다."

고 생각한 사람은 독립이고 뭣이고에는 관심이 없고 상전 모시기가 몸에 밴 부류들이다. 사실 좌익이 어떻든 우익이 어떻든 건준이 어떻든 일절 관심이 없을 뿐 아니라, 흥분할 줄도 감격할 줄도 모르고 호주머니에 영어 단어집을 챙겨넣고 실성한 사람처럼 영어 단어를 중얼거리며 돌아다니는 부류가 상당히 있기도 했던 것이다.

　그런가 하면 신경과민적인 생각을 하고 있는 사람들도 있었다.

"보라우. 독립을 보장해주겠다는 말이 어디에 있는가?"

"우리의 호감을 살 생각이 다소라도 있다면 맨 끝에 이러이러한 사항을 충실히 지켜주기만 하면 빠른 시일 내에 독립을 보장해준다는 말쯤 끼워도 무방하지 않을까 말이다."

"이 재건이란 글자를 봐. 독립이란 말을 피하기 위한 지능적인 수단으로 쓰인 말이 아닌가."

"이 짧은 삐라 안에 재건이란 단어가 네 차례나 반복되어 있지 않은가. 독립이란 말을 신경질적으로 피한 저의가 보이지 않는가."

그러고는 미서전쟁 후의 필리핀의 사례를 들먹이는 사람도 있었다. 미국은 스페인만 몰아내면 필리핀을 독립시켜주겠다고 약속해놓고, 스페인을 몰아낸 뒤엔 독립을 주장하는 아기날도 장군을 감금하고 그 세력을 탄압하고는 필리핀을 미국의 식민지로 만들어버린 것이다.

그러나 이종문은 아무런 반응도 보이지 않았다. 코가 크고 눈이 새파란 미국 병사들이 머잖아 서울 거리를 활보하게 될 것이란 상상조차 하지 않았다. 내일, 22일이 차진희가 돌아오기로 약속한 날이란 것 이외에 아무 생각도 없었다.

드디어 22일. 이종문은 한길에서 들어오는 골목길이 환히 내다보이는 창가에 앉아 아침부터 움직이지 않았다. 기차의 기적이 울릴 때마다 신경을 곤두세우고 눈을 부릅떴다. 오전이 지났다. 오후가 되었다. 서향방이라서 햇빛은 흥건히 그 광열을 쏟아넣었다. 땀이 흘러 먹을 감은 사람의 몰골이 되었다. 그래도 종문은 그 창가에서 움직이지 않았다. 그 느릿느릿한 여름해도 저물 때가 있다. 얇은 황혼에 전깃불이 일제히 피었다. 땀인지 눈물인지 분간 못할 물이 눈에 스며들어, 일제히 꽃핀

듯한 그 전등불이 물 가운데의 풍경처럼 어려 보였다. 그래도 종문은 창가에서 움직이지 않았다. 어느덧 밤은 깊었다. 만월이 이마 위에 있었다.

'아아, 오늘이 음력 7월 보름이구나!'

종문은 저도 모르게 한숨을 쉬었다. 지금 저 달은 고향의 들과 마을을 비추고 있을 것이었다. 종문은 고향에 두고 온 처자를 비로소 생각했다. 아득히 먼 날 헤어진 사람들처럼 그저 멀게만 느껴졌다. 그밖에 아무런 감정도 일지 않는 것이 이상할 정도였다.

'그런데 저 달 아래 그 새댁이……'

싶으니 가슴이 조이는 것 같았다.

'그 여자는 저 달을 보고 어떤 생각을 하고 있을까! 내 같은 건 잊었겠지. 세상에 멋진 사내는 얼마라도 있는데 하필이면 내 같은 무식꾼에게 마음을 둘 까닭이 있나.'

생각할수록 절망이었다. 내일 하루 더 기다려보면 싶었지만 내일 아침 퇴원하고 양근환 선생 집으로 가게 되어 있었다.

종문은 거의 뜬눈으로 7월 보름의 만월이 넓은 하늘을 건너 서쪽으로 사라지는 모습을 지켜보았다. 사랑하는 연인을 영원히 떠나보낸 처량한 심정이었다.

만일 차진희가 나타나면 연락을 해달라며, 안성조가 써준 쪽지를 병원에 맡겨놓고 종문은 안성조를 따라 양근환 선생의 집으로 갔다.

양근환은 수송동에 널찍한 집을 빌려 청년들의 합숙소를 겸해 연락사무소로 쓰고 있었다. 종문은 나이가 많다고 해서 같은 또래의 두 사람과 한방을 쓰게 마련해주었다. 같은 방의 사람 가운데 하나는 문창곡이란 사람이었고 다른 하나는 성철주라고 했다. 둘 다 이북 출신이며 처자를 고향에 두고 왔다고 했다. 만주 등지에서 독립운동을 한 경력을 지녔다는, 각각 행티가 있어 보이는 위인들이었다.

방을 정하고 난 뒤 양근환이 종문을 불렀다. 얼굴이 불그레했다. 아침부터 술에 취해 있는 모양이었다.

"이종문이라고 했지?"

"예."

"나라를 위해 목숨을 바칠 각오가 되어 있는가?"

"예."

"내 명령에 절대 복종할 각오가 되어 있는가?"

"예."

종문은 그저 건성으로 대답했으나, 대답을 하는 동안 저도 모르게 그런 각오가 익어가는 것처럼 느꼈다.

"앞으로 우리는 나라를 독립시켜야 하고 독립국 백성이 되어야 한다. 그런데 친일파들은 아직 버릇을 고치지 않고, 소위 지도층에 있다는 자들은 자기 개인의 욕심에 눈이 어두워 국가 대사를 망치려 하고 있다. 우린 이런 놈들을 말짱 소제해야 한다. 건국에 방해가 될 놈을 소탕하는 작업이다. 어떤 놈들을 소탕해야 할진 내가 정한다. 내 명령엔 절대 복종해야 한다. 우리의 이 단체는 간판을 걸지 않았지만 광복탐정단이다. 조국의 광복을 위해 모든 정세를 살펴선 유효적절한 행동을 하는 것이 우리의 사명이며 임무다."

종문은 눈치로써 대강의 말뜻을 알아차리긴 했으나 의미를 전부 이해하진 못했다. 그래 솔직하게 털어놓았다.

"저는 워낙 무식해서 쓸모가 있을지 모르겠습니다."

양근환이 무릎을 탁 쳤다.

"바로 그 점이 좋다. 어설프게 유식한 놈보다 자기의 무식을 짐작하고 있는 놈이 좋단 말이다. 무식하다고 해서 두려울 건 없다. 동으로 가라면 동으로 가면 될 것이고, 서로 가라면 서로 가면 될 것이니까."

그리고 주위를 돌아보며

"오늘 동지가 된 이종문 동지를 잘 보살펴줘라."

고 말하고는, 다시 이종문에게

"만일 길을 걸을 때나 무슨 일을 할 때 어떤 놈이 시비를 걸어오거든 서슴없이 양근환이 이끄는 광복탐정단의 동지라고 해라. 그래도 밉게 굴거든 빨리 본부로 연락해라. 그러나 매사에 행동을 신중하게 해야 한다."

며 훈시를 끝냈다.

양근환 앞에서 퇴출한 종문이 안성조에게 물었다.

"뭘 하는 겁니꺼?"

"무슨 일이 있을 때까지 기다리는 거지, 아직은 할 일이 없소."

안성조의 대답이었다.

밤에만 돌아오면 당분간 행동은 자유라는 것이어서 종문은 역 앞 병원으로 가보았다. 역시 차진희는 나타나지 않았다.

종문은 다시 병원의 간호원에게 단단히 일러놓고 남산 쪽으로 해서 수송동 합숙소로 돌아왔다. 돌아오는 도중 호젓한 골목길에서 일본인인 듯한 차림의 여자를 만났는데 갈정渴情 비슷한 남성의 욕망을 느꼈다. 더욱이 아장아장 움직이는 엷은 옷 밑의 궁둥이가 숨 막힐 지경으로 종문의 남성을 자극했다.

'일본 여자쯤 겁탈을 해봤자 별일 있을라고.'

싶은 선입감 같은 것이 노골적인 욕정으로 번진 것인지도 몰랐다. 게다가 일본 여자는 그런 방면엔 헤프다고 들은 지식이 있었다. 그러나 마음뿐이지 실제 행동하기란 어림없는 노릇이다.

오이냉국에 보리 섞인 밥을 몇 순갈 뜨고 골목의 바람맞이에 종문은 문창곡, 성철주와 앉았다.
"이 동지, 아까 어딜 가셨수?"
"내 마누라 될 사람이 왔는가 싶어 가봤소."
"마누라감이라뇨?"
이번에는 성철주가 물었다.
"서울 오는 기찻간에서 만난 여잔디요, 진남포엘 갔다가 어제 온다 캤는데."
"그래 그 여잘 잡수셨수?"
성철주가 거듭 물었다.
"아아뇨. 그럴 기회도 없었고……."
"그럼 트자에 리을이로구먼."
문창곡이 말했다.
"참 좋은 여잔디."
"대해에서 고기를 놓친 셈이로구먼."
문창곡이 이렇게 말하자,
"놓친 고기는 항상 커뵈는 거여."
하고 성철주는 웃었다.
"그런디 이 동진 고향에 처자가 없수?"
문창곡이 물었다.
"없어요."

이종문이 간단하게 거짓말을 해치웠다.

"빨리 토대를 만들어 고향의 처자를 데려와야 할 건데."

성철주가 수심을 섞어 맥없이 말했다. 문창곡이 같이 한숨을 쉬며 말했다.

"일본놈 집이라도 하나 접술해볼까 하지만 치사스럽구."

"일본놈 집을 접수할 수 있는 기요?"

종문이 마음이 솔깃해 물었다.

"수단 좋고 배짱 좋으면 되겠죠. 건준의 이름이라도 빌려가지고 말요."

문창곡이 말했다.

"건준의 이름을 빌리면 그놈들 것이 되지 어디 우리 것이 될 수 있나?"

성철주의 말이다.

이런 말 저런 말 끝에 각기 전력 얘기를 하게 되었다. 이종문인 얘기할 건더기도 없어 듣고만 있었다. 문창곡과 성철주의 얘기는 과장이 섞였다고 치더라도 흥미로웠다.

그러는 도중, 일본놈들이 만주나 중국에서 현지의 여자들에게 얼마나 심한 행패를 부렸는가에 관한 이야기가 나왔다. 마을을 점령하기만 하면 병정들은 민가로 들어가 열 살 내외의 어린애로부터 60, 70세의 노인에 이르기까지 여자라면 모두 겁탈하곤 집에 불을 놓아버린다는 것이었다.

"그게 참말이오?"

종문은 짐짓 놀라며 물었다.

"참말이오, 라니. 놈들의 만행은 말이 모자라 못다 할 지경이오."

문창곡이 말하자, 성철주는 창곡의 말을 긍정하면서

"나는 북지北支에서 일본놈이 임신한 여자를 겁탈하곤 칼로 배를 찔러 죽이는 광경을 봤소. 그런 일을 생각하면 일본놈은 한 놈도 살려둘 수 없지만 어디……."

하고 침을 뱉었다.

종문은 아까 낮에 호젓한 골목에서 본 일본 여자의 궁둥이를 상기했다.

"북쪽에선 소련군이 마구 우리 부녀자들에게 덤빈다던데……."

문창곡이 수연한 얼굴이 되었다.

"미국 군대는 어떨지 모르지."

성철주의 얼굴은 심각했다.

"소련군이 그런 짓을 해요?"

종문은 와락 공포에 사로잡혔다. 차진희가 돌아오지 않는 이유가 바로 그 때문인 것처럼 느껴졌던 것이다.

"넘어온 사람들 얘기를 들으니 그런 모양입니다. 이러나저러나 불쌍한 나라지. 양근환 선생 말이 아니라도, 그런데도 지도층으로 있는 사람들이 정신 채리지 않으면 마구 죽여버려야지 별게 있소. 이번 기회에 독립을 못하면 북쪽은 소련의 종이 되고, 남쪽은 미국의 종이 되는 판인데 그렇게 돼서 산들 무엇 하겠수."

"문형의 말 그대루요. 그까짓 세상 살아서 뭣 하겠소. 양근환 선생의 말씀이 옳아요."

종문은 문, 성 양인을 짙어진 저녁노을 아래 새삼스러운 마음으로 지켜봤다. 그들은 정말 양근환의 명령일하, 죽을 각오를 하고 있는 사람들로 보였다.

'나도 그런 각오를 해야지.'

하면서도 이종문은 엉뚱한 생각을 하고, 그 엉뚱한 목적을 위해 죽어도 좋다는 각오를 하고 있었다.

　20여 명이 같이 있었지만 이종문은 같은 방에서 기거하는 문과 성, 그리고 안성조 이외의 사람과는 별반 접촉이 없었다. 그리고 20명을 굶기지 않고 지탱해나가는 사람이 어떻게 되어 있는지를 알려고도 하지 않았다. 양근환은 가끔 나타나 식객들을 모아놓고 일장연설을 하고는 어디론가 사라져버렸다. 식객들을 모은다고 해도 전부를 한꺼번에 모으는 그런 규율적인 것이 아니었고, 그때 그 자리에 있는 사람만 모아놓고 얘길하는 그런 식이었다.

　종문은 매일 한 번씩은 역 앞 병원을 찾았다. 거의 무망하다는 걸 알면서도 차진희를 단념할 수 없었던 것이다. 이종문은 역 앞 병원으로 갔다가 돌아오는 길을 갖가지로 길잡는데, 그러는 동안 하세카와초長谷川町, 소공동에 자리잡은 어느 일본인 집에 눈독을 들이게 되었다. 그렇게 큰 집도 아니고 그렇게 작은 집도 아닌, 그러니 만일 접수를 한다고 치면 그다지 버겁지 않을 그런 집이었다. 그러나 종문이 그 집에 눈독을 들이게 된 것은 집의 크기에 있었던 것이 아니다. 어느 날 우연히 그 집 앞을 지나면서 판자벽 사이로 빨래를 하고 있는 40세 전후의 여자를 본 때문이었다. 그 여자는 이른바 간단복이란 걸 입고 있었는데 쪼그리고 앉은 자세로 하얀 허벅다리를 노출하고 있었다. 그것이 묘하게 색정을 자극했다. 종문은 그 근처를 빙빙 돌면서 동정을 살폈다. 그리고 3일 후에 그 집에서 나오는 한국인 식모인 듯 싶은 사람에게 돈 10원을 주고 대강 사정을 물었다. 남편은 만주로 출정가고 아이들도 없이 혼자 집을 지키며 행여나 하고 남편을 기다리고 있는데, 9월 중순까지 남편이 돌아오지 않으면 먼저 일본으로 떠날 차비를 하고 있다는 것과 2층은 북조선에서 내려온 늙은이와 여자들에게 빌려주고 있다는 사실을 알았다.

　차진희 때문에 자포자기의 상태가 되어 있는 종문은 그 여자와 그 집에 운명을 걸어볼 작정을 세웠다. 노름쟁이로서의 경험이 어느 정도 그 계획에 치밀성을 보탰다. 종문의 경험으로는 여자를 정복하기 가장 쉬운 시간이 새벽이다. 밤중에는 경계해서 문을 열어주지 않는 사람도 날이 샌 늦은 새벽쯤에는 경계 없이 문을 열어준다. 뿐만 아니라 옷차림이 허술해서 덤비기가 쉽다. 종문의 경우는 그 대상이 주로 술집 안주인이나 작부들이었지만 일반 여성의 경우도 비슷비슷하리라는 짐작이 있었다.

　새벽에 들어가 상황이 전연 불가능하다고 판단했을 땐 집을 잘못 찾았다는 변명을 할 수가 있고 용케 기회를 포착하면 간단히 성공할 수도 있다. 하여간 종문은 시골 노름꾼의 배짱과 술책을 시험해보기로 했다. '밑져야 본전'이라고 생각하며 그는 사과를 한 바구니 사들고 어느 새벽 하세카와초의 그 집 현관을 두드렸다. 일본말을 할 줄도 알고 주워들을 줄도 아는 게 천만다행한 신상이었다.

　나타난 사람은 바로 그 여인이었다. 유카다의 앞섶을 흩뜨린 채 하품을 하며 여자는 현관문을 열었다. 종문은 재빠르게 현관 바닥에 신이 많이 놓여 있으나 2층 사람들은 아직 꿈길에 있다는 걸 알고 순박하기 짝이 없는 웃음을 웃어 보이며 사과 바구니를 내밀었다.

　그 사과 바구니를 내미는 동작이 성공의 시초였다. 패전한 날부터 남에게 선물이란 받아보지 못한 각박한 상황이라서 그만한 인정의 표시에도 여자는 경계심을 풀어버렸다. 종문의 서툰 일본말이 또한 성공을 도왔다.

　"아나따노 슈진."(당신의 주인)

이란 밑도 끝도 없는 말에 그 여자는 주인으로부터의 소식을 가지고 온 사람이거나 아니면 옛날 주인과 교분이 있었던 사람으로 짐작하고 그를 집 안으로 안내했다.

바로 이웃방에 깔아놓은 이불이 있었다. 종문은 방으로 들어서기가 바쁘게 히죽히죽 순박한 웃음을 계속 웃어젖히며 여자를 안아 눕혔다. 유카다를 헤치니 바로 알몸이 나타났다. 여자는 웃는 얼굴의 사나이에게 침도 못 뱉고 항차 고함도 지르지 못한 채 육중한 종문의 몸뚱이에 깔렸다. 그리고 지긋이 눈을 감으며 미닫이를 닫으라고 손짓을 했다.

그 후 모토야마 요네코本山米子란 그 일인 여자와 이종문의 관계가 어떻게 발전되어갔는가에 관해서 구체적으로 기록해보고 싶은 유혹을 느끼지 않는 바는 아니나, 여기서는 생략하기로 한다.

다만 실의 속에서 고규孤閨를 지키던 중년의 여체가 이종문이란 건강한 남성을 만나 인간인 여성이기에 앞서 동물의 암컷으로서 반응했으리란 사실은 짐작할 수가 있다. 그렇다고 해서 인간적인 교환交歡이 없었던 것은 아니다. 종문은 바깥주인과 기왕 교분이 있었다는 핑계를 만들어 그 집에 빈번히 드나들면서 여자의 편리를 아낌없이 보아주었다. 식량을 마련해주기도 하고 그밖에 필요한 물건을 사주기도 했다. 인생의 어느 한 시기를 송두리째 맡겨버려도 아쉬움이 없다는 기분으로 그 여자를 사로잡아 관계는 충분히 성립되었던 것이다.

그 일본 여자는 정식으로 꾸민 가옥매도증과 만일 남편이 그리로 찾아오면 전하라는 한 통의 편지를 남겨놓고 울면서 서울역을 떠났다. 그러나 그것은 그로부터 몇 달쯤 후의 일이다.

"호랭이 새끼를 얻을라면 호랭이 굴에 들어가야 한다."

훗날 이종문이 즐겨 쓰게 된 이 말은, 말 자체는 노름판에서 익힌 것이로되 지혜로서 간직하게 된 것은 그 일본 여자와의 모험을 통한 것이었다.

8

9월에 접어들었다. 귀동냥 눈동냥으로 무식한 이종문도 세상 돌아가는 것을 대강은 파악하게 되었다. 좌익이 어떻고 우익이 어떻다는 것도 어렴풋이 알았고, 미국과 소련이 38선을 경계로 남과 북을 각각 점령하는 의미도 알았다. 그러나 아직도 납득할 수 없는 것은
'무엇 무엇을 위한다.'
는 말의 뜻이었다.
'나라를 위한다' '민족을 위한다' '정의를 위한다' '진리를 위한다' 이런 말들이 범람하고 있는데 그 '위한다'는 말을 이해할 수 없었던 것이다.
종문은 이날 이때까지 자기 이외의 누구도 위해본 경험이 없었다. 자기의 욕망을 위해서 서둘렀을 뿐이다. 처자를 위해본 적마저 없었다. 아내나 아이들은 주어진 것이었고 위하지 않아도 그냥 그대로 존재했고 살아갔다. 노름판에서 딴 돈을 아내에게 갖다주어 그 돈으로 생활을 해오긴 했지만 그것도 가족들을 위해서가 아니라 자기를 위해서였다. 사람이 살자면 집이 있어야 하고 아내가 있어야 하고, 그렇게 되면 자식도 낳게 마련이다. 자기의 욕망을 위해서만 살아오다 보니 자연히 가족도 살게 되었다는 그런 것이니 결코 '위한다'는 마음이 작용한 것은 아니다.

그런데 주위가 온통 '위한다'는 말로 둘러싸였다. 이종문과 같이 기거하고 있는 사람들은 나라를 위해, 보다 구체적으로 양근환 선생을 위해 생명을 버릴 작정을 하고 있는 것처럼 보였다. 종문도 건성으로
"나라를 위해 목숨을 바치겠노라."
고 맹세한 적이 있다. 그러나 그건 노름판에서 헤프게 쓰는 넋두리와 조금도 다를 바 없이 발성하고 행동한 것뿐이었다. 어떤 결단의 시기가 닥쳐오고 있는 것 같은 공기를 피부로 느끼게 되었을 때 이종문은 자기 나름대로 이 문제를 되씹고 있었다.

9월 6일 밤 자정이 넘어서였다. 이종문이 하세카와초의 일인 여자 집으로부터 돌아와 막 지리에 누우려는 참인데 난데없이 양근환이 들이닥쳐 합숙소에서 자고 있는 전원을 깨워 모이라고 했다. 양근환이 밤중에 합숙소에 나타난 것은 종문으로서는 처음 경험한 일이다.
일동이 안방으로 모이자, 양근환은 주기가 벌겋게 올라 있는 심상찮은 표정으로 방 안을 한 번 둘러보고 입을 열었다.
"오늘부터 동지들의 생명을 내게 주어야겠다."
물을 뿌린 듯 조용해진 방 안에 기침 소리도 없었다.
"건준의 여운형이가 공산당의 박헌영과 짜고 인민공화국을 선포했다. 나라를 송두리째 아라사 놈들에게 팔아넘기겠다는 음모를 만천하에 폭로한 행동과 마찬가지다. 임시정부가 아직 들어오지도 않았는데 이게 무슨 꼴이냐 말이다. 누구헌테 물어보고 인민공화국을 선포했단 말인가. 건준의 간판을 단 것부터가 틀린 짓이었다. 그러나 그것까진 너그럽게 봐주었다. 공산당이 간판을 붙여도 그들끼리 하는 수작이니 하고 봐주었다. 그랬는데 해괴망측하게도 인민공화국을 만들어? 국가

의 이름을 함부로 써? 더군다나 백성에게 물어보지도 않고 정체政體를 즈그 마음대로 해?"

이종문은 분노에 와들와들 떨고 있는 양근환의 얘기를 들으며 엉뚱한 생각을 하고 있었다.

'내가 뭐, 인민공화국인가 공알국인가를 만들었나? 여기 있는 누가 그런 짓을 했나? 아무런 관계도 없는 우리들을 보고 왜 성을 내지? 성을 낼라면 그런 걸 맹근 놈에게 가서 안 내고…….'

"그놈들을!"

하고 양근환이 앞에 있는 탁자를 탁 쳤다. 탁자 위에 놓인 물그릇이 기겁을 한 사람처럼 뛰더니 굴러떨어졌다. 종문이 엉뚱한 생각을 이을 겨를이 없었다.

"그놈들을 모조리 없애버려야 한다. 인민공화국을 음모한 놈들을 죄다 잡아 죽여야 한다. 여운형을 비롯한 박헌영 등 졸개를 이 잡듯 잡아 없애야 한다. 너희들은 그놈들을 없애기 위한 결사대다."

종문은 뭐가 뭔지 확실친 않았으나 자기가 사람을 죽여야 한다는 것만은 어슴푸레 알았다.

"알았지?"

날카로운 고함이 날아왔다.

"알았습니다."

모두들 고개를 숙이고 말했다.

이어 양근환은 다음과 같은 지시를 내렸다.

"2, 3일 내로 결행할 것이니 내일부터 일절 외출을 금하고 이 합숙소에서 대기하라. 외인과 접촉도 금한다. 술도 금한다. 구체적인 지시는 곧 있을 것이다. 어느 놈이고 비밀을 누설하는 놈은 그냥 안 둔다. 물론 그런 놈은 없을 줄 안다. 너희들은 대한 남아다운 긍지를 갖고 그동안 수양하도록 해라."

그래놓고 양근환은 어디론지 바람처럼 사라졌다.

방으로 돌아와 이종문은 문창곡과 성철주가 무슨 말을 할 것이라고 은근히 기대했으나

"올 것이 왔구면."

"그래 올 것이 왔어."

하고 중얼거릴 뿐 그 이상 아무 말도 하지 않고 그들은 잠에 빠져버렸다.

종문은 외출을 금한다는 지시를 어떻게 받아들여야 할지 몰랐다. 내일도 그는 하세카와초의 일인 여자를 찾아갈 참이었던 것이다.

'잠깐 갔다오는 것도 안 될까? 낮에 못 가면 밤에리도 살짝……'

종문도 어느덧 잠에 빠졌다.

잠에서 깨보니 온 집 안이 술렁대고 있었다.

"그러니까 그 소식을 듣자마자 바로 오신 기로구면."

"허허 참, 엎어지면 코 닿을 데 있는 줄을 감쪽같이 몰랐으니."

"탐정단 간판을 붙여놓지 않은 게 천만다행이었구나."

"주석은 이승만 박사라며?"

"부주석은 여운형이구."

"박헌영은?"

"그것까진 모르겠는데."

이런 토막 얘기를 듣고 보니 이종문은 궁금해서 견딜 수가 없었다.

정치의 열풍에 한 달 가까이 휩쓸려 있었던 탓으로 나름대로의 정치 감각이 생긴 것이다. 식사를 끝내기가 바쁘게 안성조를 방으로 청했다. 그 자리에는 문창곡과 성철주도 있었다.

안성조가 자리에 앉자, 문창곡이 물었다.

"안 동지, 도대체 어떻게 되었다는 거요?"

"어젯밤 재동에 있는 경기여학교 강당에서 '인민대표자대회'란 게 있었답니다."

안성조가 말했다.

"재동이면 바로 거긴데, 하필이면 왜 거기서 했을까?"

"경기여학교에 치안단이 있거든요. 아마 건준이 방해할까봐 치안단이 있는 그곳에서 한 모양이거든요."

"건준이 방해를 하다니?"

성철주가 놀라며 물었다.

"건준과 상의 없이 공산당이 일방적으로 해치운 모양이거든요."

"그런데 어젯밤, 양 선생은 여운형에게 책임이 있는 듯이 말하던데."

문창곡은 의아한 표정이었다.

"공산당이 여운형에게만 통고하고 그 승낙을 받은 모양입니다."

"그놈 참 나쁜 놈이로군."

성철주가 뱉듯이 말했다.

"주모자들은 누구누구랍디까?"

성철주가 물었다.

"뻔하지 않소. 박헌영·이관술·이강국·최용달·김세용·정백·최익한·하필원 등. 허헌을 중심으로 만들었답니다."

"정백이나 최익한이 박헌영과 합류했나? 서로 찢고 째고 한다더니."

문창곡의 말이다.

"일시적으로 배짱을 맞추었겠죠."

"인민대표자대회라고 했으면 도대체 어떤 놈들이 얼마나 모였어?"

이번엔 성철주가 물었다.

"약 600명 모였다나요. 철도노조가 동원된 모양이고 평양에서 일부가 참가했다고도 하던데요."

"인민이 모르는 인민공화국이 하룻밤 사이에 성립되다니."

성철주가 입 언저리에 비웃음을 띠었다.

"그게 뭐 인민공화국인가? 장난이지."

문창곡은 아무렇지 않게 말했다.

"아닙니다. 그게 큰 화근이 될 거요. 두고 보시오."

성철주가 하는 말이었다.

"인민이 모르는 인민공화국이 무슨 맥을 쓴단 말요?"

문창곡이 허탈한 웃음을 웃었다.

"그런데 희극 같은 토막이 있었더랍니다. 치안단의 참모에 박승환이란 사람이 있는데 만주군 출신이죠. 군인대표로 등장해선 독립동맹군 5만이 방금 신안주를 통과했으니 2, 3일 내에 입경할 거라고 말하고 이로써 신국가의 무력배경은 충분하다고 하니까 만장에 박수가 일더라나요."

안성조가 이렇게 말하자, 문창곡은

"미친놈들."

하고 혀를 찼다.

"박수 친 놈들은 미군의 삐라 구경도 못한 놈들인가부지. 독립동맹군 5만 명을 갖고 미군과 싸우자는 건가?"

성철주도 혀를 차며 말했다.

안성조가 호주머니로부터 종이쪽지를 꺼내놓고 말했다.

"이게 인민공화국의 각료 명단이랍니다. 아직은 비밀로 되어 있는 것을 감쪽같이 입수한 겁니다."

문창곡과 성철주가 그걸 들여다봤다.

"한번 읽어보시오. 나도 좀 알고로요."

종문이 한마디 했다.

문창곡이 읽어내린 각료 명단은 다음과 같았다.

주석 이승만	재정상 이관술
부주석 여운형	농림상 강기덕
국무총리 허헌	경제상 하필원
외무상 김규식	교통상 홍남표
내무상 김구	통신상 신익희
군무상 김원봉	보건상 이용설
군무상대리 김세용	서기국장 이강국
치안상 최용달	기획국장 정백
사법상 김병로	법제국장 최익한
문교상 김성수	

종문의 귀에 익은 이름이란 이승만과 김구, 여운형밖에는 없었다. 종문은 우익에서 받들고 있는 이승만을 좌익에서도 받들고 있다는 사실을 명심했다. 장차 이승만에게만 잘 보이면 되겠다는 작정이 어렴풋이 가슴속에 어렸다.

인민공화국의 선포는 서울의 정계를 더욱 혼란속에 몰아넣었다. 건준은, 건국을 준비하는 조직체인 자기들을 무시했다고 해서 임시대회를 소집했다.

허헌이 갖가지로 설명하려고 했지만 통할 까닭이 없었다. 이어 여운형이 다음과 같이 설명했다.

"곧 미국군이 상륙합니다. 그 앞에 우리는 우리의 태세를 갖추어놓아야 합니다. 그리고 그것을 기정사실로서 그들에게 인식시켜야 합니다. 그렇지 않곤 조국의 독립을 조속히 실현하기란 무망한 노릇입니다. 그런 긴급한 요청에 따라 정부를 조직한 것입니다. 정당이나 건준 갖고는 기정사실을 시인시킨다고는 해도 너무나 약합니다. 그런데 건준 동지 여러분과 미리 상의하지 않은 것은 죄송하기 짝이 없습니다만, 준비과정에 있어서의 잡음을 피하자는 뜻 외엔 아무것도 없으니 양해하시기 바랍니다. 그리고 인민공화국을 선포했다고는 하나 우선 테두리만을 만들어놓은 것이니 앞으로 여러분의 의견을 들어 불충분한 점을 보완해나가면 되지 않겠습니까. 그래가지고 명실공히 훌륭한 인민공화국을 만들어 건준을 발전적으로 해소하기로 합시다."

수일 전 받은 테러로 인해 쇠약한 몸을 이끌고 등단한 여운형의 설득에 건준의 간부들은 일단 승복하기로 했으나, 9월 10일 각료 명단이란 것이 발표되자 건준의 내부는 다시 한 번 발칵 뒤집혔다.

이에 못지않게 장안의 공기는 살벌함을 더했다. 양근환은 여운형을 비롯한 좌익의 요인들을 죽일 결심을 굳혔다. 그 무렵, 수송동의 합숙소에 정체를 알 수 없는 인물들이 드나들기 시작했다. 양근환이 며칠씩 합숙소를 떠나지 않는 일이 거듭되었다.

정체를 알 수 없다는 것은 종문의 사정이고, 문창곡과 성철주는 그들과 잘 아는 사이인 것 같았다. 그래서 어느 날 이종문이 문창곡에게 그 사람들이 어떤 사람들이냐고 물었다.

"굉장한 사람들이오. 모두 일당백 할 사람들이오."

운명의 출발 101

하고 문창곡이 차근차근 그들의 경력을 설명했다.

"손기업이란 사람은 천진조계 습격사건, 즉 전 관동군 사령관 무등 武藤을 암살하려다가 미수로 그쳤는데 여순감옥에서 10년의 옥고를 치른 사람이고, 유남세 씨의 의열단 단원으로서 동척을 폭파한 나석주 의사와는 혈맹의 관계에 있는 분이죠. 홍복린은 기왕 적군중좌를 지낸 경력이 있는 분이오. 모두 테러리스트로서는 일류에 속하는 인물들이죠."

"또 한 사람 있지 않습니까?"

종문이 물었다.

"아아, 어제 온 사람."

하며 문창곡이 망설이더니

"그분의 이름은 김인식이오. 일본 동경에서 대학까지 다닌 지식인인데 배짱이 대단하죠. 바루 며칠 전 해주에 있는 도청에 단신 들어가서 공산당 간부 세 놈을 죽이고 도망쳐왔대요."

하고는,

"누구에게도 이 말만은 마시오."

하고 덧붙였다.

이종문은 사람을 셋이나 죽였다는 얘기를 듣고 어안이 벙벙했다. 그 곱다랗게, 어느 모로 보나 신사적으로 생긴 사람이 어떻게 사람을 죽일 수가 있었을까 싶으니 얼떨떨하지 않을 수 없었다. 그러나 그런 마음의 동요를 참고 이종문이 다시 물었다.

"그런 분이 드나드는 걸 본께 꼭 무슨 일을 일으킬 모양이지요?"

"글쎄요."

하고 문창곡이 팔짱을 끼었다.

"양근환 선생은 한번 한다면 하시는 분이니까."

"문 동지도 사람을 죽인 일이 있소?"

이종문이 어름어름 물었다. 문창곡이 쓴웃음을 띠고 종문을 돌아보며 말했다.

"사람을 그렇게 간단히 죽일 수야 있소. 더욱이 나 같은 놈이."

종문은 그 말을 어떻게 받아들여야 할지 몰랐다. 죽인 일이 있단 말인지, 없단 말인지 그 말만으로는 분간하기 어려웠다.

"성철주 동지는 그런 일이 있을까요?"

"글쎄요. 그러나 이 동지, 그런 일은 묻는 게 아니오. 자신이 말할 때까지는 말요."

하고, 문창곡은 한참 동안 뭔가를 생각하더니 뚜벅 이런 말을 했다.

"이 동지는 아무래도 길을 잘못 든 것 같소. 이 동지는 농사를 짓든 장사를 하든 해야 할 사람이오. 되도록 빨리 이곳에서 떠나도록 하시오. 그 대신 이곳에서 있었던 일에 대해선 절대로 비밀을 지켜야 하오."

9

되도록이면 빨리 그곳을 떠나는 게 좋을 것이라는 문창곡의 말을 이종문은 사리에 맞는 말이라고 들었다. 아무리 생각해도 자기는 사람을 죽이는 일을 감당할 수 있을 것 같지도 않았고, 그밖에 그 모임 속에서 해야 할 일을 발견할 수도 없었으니 말이다. 그렇다고 해서 곧 보따리를 쌀 수는 없었다. 문창곡의 말대로 떠난다 해도 양근환 선생의 허락을 받아야 할 것이었다. 그보다도 왠지 이종문의 가슴 밑바닥에 미련이 남아 있었다. 이왕 들어왔을 바에야 뭔가 얻은 것이 있어야 할 게 아닌가. 땅바닥에 쓰러지면 지푸라기도 주워 일어서야 하는 것이다.

하기야 떠나려면 갈 곳은 있었다. 하세카와초의 일인 여자 집에 비집고 들어서면 그 여자가 싫어하진 않으리란 자신은 있었다.

언제라도 갈 데가 있다는 마음의 여유와 그곳에 대한 막연한 미련으로 해서 이종문은 당분간 수송동의 식객 신세를 연장하기로 마음을 먹었다.

남성이 꿈틀거리면 하세카와초를 찾았다. 그건 필요할 때 변소에 드나드는 행동과 비슷했다. 일인 여자 요네코는 종문이 들어가기만 하면 미닫이를 닫고 자리를 깔고 옷의 앞섶을 풀어헤치고 누울 줄을 알았다. 길을 잘 들인 개처럼 그런 행동엔 조금도 구김살이 없었다. 속속들이 말이 통하지 않아도 좋았다. 적당한 동작에 적당한 신음 소리만 있으면 몸과 마음은 천지를 창조한 하나님의 뜻대로 조화를 만들어내게 마련인 것이다. 요네코는 성애에 있어선 지칠 줄 모르는 중년의 여체였고, 종문 역시 신경과 정열을 다른 곳에 분산할 필요가 없는, 사나이의 특징을 오로지 여체를 즐겁게 하는 방향에서 발휘할 수 있는 사람이었다.

종문이 와 있다는 사실만 알면 2층에 세 들어 있는 사람도, 집안일을 도우러 온 사람도 감히 그 근처에 얼씬하지 않는 태도를 취했다. 그 때문에 종문과 요네코와의 비의秘儀는 백주인데도 두 시간, 세 시간을 끌 수가 있었다.

그날도 종문은 백주에 일을 치르고 이어 두어 시간 늘어지게 낮잠을 자곤 하세카와초의 집을 나섰다. 안산鞍山 꼭대기 대여섯 발짝 위에 기울어가는 태양이 있었다. 종문은 부신 눈을 들어 태양을 한번 흘끔 바라보곤 광화문 쪽으로 걸음을 내디뎠다. 밤에는 수송동 숙사를 지켜야 하기 때문에 해질 무렵까진 거기 가 있어야 하는 것이었다.

더위는 거의 느껴지질 않았다. 어느덧 가을의 거리로 바뀌어져가는 것을 거리의 사람들의 표정과 의복으로써 알 수가 있었다. 가을! 가을은 노름꾼 이종문의 가슴에도 나름대로의 무늬를 새긴다.

종문은 얼마 남지 않은 호주머니의 돈을 생각했다. 종문이 서울 왔을 때만 해도 30전이면 먹을 수 있었던 설렁탕이 불과 한 달 동안에 5원으로 껑충 뛰고 있었다. 내일이면 6원, 모레면 7원으로 오를 것이 뻔했다. 한 푼 벌이는 없는데 물가는 사정없이 오르는 바람에 종문의 호주머니엔 30몇 원밖엔 남지 않았다.

'30원이면 순사 한 달 월급이라캤는디. 제기랄, 한자리 술값도 될까 말까 하게 됐으니 우째야 되노.'

종문은 그 돈이 떨어지기 전에 노름판을 찾아들어야겠다고 마음을 먹고 문창곡이나 성철주에게 몰이불 직징을 하며 손가락을 놀려보았다.

서울 시청 옆을 막 지나려는 찰나였다. 저편에서 지프차라고 하는 조그마한 자동차가 달려오는데 그 위에 탄 미군 하나가 휘이이 하는 원숭이 소리 같은 기성을 올리며 종문을 향해 뭔가를 던졌다. 종문이 기겁을 하고 비켜서려는데 종문의 어깨를 치고 땅에 굴러떨어지는 것이 있었다. 네모가 반듯한 종이갑인데 가운데 빨간 동그라미가 그려져 흡사 일본놈들의 국기를 작게 만든 것 같은 인상을 주는 것이었다. 종문은 주저주저하면서도 그 종이갑을 주워들었다. 매끌매끌한 포장지에 싸인 것이 무슨 비누 같기도 하고 과자 같기도 했다. 껍질을 한쪽 뜯었다. 담배가 나타났다.

'야아, 담배로고나.'

하고 종문은 감탄했다. 종문은 담배를 그렇게 예쁘고 매끄럽게 포장한 건 처음 보았다. 그는 지나가는 사람들에게 횡재를 한 소년이 어른을 볼 때 보이는 바보스런 웃음을 띠어 보이곤 담배 한 개비를 꺼내 입에 물고 불을 붙였다.

향긋하고 달콤하고 그러면서도 담배 맛은 담배 맛대로 나는, 종문의 감상으로선 그저 기막힌 담배였다. 그는 그것을 던져준 미군이 근처에 있기만 하면 큰절을 해도 좋다는 마음으로 아까 그 지프차가 달려간 방향을 바라보았다.

종문이 미군을 처음 본 것은 일주일쯤 전이다. 눈이 파랗고 코가 덩실하게 크고 키가 본때 없이 길다란 이질적인 동물을 본 것 같은 느낌 이외에 아무런 감상도 그때는 갖지 못했고, 그 뒤엔 미군을 볼 때마다 코가 크면 그게 크다는 속담을 상기하곤 그 길다란 다리 사이에 붙어 있을 큼직한 물건을 상상하며 피식 웃곤 했던 것인데, 담배 한 갑을 얻어 쥐고 나니 어쩐지 친근감이 솟았다.

'생기긴 짐승처럼 생겼는디. 놈들, 인정은 있는 기로고만.'

양담배를 피워 물고 유유히 청진동 골목을 걸어들어가는 기분은 과히 나쁘지 않았다. 종문은 한동안 빈약해진 호주머니 걱정을 잊을 수가 있었다. 그런 기분도 있고 해서 종문은 수송동으로 접어드는 길목에 있는 가게에서 술 한 병과 북어 두 마리를 사들었다. 문창곡, 성철주에게 갖다바칠 작정이었다.

종문은 문창곡과 성철주를 그만큼 좋아했다. 둘 다 종문으로선 재량하기 어려운 사람들이었지만, 무식한 종문도 그들이 좋은 사람들이란 사실만은 짐작할 수가 있었다. 첫째 종문이 터무니없는 무식한 소리를 해도 깔보는 태도를 취한 적이 없다. 때로는 종문 자신도 아뿔싸 싶은 그런 말을 해도 문창곡은 그런 의견이 보통 있을 수도 있다는 식으로 치고 차근차근 설명을 해주었다. 이런 일도 있었다.

"애국자, 애국자 해싸트라만 그 사람들이 도대체 뭣 했소? 징역살이

한 기 무슨 쟁긴가? 해방, 해방 하지만 어디 그 사람들 힘으로 된 건가? 징역살이한 게 애국자몬 나도 제엔장, 애국자. 나도 유치장 신세 지고 콩밥 묵은 일 있응께."

어느 날 밤, 이종문이 거나하게 한잔 취한 김에 이렇게 문창곡과 성철주에게 감겨든 일이 있었다. 종문으로선 응당 문창곡이나 성철주가 성을 낼 줄 알고 한 짓이었다. 그러나 문창곡은

"이 동지 말이 옳소. 징역살이한 걸 애국한 증거로 내세우는 사람이 애국자일 까닭이 있소? 나는 3년 징역을 치렀소만 내가 불민한 놈이란 증거는 될 수 있어도 애국자란 증거는 못 되오. 오죽 못났으면 왜놈에게 잡혔겠소. 그것도 딴 나라에서면 몰라. 우리 동포가 사는 이곳에서, 일본놈이란 한 놈도 없는 곳에서 우리 동족에게 잡혔단 말요. 그리고 내가 보기엔 지금 우리나라에서 내로라하고 설치고 있는 사람 가운데 애국자란 이름에 합당한 사람은 드물다고 보오. 되려 이름도 없는 사람 가운데 진실한 애국자가 있을지 모르죠."

하는 간곡한 말을 했고, 성철주는

"그러나 이 동지, 그런 걸 막말이라 하는 거요. 그렇게 말해버리면 우리나라가 너무나 쓸쓸하지 않소? 애국자를 자처하는 사람들을 그 흠을 파 들어내서 몹쓸 놈을 만들어버리는 것보다 애국자라고 추어올려서 앞으로 애국을 하도록, 참말로 애국자가 되도록 하는 게 유리하지 않겠소? 이 동지의 뜻을 알고 그 말에 거짓이 없다는 것도 알지만 되도록이면 앞으로 그런 말을 맙시다. 내나 문 동지가 일제 때 징역살이를 했대서 하는 말이 아닙니다. 지금은 모든 사람이 아쉬울 땝니다."

하고 종문의 손을 잡았다.

"그렇다면 말씀입니더, 모든 사람이 아쉬운 때라면 말입니더. 왜 이

곳에선 사람을 죽일 공론만 하고 있는 겁니꺼?"
하고 종문이 물어보지 않을 수 없었다.

"아쉽지만 나라와 백성을 위해 죽어줘야 할 사람이 있는 거요. 한 사람의 죽음이 대세를 돌리는 계기가 될 수도 있으니까요. 몇몇 사람 때문에 대세를 돌리는 데 지장이 있으면 하는 수 없지 않소? 많은 닭을 치는데 그 가운데 몇 마리가 병에 걸렸다면 전염을 막기 위해서 솎아버려야 하지 않겠소? 정의가 똑바로 서고 질서가 옳게 잡혀 있으면 우리들이 비상수단을 쓸 필요도 없지요. 그런데 지금은 그렇지가 않단 말이오."

문창곡의 말이었다.

"누가 죽고 누가 살아야 할 낀지, 그걸 누가 어떻게 정할 낀디요?"

무식한 이종문이 뜻밖에도 날카로운 질문을 한 것인데 이건 성철주가 받았다.

"정하는 건 내 속에 있는 양심이지요. 그 양심이 옳은지 나쁜지에 관해선 먼 훗날 역사가 가려주겠지요. 그런데 이 동지, 오해하지 마십시오. 대의를 위해 어떤 사람을 죽일 작정을 하면 죽이는 자신도 죽을 각오를 하는 겁니다. 내 생명과 그 편의 생명을 상쇄한다는 얘기죠. 상대방은 죽이고 자기는 살아남을 생각을 한다면 그건 안 될 말이죠. 상대방을 죽이고 자기는 살아남을 수 있을지 모르나, 그리고 상대방을 죽였다고 해서 꼭 같이 자신도 애써 죽어야 할 필요는 없지만, 어떻든 간에 살아 있어도 그건 덤으로 사는 거요. 나와 상대방을 상쇄한다, 이게 테러리스트의 각오이고 윤리이며 명분이오."

수송동에서 생활하는 동안 종문은 테러리스트가 뭔지는 어렴풋이 알았다. 그러나 문창곡의 말이나 성철주의 말엔 종문이 이해하지 못하는 부분이 너무나 많았다. 그러나 종문은 그들이 그를 얕잡아 보지 않고 언제나 대등하고 동등하게 대접하고 있다는 사실만은 피부로 느끼고 있었다. 그 점이 고맙고 반가운 것이다. 종문이 그들을 좋아하는 까닭이 여기에 있었다.

술병을 들고 들어가자

"허허, 이 동지 오늘 좋은 일이 있었수?"

하고 성철주는 반기고, 문창곡은 눈을 가느다랗게 하며 웃었다. 창곡이 눈을 가느다랗게 하며 웃는다는 건 기쁘고 반갑다는 뜻이다.

종문은 술과 북어 꾸러미를 방바닥에 놓고

"그것보다도 문 동지, 성 동지, 이 미군 담배 한번 피워 보이소. 기가 막히게 맛이 있고만요."

히머 아까의 그 양담배를 꺼내놓았다.

"이거 어디서 생겼소?"

문창곡이 한 개비를 꺼냈다. 성철주도 한 개비 꺼내 입에 물고 불을 붙였다.

"흠, 맛 좋은데."

성철주가 이렇게 말하니, 창곡은

"놈들, 이런 담배를 피워가며 전쟁을 했을 꺼니."

하며 감개무량한 투로 호주머니에서 '홍아'라는 담배를 꺼내 방바닥에 놓았다. 담뱃갑 모서리가 솜처럼 피어올라 양담배 곁에 남루를 두르고 선 거지꼴이었다. 홍아 담배는 그 담뱃갑이 초라할 뿐 아니라 호주머니에 두세 시간 넣고 다니면 담배가 거의 3분의 1쯤이나 빠져버려 앙상한 꼴이 된다. 불을 붙이려면 담배 개비를 세로로 세워 한 끝을 가볍게 두드려야 한다. 그러면 3분의 1쯤 빈 종이를 앞 끝에 남기고 피워 무방할 정도로 담배의 밀도가 잡히는 것이다.

"미국놈과 일본놈의 차이가 당장 이 담배에서 나타나는 셈이구먼."

성철주의 말이 그럴싸했다. 반들반들 매끄러우면서도 단단한 갑, 토실토실 야무지면서도 빽빽하지 않아 연기가 잘 통하는 알. 종문은 성철주의 말에 곁들여 미국이란 나라의 실력과 위신을 그 담배를 통해 처음으로 느꼈다.

종문이 물었다.

"그런데 이 빨간 똥그래미 안에 쓰인 게 뭡니꺼? 그림입니꺼, 글입니꺼?"

문창곡이

"그림같이 그려진 글인데요."

하며

"럭키 스트라이크."

라고 읽었다.

"럭키 스티리?"

종문이 뒤따르자

"럭키 스트라이크."

하고 창곡은 다시 한 번 또박또박 발음하고 그것이 야구의 용어란 것과 어떤 경우 럭키 스트라이크가 되는지를 소상하게 설명했다.

종문은 판돈을 다 걸고 하는 노름에서 구땡을 누르고 장땡을 뽑는 거와 흡사한 일이라고 납득하고는, 세상엔 희한한 일들이 많다는 놀람과 함께 문창곡이 이만저만하게 유식한 사람이 아니란 사실에 새삼스러운 외경을 느꼈다.

"몇 개비 남겨놓았다가 양 선생님한테 드려볼까아."

종문이 중얼거렸다.

"선생님은 벌써 이런 것 맛보셨을 거요. 미군이 서울에 온 지가 벌써 일주일이나 됐으니까."

성철주는 이렇게 말했으나, 창곡은

"이 동지가 갖다 드리는 것도 의미 있을 거요. 선생님의 심기가 요즘 대단히 좋지 않으신 모양입니다."

하고 수연한 표정을 지었다.

"와 그렇습니꺼?"

종문은 그 까닭을 알고 싶었다.

10

양근환의 심기가 편하지 못한 이유를 종문이 알고 싶어한다고 해서 문창곡이 그 까닭을 설명할 수는 없었다. 창곡은

"세상 일이 선생님 뜻대로 돌아가지 않으니 강직한 선생님으로선 심기가 자연 불편하실 것 아니겠소."

하고 말았지만, 그 무렵 양근환을 둘러싼 사태의 경위는 다음과 같다.

양근환은 '건준' '인민공화국' 등의 좌익세력을 적대시하고 그러한 세력을 봉쇄하는 것이 나라를 위하는 길이란 신념으로 움직이고 있는 사람이었다. 그런데 반좌익세력의 집결체라고 할 수 있는 한국민주당이 그 결성을 준비하는 과정에서도, 결성하고 난 후에도 양근환을 소외시켰다. 물론 양근환은 한국민주당에 참여하라는 권유를 받아도 거절할 사람이었다. 그 주류를 이룬 사람들과는 성격적으로 맞지 않는 탓도 있었지만, 양근환의 반좌익적 사상은 그렇다고 해서 보수적 정치를 하자는 것이 아니라 나름대로의 혁신성을 지니고 있었기 때문이다. 그러

나 사회의 일선에 서서 정국을 바로잡겠다고 서두르고 있는 그에게 한국민주당으로부터 일언반구의 의논도 없었다는 것은 적이 그의 자존심을 비틀어놓았다.

송진우는 도산 안창호 선생이 1938년 병몰하신 후, 여운형과 더불어 명실공히 최고의 민족지도자였다. 그러나 그는 8·15 직후 선뜻 정치의 표면에 나타나지 않았다. 당분간 정세를 관망하고 어떤 정치세력이 어떠한 양상으로 나타나는가를 보고 이에 대처해야겠다는 침착성과 신중성이 시킨 노릇이었다.

송진우는 건준의 동태 그리고 인민공화국 수립과 그 후의 추이를 지켜보곤 그들 좌익에게 대항하지 못할 바 없다는 자신을 품기에 이르렀고, 미군의 주둔이 확실시된 데 따른 승산을 갖게 되어, 9월에 들자 4일엔 김성수·조병옥·이인 등과 연합군 환영준비회를 만들고 그 움직임을 발전시켜 6일엔 건준을 반대할 것을 최대 목적으로 하는 한국민주당의 발기선언을 했다. 이 발기선언에 서명한 사람은 700명이다. 뒤엔 한국민주당이 보수세력의 본거지처럼 취급되었지만 발기선언에 서명한 700명을 보면 좌로는 공산주의자로부터 우로는 일제시대에 친일파 노릇을 한 사람까지를 망라한, 중앙·지방을 통해 제법 이름이 알려진 인물들의 총집결이라고 할 수가 있었다. 이어 9월 16일 한국민주당은 경운동 천도교 대강당에서 결성식을 가졌다. 결당선언에 나타난 동당의 목적은, '반건준' '반인민공화국'이고 노선은 중경임시정부 지지란 소극적인 것이었지만 건준과 인민공화국, 조선공산당, 여운형 계에 반감을 가진 미군정청이 적극적으로 지지한 탓도 있어 그 결성식은 화려한 외관을 치레했다. 간부의 진용은 각 지방별을 배려한 거물급으로 짜여졌다. 송진우(전남)·김동원(평안)·백남훈(황해)·김도연(경기)·조병옥(충청)·서상일(경상)·원세훈(함경) 등이다.

이러한 진용을 보고 양근환은 불만을 터뜨렸다. 그러나 양근환은 당장 위험한 것은 공산당과 그 계열이라는 판단으로 그의 좌익인사 암살 계획을 포기하지 않았다. 그런데 이 계획에 또 차질이 생겼던 것이다.

양근환은 미군이 상륙하자 발표한 시정방침에 따라 건준 하의 치안대가 해산한 틈을 타서 여운형을 비롯한 박헌영, 허헌 등을 일거에 도살할 작정이었다. 그리고 착착 준비를 서둘러 막 결행하려고 하기 직전에 정보가 누설되어 그 계획을 일단 보류하지 않으면 안 되게 되었다.

양근환은 소위 제1차 암살계획에는 수송동 합숙소에 있는 광복탐정단의 동지를 쓰지 않기로 했다. 그 까닭은 아직 훈련과 각오가 모자라는 사람들을 썼다간 실패하지 않을까 하는 걱정이 있었기 때문이고, 그들을 제1차 계획의 결과를 통해 교육을 시킨 다음 제2계획에 활용할 작정이었다. 그래서 제1차 계획엔 수송동 소속이 아닌 유남세·홍복린·김인식 등 경험이 풍부한 테러리스트들만을 쓰기로 했다. 문창곡, 성철주를 그 계획에서 뺀 것은 수송동 합숙소를 지키게 하는 한편 후일 수송동 동지들의 교육을 맡기기 위해서였다.

실행할 수 있는 인물이란 점에서 유남세·홍복린·김인식 등 모두가 손색이 없었다. 그러나 치밀한 계획을 필요로 하고 빈틈없는 작전이 있어야 하는데 이 점이 모자랐다. 양근환은 만주에서 사귄 김경재가 서울에 나타나자 좋아라고 그에게 계획의 전모를 얘기하고 총참모 격 일을 해달라고 부탁했다. 김경재는 쾌히 승낙하고 며칠에 걸쳐 서로 의논한 끝에 결행할 날짜까지 정했다.

그랬는데 일은 사전에 누설되어 암살 대상의 인물들은 종전에 있던 거처를 떠나 행방을 감추어버렸다.

양근환은 실패에 따른 실망도 컸지만 정보가 사전에 누설되었다는 사실이 더 불쾌했다. 아무리 생각해도 자기의 주위엔 그런 배신자가 없을 것 같은데 결과적으로 엄연히 배신자가 있는 것으로 되었으니 고민거리가 아닐 수 없었다. 어떤 일이 있어도 그 배신자를 잡아내야 했다. 그러지 않고선 앞으로의 일은 성사될 가망이 없다. 그렇다고 해서 동지 한 사람 한 사람을 사문査問해 들어가면 단체가 붕괴해버릴 위험이 있었다. 양근환의 심기가 좋지 못한 것은 한국민주당 결성에 따른 불만과 기밀누설에 따른 불쾌감, 이 두 가지 이유 때문이었다.

"동지를 믿지 못하면 일은 그걸로 끝난다."

이 무렵 양근환이 문창곡에게 한 말이다. 문창곡은 뭐라고 말할 수가 없었다. 창곡은 배신자가 누구라는 것을 대강 알고 있었다. 마음으로는 결정적으로 단정할 수도 있었으나 섣불리 입 밖에 낼 수 있는 사정은 아니었다. 만의 하나의 경우라는 것이 있다. 아무리 심증이 두터워도 확증을 내놓을 수 없는 한, 무자비한 린치에까지 이를지 모르는 일을 경솔하게 털어놓을 수는 없는 것이었다.

"당분간 모든 활동을 중단하고 보십시다. 시간을 두고 관찰하고 있으면 배신자가 밝혀질 수도 있지 않겠습니까. 배신자가 나타날 때까지 활동을 중지합시다."

창곡이 간곡하게 말했다.

"나타나지 않으면 우린 영원히 낮잠만 자잔 말인가?"

양근환이 버럭 고함을 질렀다.

"2주일만 여유를 주십시오. 제가 찾아내겠습니다."

"2주일? 그럼 문 동지는 대강은 알고 있다는 말 아닌가?"

"아닙니다."

"아닌데 어떻게 그런 소릴 허나? 똑바로 말해봐."

"지금은 말씀드릴 건덕지가 없습니다. 2주일 여유만 주시면……."

"대강의 요령만이라도 알아야 않겠나. 덮어놓고 2주일이라니 딱하다. 견딜 수가 없다. 이 답답증이나 풀어주게. 2주일 동안 어떻게 해서 그놈을 찾아낸다 말인가. 그 방법만이라도 말해보란 말이다."

"놈들 편에 있는 몇몇 사람을 제가 매수해놓았습니다. 은근히 챙겨 들어가면 알 수가 있을 겁니다."

여느 때 같으면 문창곡이 이쯤 말하면 양근환은

"잘해보게."

하고 놓아주게 되어 있다. 그런데 양근환은 끝내 문창곡을 물고 늘어졌다. 그러나 창곡은 땀을 빼면서도 지기의 의중을 밝히지 않았다. 양근환은

"보기 싫다. 나가라."

고 일갈했다. 침통한 고함 소리였다. 그런 까닭에 창곡은 양근환의 심기가 편치 못하다는 사실을 알고 있었던 것이다.

창곡은 그 배신자가 김경재라고 보고 있었다. 창곡은 경재의 기왕을 잘 알고 있었을 뿐 아니라 어느 날 다동 골목으로 최근우의 심복인 이영식과 나란히 들어가는 것을 목격했다. 경재의 과거는 최근우와 밀접하게 얽혀 있다. 그리고 최근우의 상전이 여운형인데 여운형을 없애려는 하수인이 그의 복심인 이영식과 나란히 다동 후미진 골목을 찾아들어갈 까닭이 뭐냐 말이다. 이러한 생각을 하고 있는데 바로 그 이튿날, 계획이 상대방에게 누설되었다는 증거가 드러났다. 양근환은 경재를 자기와 친한 사람으로만 알았지 최근우와도 친한 사이라는 사실을 전혀 모르고 행동한 것이 분명했다.

운명의 출발 115

'양근환 선생에겐 그런 소홀한 성격이 있어.'

창곡은 속으로 혀를 찼지만 자칫하면 이간질을 한단 비방이 쏟아질 염려가 있는 말을 할 수는 없었다.

뒤에 밝혀진 일이지만 문창곡의 짐작은 적중했다. 다름 아닌 김경재가 이영식을 통해 최근우에게 여운형을 비롯한 좌익계 인사 암살계획을 내통한 것이다.

이 자리에서 잠깐 소설의 줄거리를 벗어나 김경재란 인물을 설명할 필요가 있다. 김경재는 한마디로 말해 1920년대에서 1950년대까지의 우리 민족의 서글프고 어두운 일면을 상징적으로 나타내보인 그런 인물이다. 그는 수원고농水源高農 초기의 졸업생이다. 학생시절부터 사회운동을 시작한 그는 1924년 최초의 공산청년동맹에 가담했다. 그때 비서책은 박헌영, 선전책은 김단야, 조직책은 조봉암이었는데 조봉암이 모스크바에 특파되자 김경재가 조직책이 되었다. 김단야는 그 후 소련에 머문 채 돌아오지 않았다. 지금도 생존하여 동양학의 석학이 되어 있다는 것이며, 1973년 동경에서 열린 세계여자체조선수권대회에 소련 대표로 나와 세계적인 명선수란 갈채를 받은 넬리 김은 그의 손녀라는 설이 있다.

김경재는 또한 문필에 능해 초기『개벽』開闢에 김명식과 번갈아 권두논문을 써서 식자들의 칭찬을 받기도 했다. 1925년부터 계속된 검거선풍에 따라 다른 공산주의자들과 같이 체포되어 5년 가까운 옥고를 치르다가 만주사변 직전에 출감했다. 출감한 직후, 그는 서른이 조금 넘은 젊은 나이로 만주 용정에 설립한 민족학교 동흥중학교의 교장으로

초빙되어 조선민족의 자제들에게 민족의식을 불어넣었다. 여기까지의 그는 민족의 독립과 해방을 위해 싸운 열렬한 투사다. 양근환이 아는 김경재는 이때까지의 김경재다.

그런데 그는 만주사변이 발발하여 일본의 세력이 대륙에까지 뻗치게 되자 일제에 굴복하고 이른바 일본의 왕도낙토 오족협화王道樂土五族協和 운동에 참가했다. 이때의 공을 높이 평가한 일본은 김경재를 참모본부 직속의 대중경공작 책임자로 등용하여 상해에 파견했다.

상해 시대에 있어서의 그의 반민족적 죄악은 실로 천인공노할 정도였다고 한다. 그는 정보공작을 겸하여 호텔, 극장 등도 경영했고『상해시보』上海時報란 신문까지 발행했다. 이처럼 그의 세도는 대단했다. 그만큼 그에 대한 일본군부의 신임이 두터웠던 것이나. 그런데 김경재는 일본 참모본부의 정보 책임자란 현직에 있으면서 1944년부터 여운형이 조직한 지하단체 건국동맹의 만주 화북 책임자인 최근우의 사업을 원조하기 시작했다. 정보 책임자로 있는 관계상 국제정세의 동향에 밝은 그는, 미구에 닥칠 일을 짐작하고 재빠르게 전신轉身의 계기와 자기가 저지른 죄악을 보상할 기회를 마련할 셈으로 한 짓이었을 것이라고 상상할 수 있는데, 당시 최근우를 만나선 '민족적 양심의 발로'라고 하더라는 것이다.

해방 후 상해에서 돌아온 김경재는 최근우를 만나기에 앞서 양근환을 만나 그로부터 암살계획을 듣게 되었다. 그 계획을 내통한 덕택으로 다시 최근우와 접선하게 되어 김경재는 여운형 계열의 일을 하다가 1947년 최근우·이영식 등과 함께 미군정 경찰부장 조병옥의 명령에 의해 체포된 적이 있다. 그 후 김경재는 대구 근처 동촌이란 데서 조그만 과수원을 경영하며 살았는데, 6·25 전란이 발생했을 무렵의 어느 날, 미친 개에 물려 그야말로 개죽음으로, 아무도 돌보는 사람 없는 외로움 속에서 어두운 풍운의 일생을 끝마쳤다고 한다.

11

밤늦게 양근환이 돌아왔다. 대문을 여는 소리, 인사를 하는 소리, 받는 소리가 뜰과 현관 쪽에서 한동안 떠들썩하더니 다시 주위는 고요해졌다. 이종문은 양근환의 인사 받는 소리로 미루어 오늘밤은 과히 술에 취하지 않은 모양이라고 짐작했다. 옷을 벗고 자리에 들 참이었는데
"문 동지, 이것 선생님 갖다드리소."
하고 종문이 문창곡의 눈치를 살폈다.
양근환에게 맛있는 양담배를 갖다주기 위해 손대지 않고 담배 열 개비를 남겨두었던 것이다. 창곡은 잠깐 생각하는 눈치더니
"그건 이 동지가 갖다드리도록 하시오. 내가 따라가드리지."
하고 다시 옷을 챙겨 입었다.
양근환의 거실은 뜰을 건너 안채의 현관을 열고는 골마루를 동쪽으로 걸어 남쪽으로 돌아 빈 방 두 개를 지나야 한다. 창곡과 종문이 거실 미닫이 앞에 섰다.
"선생님, 창곡이 왔습니다."
창곡이 나직이 아뢌다.
"들어오렴."
쇳소리를 닮은 근환의 소리가 들렸다.
"이종문 동지와 같이 왔습니다."
"같이 들어오렴."

창곡이 미닫이를 열었다. 엷은 침구를 깔아놓은 위에 조그만 몸뚱이를 앉히고 양근환이 나들이옷 그대로 있었다. 울굴한 마음이 전신으로부터 음산한 내음을 뿜어내고 있는 듯한 느낌이었다.

"무슨 일야?"

양근환이 다부지게 이렇게 말하고 이종문을 쏘아봤다. 종문은 창곡을 따라 방바닥에 꿇어 앉기가 바쁘게 가지고 온 양담배를 양근환 무릎 앞 이불 위에 놓았다.

"이게 뭐냐?"

"미국 담뱁니다. 하두 맛이 좋다고 이 동지가 선생님께 드리자고 해서."

창곡이 말했다. 양근환이 담뱃갑을 집어들어 유심히 바라보고 있었다.

"우쩌다가 생긴긴데 온 갑이 아니라시 죄송합니더. 피우나가 보니 하도 맛이 있어서, 그래서."

종문이 어물어물 말했다.

"어떻게 이런 게 손에 들어왔지?"

양근환이 부드럽게 물었다. 종문은 신이 나서 오늘 오후에 있었던 일을 설명했다. 종문의 말이 채 끝나기도 전에 양근환의 고함이 터졌다. 벼락이 떨어지는 것 같았다.

"뭐라고? 이놈!"

양근환의 작은 몸집이 와들와들 떨었다.

"미군이 던져주는 걸 주워왔단 말이지. 던져주는 먹이를 개나 돼지처럼 받아먹었단 말이지."

양근환의 고함에 장지가 떨고 미닫이가 떨고 온 집 안이 떨었다.

"고얀 놈 같으니라구, 놈들이 사람 취급하고 네게 던진 줄 아나? 동물 취급하고 던져본 거란 말이다. 그걸 좋아하고 주워? 그걸 또 내게 피우라고 가져와? 이 양근환을 거지 두목으로 만들 참이구먼. 던진 걸 줍는 놈은 거지다. 던져주는 걸 받아먹는 건 개나 돼지, 짐승이다. 그렇게 씨알머리가 없어? 광복탐정단의 동지가 기껏 그런 꼴야? 그러니까 미국놈에게 얕잡히는 거여. 그러니까 미국놈이 자꾸만 얕잡아 보고 그런 걸 던져주는 거여. 창자에 똥만 들고 머리엔 비지밥만 가득 차 있고……. 그게 될 말이야? 이놈, 네가 너를 거지꼴로 하는 건 좋지만 이 양근환까질 그런 꼴로 만들려고 해? 개 같은 놈, 괘씸한 놈!"

양근환은 좀처럼 성이 풀리지 않는 모양이었다. 종문은 고개를 숙이고 겁을 먹은 채 앉아 있었다. 생각하니 그렇다. 양근환 선생의 말이 옳았다. 사람 취급을 한다면 자동차 위에서 던지는 그런 짓은 못할 것이었다. 담배를 주워 한 대 피워 물고 그 미군을 고맙게 여겼던 자기 자신이 한없이 쑥스럽고 부끄럽게 느껴졌다.

'모두 내가 무식한 탓이다.'

이종문은 이렇게 생각하며

"선생님, 죄송합니다. 제가 무식한 탓으로 그런 죄를 지었습니다."

하고 울먹거렸다.

"무식하다고 해서 쓸개도 없나?"

양근환은 한 번 더 고함을 질렀다.

"정말 죄송합니다."

종문이 이마를 방바닥에 대고 조아렸다. 갑자기 주위가 조용해졌다. 2, 3분의 침묵이 흘렀다. 양근환의 부드러운, 그러나 침통한 투의 말이 나왔다.

"자네의 마음을 내가 모르는 바는 아니네. 생각 없이 주웠고 피워보니 맛있고……. 그래 내 생각까지 한 건데, 아까 한 내 말이 너무 심했는가 하네. 그러나 생각해보게. 그 미군이 우리를 고의로 얕잡아 보고 한 짓이 아니고 장난기 섞인 호의로 한 짓이라고 치더라도 그 결과가, 그 꼴이, 그렇게 되지 않았나. 이 세상은 준다고 다 받아도 좋은 그런 세상은 아니야. 주어도 안 받을 수도 있고, 안 주면 달랠 수도 있는 그런 세상이란 말이네. 예의가 있고 도덕이 있고 자존심이 있고 권리주장이 있는 인간의 세상이란 말이네. 두 손으로 받쳐주어도 받을 둥 말 둥 한데, 던진 것을 받다니 사람의 도리가 아니지 않은가. 길바닥에 깔린 재물도 주워서 될 때가 있고 주워선 안 될 경우도 있잖겠는가. 자네만을 나무라는 것은 아닐세. 앞으로 앉을 자리 설 자리를 가리도록 하고, 받을 것 안 받을 것을 가리도록 하란 말이네. 이 담배는 자네가 갖고 가게. 그처럼 맛이 있는 담배리면 내 내일에라도 한 갑 사서 피워보지."

양근환은 무릎맡에 있는 담뱃갑을 집어 이종문 앞에 밀어놓으며 고개를 들라고 했다. 그리고 합숙소 생활에 대한 감상이며, 고향과 안부 연락이 있는지의 여부, 앞으로 뭣을 하고 싶어하는가 등에 관해 친절하게 물었다. 그렇게 되니 방 안의 공기는 퍽 누그러졌다. 종문은 떠듬떠듬 자기의 소감을 얘기하기도 했다. 그러자

"선생님, 그런데 이종문 동지는 되도록이면 빨리 이곳에서 나가도록, 그래가지고 장사라도 해서 살도록 주선을 해줘야겠습니다."
하고 문창곡이 곁에서 입을 열었다.

"자넨 여기가 싫은가?"

양근환이 종문에게 물었다.

"싫진 않습니다. 그러나 워낙 무식해서 여러분헌테 아무 도움도 되지 못하는 것이 죄송해서……."

"나가면 있을 곳이 있는가?"

"없습니더."

"당장 해보고 싶은 일이라도 있는가?"

"없습니더."

"그럼 당분간 여기 있게. 당분간은 아무 일도 없을 것이니, 문 동지 자네가 세상물정을 가르칠 겸 같이 있게."

"그런데 앞으로 해보면 싶은 그런 게 없는가?"

"무식해서 어디."

"무식한 건 죄가 아니다. 무식한 걸 말하자면 나도 무식꾼이다. 무식하든 말든 해봤으면 싶은 건 있지 않겠나?"

"당장 용돈이 모자라는 판이라, 어디 노름판이 있으몬 꼭 한 번만 해갖고 용돈을 장만하고 싶습니더."

이종문이 정직하게 말했다. 양근환이 손뼉을 치며 웃음을 터뜨렸다. 그리고 가까스로 웃음을 참고 다시 물었다.

"노름을 하면 절대로 딸 자신이 있는가?"

"있습니더."

"용돈이 문제라서가 아니라 꼭 그렇다면 적당한 사람을 시켜 노름판에 소개하도록 하지. 헌데 밑천은 얼마나 있으면 되겠나?"

"50원만 있으면 충분할 낍니더."

"그러나 꼭 한 번뿐이야. 꼭 한 번만 시켜줄 테니 그 이상 안 하겠다고 맹세할 수 있겠지?"

"맹세할 순 없습니더. 또 언제 미친병이 도질지는 모릅니더. 이건 미친병입니더."

양근환은 다시 한바탕 웃었다. 그리고 물었다.

"토건업을 해볼 생각은 없나?"

"토건업이 뭡니꺼? 공사란 말입니꺼?"

"그렇네. 철도도 놓고, 다리도 만들고, 저수지도 만들고, 집도 짓고 하는."

"저 같은 놈이 해낼 수 있겠습니꺼?"

"해낼 수 있고말고. 자네는 토건업을 할 만큼 무식하고 그만큼 또 배짱이 있으니까 할 수 있을 거로구먼."

"그렇다면 한번 시켜주십시오."

"해보지. 이 양근환이 힘은 없지만 이 동지가 토건업을 한다면 돕도록 하지. 토건업은 정치와 짜야 하니까. 그래야만 돈을 번다니까. 정치를 한번 움직여보도록 하지. 미군정도 공사는 해야 할 꺼고 우리나라가 되면 대대적으로 건설사업을 할 테니까. 앞으로 토건업은 해볼 만할 꺼야."

"그라몬 선생님이 한번 해보시면 좋지 않습니꺼?"

"내가?"

하고 양근환이 웃으며 말했다.

"나는 안 돼. 자네가 하게."

이어 양근환은 자기가 만주 등지를 방랑할 때 공사판에서 일한 경험이 있다면서 갖가지의 추억담을 펼쳐놓기 시작했다. 그럴 때의 양근환은 무서운 테러리스트의 괴수라기보다 마음씨 좋은 아저씨의 모습이 된다. 그러다가 문득 양근환은

"창곡, 내가 재미나는 얘기 하나 할까."

하고 화제를 바꾸었다.

"바로 오늘 들은 얘기야. 총독부에 붙어 총력연맹위원장을 한 한 모라는 자는 일본이 항복하고 우리나라가 해방되었다는 소식을 듣자 그냥 그 자리에 쓰러져 한동안 실신을 했다네. 그런데 역시 총독부에 붙

어 재벌이 된 박 모란 자는 그 소식을 들어도 눈썹 하나 까딱 않더니 '돈 있으면 되겠지, 돈 가지고 안 되는 일이 있겠나' 하고 중얼거리더란 얘기야."

"배짱 하나 좋구먼요."

창곡이 말했다.

"배짱은 또 뭣구. 돈을 가진 놈은 으레 그따위로 뻔뻔스러운 거야. 절대로 돈으론 어떻게 할 수 없는 가치체계를 세워야만 우리가 해방된 보람을 다할 수 있을 건데, 아무리 봐도 싹이 노란 것 같애."

양근환의 말투는 다시 우울한 빛깔을 띠어갔다.

"돈으로 어떻게 할 수 없는 가치체계를 세우자는 건 공산당의 주장과 같이 되는 것 아닙니까?"

창곡이 은근한 어조로 말했다.

"공산당은 안 돼. 공산당이 내건 주장은 그들의 속셈과는 달라. 이를테면 양두羊頭를 걸어놓고 구육狗肉을 팔자는 거야. 놈들은 노동자나 농민, 걸핏하면 국민대중을 내세우지만 진심으로 그들을 위해서 그런 소릴 하는 줄 아나? 노동자, 농민의 세를 빌려가지고 즈네 권력욕을 채우려는 속셈이지. 지금 아라사의 형편이 그렇게 돼 있지 않나. 시베리아에 가봐라. 노동자, 농민이 얼마나 처참한 생활을 하고 있는가. 만주에서 일본놈들의 압박 밑에 사는 우리 동포의 사정도 비참하기 짝이 없지만 시베리아의 백성들도 이에 못지않이 딱해.

노동자, 농민들을 위한다는 놈들이 그런 정치를 해? 난 연해주 근방을 돌아보고 내 눈으로 똑똑히 목격했네. 그런데 조선공산당 놈들이 로서아 공산당보다 나을 것 같애? 같기는커녕 더 못할 거야. 공산당은 권력을 쥔 소수의 놈들을 위해 돈으론 어떻게 할 수 없는 가치체계를 세우려들지 모르지만 내가 말하는 건 그런 것이 아냐. 만민이 자유를 누리고 살면서 금력이 침범하지 못하는 질서와 체계를 세우자는 얘길세."

"말씀의 뜻은 알겠습니다만 어디 그렇게 쉽게 되겠습니까?"

창곡은 우울하게 말했다.

"자네는 언제나 비관적이네. 나는 김구 선생도 꼭 나와 같은 의견일 줄 아네. 이승만 박사도 그러하리라고 믿네. 그러니까 앞으로 그분들과 의견과 힘을 합하면 어려울 게 없지 않겠는가. 나는 앞으로 그분들이 정치를 하는 데 지장이 없도록, 그분들이 포부를 펴는 데 거리낌이 없도록 정지작업을 할 작정이란 말일세. 공산당을 말살하고 케케묵은 보수파도 청소해서 민족정기가 삼천리 근역에 꽃피고 결실할 수 있도록 하기 위해 대숙청을 감행한단 말이네. 이게 양근환이 민족을 위해서 할 일이고 사명이네. 나는 장난으로 또는 보복하기 위해 여운형이나 박헌영을 없애려는 것이 아니네."

양근환의 눈에선 불꽃이 튀는 것 같았다. 조그마한 체구가 태산과 같은 무게로 이종문을 압도했다. 잘은 모르지만 양근환이 말하고자 한 대강의 뜻을 알아들을 수 있었던 것이다. 그 가운데서도 양근환이 들먹인 이승만 박사란 이름에 귀가 솔깃했다. 이종문은 이승만과 자기와는 언제 어디서고 깊은 인연이 맺어질 것이란 믿음 같은 것이 가슴 밑바닥에 고이는 것을 느꼈다.

"선생님, 이승만 박사를 잘 아십니꺼?"

종문이 물었다.

"알고말고. 그 어른도 날 잘 알아. 민원식사건을 그 어른이 모를 까닭이 없거든."

"그라몬 그분이 돌아오시면 제게도 한번 뵈올 기회를 주시겠습니꺼?"

"주고말고. 그분은 민족의 어른이니까 누구든 만나주실 꺼다."

이런저런 얘기를 하느라고 거의 새벽이 되어서야 문창곡과 이종문은 자기들의 방으로 돌아왔다. 잡힐 듯 말듯 한 조그마한 빛깔이 어두운 허공에 떠 있는 것 같은 그런 기분으로 종문은 잠에 빠졌다.

12

황망한 가운데 9월이 가고 10월이 왔다. 완연한 추색이 서울을 둘러싼 산과 서울의 거리를 물들였다. 양근환은 여전히 바삐 움직이고 있었고, 이종문은 하세카와초의 일인 여자의 집과 수송동 숙소를 왕래하면서 날을 보내고 있었고, 문창곡과 성철주는 간혹 서종삼西鍾三에 드나들 뿐 대부분의 시간을 방 안에서 지냈다.

10월 2일이었다. 어떤 청년 두 사람이 문창곡을 찾아와서 양근환과 면회시켜달라고 요구했다. 찾아온 사람의 이름은 이영식, 권서윤이라고 했다. 용무를 물은즉 어떡하든 좌우 지도자의 화합을 꾀해야 하겠는데 그러자면 양근환 선생이 가운데 서서 중대한 역할을 맡아주어야겠다는 것이었다. 결과야 어떻게 되든 그 뜻만은 좋다고 창곡이 승낙하고 양근환에게 전달했다. 양근환이 간단하게 그 제안을 받아들이고 만날 장소를 사직공원으로 하고 시간은 오후 두 시로 정했다.

양근환은 이 자리에 손기업·유남세·문창곡을 대동했다. 상대편은 이영식·권서윤이었다. 노송나무 밑 잔디밭에 앉기가 바쁘게 양근환은 인민공화국에 대한 비난을 퍼붓기 시작했다. 이영식과 권서윤은 벌써부터 양근환과는 면식이 있을 뿐만 아니라 그 성격을 알고 있는 터라 잠자코 듣고만 있었다. 상대방이 잠자코 있으니 격론이 벌어질 까닭이 없었다.

그 회담에서 다음과 같은 결정을 보았다.

1. 좌우 어느 편이 나쁘냐는 시비와 판단은 잠시 보류하기로 한다.
2. 국내에 있는 좌·우·중 지도자들을 한곳에 모아 그들의 의견을 들어보기로 한다.
3. 그 석상에서 지도자들에게 건국 대업을 위해 행동통일을 할 것을 건의한다.
4. 만일 어떤 사람이건 충분한 이유를 제시하지 않고 행동통일을 거부하면 즉석에서 그 자를 말살하기로 한다.

그리고 구체적인 방법으로서

1. 요인회담 참석자를 인민공화국계에선 여운형·최근우·박헌영·조동우·허헌으로 하고, 중간계로선 안재홍, 한민계에선 송진우·장덕수·김병로·백관수로 하기로 한다.
2. 이상 10인 중 여운형·최근우·박헌영·조동우·김병로·백관수는 이영식·권서윤 측이 데리고 오고, 허헌·송진우·장덕수는 양근환 측이 데리고 오기로 각각 책임을 진다.
3. 회담은 결론이 나올 때까지 며칠이건 계속하기로 하되, 일단 회담 장소에 들어온 사람은 주최 측을 제외하곤 일절 퇴장을 용인하지 않는다.
4. 따라서 회담장소는 비밀로 하고 모이는 요인들에게도 사전에 알리지 않고 자동차로 데리고 온다.

5. 장소준비는 이영식·권서윤이 하고, 회담장소의 경비는 이영식·권서윤 측과 양근환 측이 공동으로 책임을 진다.
6. 언론계 대표로선 인민보人民報 주간 김정도, 자유신문自由新聞 주필 정진석 양인으로 한다.
7. 의사결과는 속기하기로 하는데 그 속기 책임자는 이, 권 양인이 관계하고 있는 조선주보朝鮮週報의 기자로 충당하기로 한다.
8. 요인회담의 개시일시는 10월 5일 오전 아홉 시로 한다.

고 못을 박았다.

10월 5일의 회담은 동대문 밖 창신동에 있는 임종상의 집에서 열렸다. 임종상의 집은 장안에서 가장 큰 조선식 건물로 알려진 집이다. 그 성곽을 방불케 하는 건물은 외부와의 연락을 끊기 위해서도 적당했고, 수십 인의 사람이 수일간 침식을 같이 해도 불편이 없을 것이란 점이 또 좋았다.

회담장소로 지정된 세 개의 온돌방과 널따란 마루는 전날부터 말쑥이 소제가 되었고, 30명이 넘는 청년들에 의해 입구는 물론이고 집 안팎은 엄중한 경비하에 놓였다. 우리의 이종문은 집 밖에서 경비하는 인원 속에 섞여 자기 자신 뭣을 하는지도 모르면서 이 역사적인 사건에 참여하는 영광을 누리게 되었다. 용의주도한 문창곡은 앞으로 어떤 일이 있을지 모르니 핵심이 되는 동지들의 얼굴을 노출시키지 않기로 하고 이종문과 같은 무난한 동지들을 경비원으로 차출한 것이다.

개시 예정시간인 아홉 시 전에 김병로·백관수 양인이 먼저 들어오고 안재홍·조동우·장덕수 등도 주최 측의 자동차를 타고 회장에 들어섰다. 아홉 시가 조금 지나서 양근환이 송진우를 데리고왔다. 송진우는 양근환의 끈질긴 권유로 할 수 없이 끌려왔다는 사실을 그의 언동으로 나타내고 있었다. 송진우는 자리에 앉으며

"나는 군정장관 아놀드와 점심을 같이하기로 했단 말이여. 그러니께 나는 오전에밖엔 시간이 없어. 그리 알고 회의를 추진하도록 해요."

하고 노골적으로 불쾌한 빛을 보였다. 게다가 회장에 박헌영뿐 아니라 여운형, 허헌의 모습도 보이지 않는 게 역정을 돋우었다.

"뭐야, 이건 모두 집안 식구들뿐 아녀? 이렇다면 아침부터 서둘 건 없지 않았느냔 말여. 우리 집에서 해도 실컷 할 수 있을 긴디 말여. 괜히 사람을 들볶아갖고 이게 무슨 꼴이람."

그 곁에 안재홍이 얼굴을 붉힌 채 묵연히 앉아 있었다. 이런 옥신각신이 있는 동안 어느새 나갔던지 양근환이 이번엔 허헌을 데리고 들어섰다.

허헌은 건준 부위원장, 인민공화국 국무총리의 직을 맡아보고 있었으나 고향인 신천에서 올라온 지 얼마 안 되어 아직 집을 마련하지 못해, 중학동에 있는 변호사 친구 김용암 집에 기거하고 있었는데 전날 밤 양근환이 침소로 뛰어들어오는 바람에

'이젠 나는 죽었다.'

고 생각했다는 것이다.

그러나 허헌이 회의실에 들어오자 방 안의 공기는 싸늘하게 얼어붙었다. 송진우·장덕수·백관수의 태도는 말할 것도 없고 친구라고 알려진 김병로마저 그를 외면하고 말았다. 허헌과 김병로가 해방 후 처음으로 만난 자리라는 걸 알고 있는 사람으로선 너무나 뜻밖인 것이었다. 인민공화국계와 한민당계의 대립이 그만큼 심각하다는 뜻으로 해석할

운명의 출발 129

수가 있다.

이어 열 시 직전 여운형, 최근우가 같이 들어서자 장내의 공기는 더욱 싸늘해졌다. 그러나 여운형의 출현으로 좌우의 영수 격 인물이 참석한 셈이 되어 분위기는 익어가는 듯했다. 그런데 공산당의 박헌영이 나타나질 않았다. 이미 시간은 열 시를 지나 있었다.

"난 점심때 아놀드와 만나기로 돼 있어. 박헌영 씨는 왜 안 오는 거여. 거짓말로 나를 꾀어 망신을 줄 셈이여?"

송진우는 양근환 쪽을 힐끔 보며 쏘아붙였다. 양근환은 멀찌감치 자리를 잡고 앉아 아랫입술로 윗입술을 밀어올리는 시늉을 하며 들은 척도 안 했다.

그러나저러나 박헌영이 나타나지 않으면 주최 측은 큰 실수를 저지르게 되는 것이라 이영식과 권서윤은 안절부절못했다.

박헌영은 8월 17일 광주의 벽돌공장에서 상경해서는 조선공산당의 책임비서에 취임한 이래 아직 한 번도 당 외의 모임에 참석한 일이 없었다. 그랬기 때문에 이영식이나 권서윤이 좀처럼 그와 면회할 수가 없었다. 그런 만큼 이영식과 권서윤은 이번 회담에만은 그를 참석시켜야겠다고 비장한 각오를 하고 서둘렀다. 그러한 노력이 주효해서 공산당 조직책 이현상의 알선으로 그들이 박헌영과 만나게 된 것은 바로 어제의 일이었다.

이영식은 회담의 취지를 설명하고 나라를 위해, 민족을 위해 기어이 참석해달라고 애원하다시피 했다. 박헌영은 주위의 사람들과 의논을 한 후에 참석하겠다고 확약했다. 확약을 받고 이영식이 그럼 내일 아침 숙소를 찾겠다고 했더니

"남아일언은 중천금이라고 하잖소. 내가 확약했으면 그만이오. 내일

아침 꼭 그리로 가리다. 내 숙소로 오는 건 곤란하니 회담장소를 가르쳐주오."

하기에 이영식은 박헌영에게만은 회담장소를 사전에 알려주었던 것이다. 그랬는데도 박헌영은 나타나지 않았다.

"공산당 대표로 조동우 씨가 나와 계시니 박헌영 씨가 없더라도 회담을 시작하면 되잖소."

하고 송진우가 회담 시작을 재촉했다.

"나는 공산당의 대표가 아니오. 책임비서가 올 때까지 기다려봅시다."

조동우의 말이었다.

열한 시가 지나도 박헌영이 나타나지 않아 그대로 회담을 시작하려는 판인데 조선공산당을 대표해서 이현상·김형선·최용달 세 사람이 나타났다는 전갈이 왔다.

"박헌영이 나타나지 않고 대리인이 왔다니 그게 될 말이여?"

백관수가 버럭 화를 냈다.

"그것도 한 사람이면 모르되 세 사람씩이나 보내다니 무슨 꿍꿍이속야."

송진우는 위엄 있는 말로 자리를 눌렀다.

공산당 대표 세 사람을 참석시키느냐 어쩌느냐에 관해 토론이 벌어졌다. 참석시키지 말라는 강경론이 나왔다. 그러나 대부분은 모처럼 온 것이니까 그들을 대표자로 취급하고 결의의 책임도 지우기로 하고 참석시키자는 의견으로 기울어졌다.

공산당 대표 세 사람의 등장은 회담장소에 긴장감을 주었다. 우익계 지도자, 특히 송진우는 공산당 간부와는 처음으로 만나는 일이 돼서 그들을 보는 눈에 호기심이 깃들어 있었다. 더욱이 보전普專 교수를 지낸 최용달을 제외한 두 사람은 해방 전후를 통해 공적 장소에 나타난 일도 없는 무명의 인사가 돌연 각광을 받는 것이어서 호기심의 대상이 되지 않을 수 없었다.

이 자리에서 그들 세 사람의 약력을 설명해둘 필요가 있지 않을까 한다.

최용달은 강원도 양양 태생으로 경성제대 2회 출신이다. 1회 출신 유진오와 더불어 수재로서 명성이 높았다. 다년간 유진오와 더불어 보성전문학교의 교수 노릇을 했는데 그동안 원산 태평양노조사건에 관련하기도 하여 성대파城大派 공산주의자로 이름을 남겼다. 해방 전 여운형이 조직한 건국동맹에 참가, 해방 직후엔 건준의 치안부장, 조선공산당의 간부로서 인민공화국의 보안부장으로 선임되기도 했다. 그 후 북쪽의 초대 사법부장을 했다는데 지금은 그 소식을 모른다. 김일성의 남로당 숙청에 걸려 살해되었을 것이란 설이 있다.

이현상은 전북 금산 출신이다. 중학생 시절에 학생운동 관계로 검거되기도 했다. 공청共靑을 거쳐 조선공산당에 가담, 공산당의 거물 이재유사건에 연좌되어 7년 징역을 치렀다. 1941년 소위 서울콩그룹사건으로 또다시 검거되어 미결 중 병보석으로 나와 있다가 지리산으로 들어가 해방까지 지리산에 잠복해 있었다. 해방 후 박헌영의 재건파에 참가, 이관술에 이어 제3인자가 되었다. 박헌영 등이 월북한 후에도 그는 남한에 잔류하여 지하운동을 계속했다. 1948년 10월 여순반란사건이 있자 다시 지리산으로 들어가 빨치산의 총지휘를 맡고 6·25전란을 겪은 뒤 1953년 이승엽 등의 남로당계 숙청 때까지 지리산 지구의 총책임자로 있었다. 남로당 숙청이 시작되자 이현상은 평당원으로 강등되었는데 1953년 8월 토벌대에 의해 사살되었다.

　김형선은 경남 마산 출신이다. 어려서 3·1운동에 참가, 이어 사회운동에 투신하여 1925년 조선공산당 창당에 참가했다. 그때 최연소자였다고 한다. 6·10만세사건 때 경남 지방을 지도하다가 일본 관헌에 쫓겨 중국으로 망명했다. 1930년 초, 국제공산당 원동지부로부터 재건 공작을 위해 국내에 파견되었는데 입국 후 얼마 안 가 체포되어 8년형을 받았다. 복역을 끝낸 후에도 그는 전향을 거부했기 때문에 예방구금으로 돌려졌다가 8·15해방과 더불어 출소했다. 그 뒤 재건파에 참가, 남로당이 되었을 땐 중앙감찰부 위원장에 있었다. 그러나 그의 성격이 너무나 인도적이며 너그럽다고 해서 당 수뇌들로부터 미움을 받아 당 조직에서 소외되었다. 1949년 서울시경에 체포되었으나 탈옥하여 월북한 것으로 알려지고 있다. 하지만 그도 또한 박헌영 등 남로당계 인사 숙청에 걸려 십중팔구 살해되었을 것이라고 한다. 부평경찰서에서 체포되어 처형된 여간첩 김명시는 바로 그의 누이동생이다.

　대강 이와 같은 경력의 소유자들이며 공산당의 지도급 인물이기도 했기 때문에 요인회담의 멤버로서 부족이 없다고 보고 그들을 참석시키기는 했으나, 그 회담에서 민족의 운명을 결판내야겠다는 본래의 취지와는 어긋났다는 실망을 주최 측은 갖지 않을 수 없었다.

　"박헌영이란 놈!"

　속으로 되뇌며 이영식은 이를 갈았다. 그리고 그는 박헌영이 어떤 의미로나 애국자일 수 없다고 단정하고 한때 공산당에 기울어질 뻔한 스스로의 마음을 이 기회에 말쑥이 씻어버리기로 했다. 여운형을 숭배하고 있는 그는, 박헌영이 이런 태도로 나온다면 좌익 내의 단합도 무방

한 것으로 보고 있는 여운형에게 공산당과 뚜렷한 선을 그어야 한다는 건의를 할 작정을 세우기도 했다. 회담은 예정시간을 두 시간 삼십 분이나 넘겨 열한 시 삼십 분에 이르러서야 양근환의 인사로부터 시작되었다.

13

"불초 양근환이 사회를 보겠소. 자격이 있는지 없는지 모르겠소만 주최 측에선 나이를 가장 많이 먹었다고 해서 나에게 맡긴 모양입네다. 먼저 사회자로서 감사를 드리오."

양근환이 이렇게 서두를 꺼내놓고 까닭도 없이 뒤를 돌아봤다. 멀찌감치 병풍이 있고 그 병풍엔 바위와 난초의 그림이 그려져 있다. 테러리스트는 무심결에 주위를 두리번거리는 버릇이 있다. 이영식은 양근환의 동작이 그런 것일 거라고 짐작하고 속으로 웃었다. 양근환이 조금 언성을 높여 말을 이었다.

"지금 우리나라는 중대한 시기에 놓여 있소. 원수 왜놈은 거꾸러지고 이제 광복을 만났소. 아니 광복을 만나게 됐소. 잘만 하면 광복의 보람을 다하고 자주독립의 나라를 만들 수 있을 게구 잘못하면 도로아미타불 될 것이 뻔하오. 아라사의 종놈이 되든지, 미국놈의 졸개가 되든지, 이것 참 기막힌 일이외다. 그런데 지금 우리나라의 꼴이 뭡네까. 해방의 그 감격이 아직도 가슴에 설레고 있는데 소위 지도자층에선 좌우로 갈라져 싸움질을 하고 있으니 이게 될 말이우? 지금의 혼란 책임은 지도자에게 있단 말유. 지도층에 있는 사람은 정신 바짝 차려야 하우. 허기에 따라서 천추에 빛을 남길 영광을 누릴 수도 있을 게구, 아니면 천추에 오욕을 남기는 민족의 반역자가 될 수도 있을 게니 하는 말유."

양근환은 다시 한 번 헛기침을 하고 장내를 노려봤다. 작달막하고 볼품도 없이 생긴 사나이의 변변치 못한 언변을 듣고 앉아 있기가 거북스러운 표정들이었으나 이왕 당하는 판이니 꾹 참고 들어나보자는 것이 거물들의 태도로 보였다.

"더욱이 인민공화국이란 게 뭡네까? 사람 하나를 낳는데도 며칠 밤 사내와 계집이 공동작업을 하구, 우쩌다 단번에 들어서는 수도 있긴 하지만, 그러고도 애를 배선 열 달을 배 실러 심한 진통 끝이라야 생산한다, 그렇게 되는 건데 명색이 정부를 도깨비 노름도 아니구 하룻밤 사이에 뚝딱 뚜들러 맞춰요? 참으로 귀신도 탄복할 노릇이외다. 나는 아무래도 그런 짓을 정신이 똑비로 백힌 사람들의 소행이라곤 생각할 수 없수. 그래 인민공화국을 만든다면서 인민들에게 물어나봤소? 200명인가 300명인가가 모였다고 들었는데 그게 인민의 대표자들이우? 누가 그들에게 대표권을 줬소? 소에게 물으면 소가 웃을 것이구 말에게 물어보면 말도 웃을 것이외다. 그날 그 장소 근처에서 개가 짖었다고 하는데 그 개는 하두 어이가 없어서 짖어댔을 거유. 인민의 의사야 어떻든 나라의 꼴이야 어떻게 되든 정권만 잡으면 그만이란 고약한 심사가 아니고서는 그런 짓을 못합네다. 못하고말고. 또 그렇게 해가지고 정권을 잡을 수 있을 거라고 진정 믿고 한 짓이라면 그렇게 지각이 모자란 사람들은 정치가로선 제로란 말유. 세상이 그처럼 호락호락 하답데까? 그렇게 세상을 얕잡아보는 치들이 정치를 어떻게 하겠수? 결론은 하나요. 이 조국을 송두리째 아라사놈들의 아가리에 처넣으려는 속셈 아니고서는 그런 허황한 짓을 할 까닭이 없다, 이 말유."

이때 이영식이 조용하게 말을 끼었다.

"양 선생님, 모욕적인 언사는 삼가기로 합시다. 주최 측에서 그런 과격한 말을 하면 모처럼 이뤄놓은 자리의 의미가 없어집니다."

양근환이 발끈 화를 냈다.

"민족의 분열을 책동하는 놈들에겐 어떤 모욕적 언사도 무방하리라고 나는 믿소. 모처럼 모인 자리가 아니라 천년 만에 한 번 모인 자리라도 할 말은 해야지. 할 말 다 해놓고 의견을 합쳐야 하는 것 아뉴? 그러나 좋소. 내 말은 그만 하리다. 하지만 꼭 한마디만 더 하겠소. 인민공화국도 나쁘지만 한민당도 안 됩니다. 한민당이란 당을 만들 게 아니라 보다 큰 범국민적인 조직부터 만들었어야 했다, 이 말이우. 하여간 지금 이 자리엔 각 당파의 책임자들이 다 모였으니 여기에서 모든 문제에 대해 결판을 냅시다. 여러분들의 생각이 합쳐지면 국민 모두의 의견이 합쳐지는 거나 마찬가지요. 오늘 결판을 내지 못하면 이틀이건 사흘이건 회의를 속행합시다. 나라의 운명을 생각한다면 그만한 수고쯤은 해야 하지 않겠소? 만일 결판이 나지 않으면 여러분은 한 발도 이 자리에서 움직일 수 없을 것이오. 각오하시오. 양근환이 생명을 걸고 이 자리에 나왔소. 양근환을 얕잡아보지 마시오."

그러고는 양근환이 모젤 권총이 들어 있는 불룩한 주머니에 오른손을 집어넣었다. 갑자기 살기가 돌았다. 양근환이 어떤 제스처를 하기만 하면 으레 그런 살기가 돈다. 그런 점이 천성의 테러리스트라고 할 수가 있었다.

"자, 그럼 회의를 시작합시다."

양근환이 여기서 일단 말을 끊었다. 물을 뿌린 듯 장내는 조용해졌다. 아득히 먼 곳으로부터 자동차의 클랙슨 소리가 아슴푸레 들려왔다.

이영식이 자세를 고쳐앉아 회의의 진행방법을 설명했다. 회의는 원

탁회의 방식으로 진행할 것, 의결은 만장일치로 할 것, 의사록은 주최 측에서 작성하기로 할 것, 이 자리에서의 발언은 일절 비밀로 할 것, 대외적으로 발표할 부분은 발언자의 승낙을 얻어서 할 것, 그리고 입회인으로서 인민보 주간 김정도·자유신문 주필 정진석 양인을 참석시킬 것 등을 설명하고, 김·정 두 사람을 일동에게 소개했다. 주최 측의 말이 끝나자 송진우가 입을 열었다. 송진우는 새하얀 항라 두루마기를 입고 구갑龜甲 안경을 쓴 모습으로 위의를 갖추곤 전라도 사투리로 다음과 같이 말했다.

"주최 측이 무슨 말을 허는 건지 알아들을 수가 없구만 그래. 사뭇 엄숙하게 결판을 내자느니, 결의방법을 어떻기 허자느니 허고 있는디 도대체 무슨 결판을 내자는 기여?"

이 말에 양근환이 다시 발끈했다.

"당신은 왜 우리가 이 자리에 모였는지 그 목적을 모르신단 말요? 그렇다면 다시 설명을 하리다. 민족을 사랑하고 나라를 걱정하는 국내의 지도자가 한자리에 모여 앞으로의 건국 방법을 의논하자는 거유."

과격한 양근환과는 대조적으로 냉정하고 신중한 송진우는 어디까지나 침착한 어조로 말했다.

"건국 방법은 국민의 의사를 물어 그 의사에 따라야 헐 것 아녀? 그래 우리는 지금 국민대회 준비위원회를 조직허고 있어. 하룻밤 사이에 정부를 조작허곤 이게 정부다 허고 뻔뻔스럽게 구는 자들관 달라요. 그리구 나라를 걱정헌다고 허는디 당분간 혼란이 있다는 것뿐이지 걱정할 건덕지는 없다고 나는 생각헌단 말이여."

"그럼 묻겠소. 고하古下는 아직 건국도 채 되지 않았는데 좌우로 갈라져 추태를 부리고 있는 지금의 상황이 걱정이 되지 않는단 말요?"

하고 양근환이 응수했다.

"그렇게 과도기라고 하는 거여. 과도기엔 다소의 혼란이 있는 거여. 그 혼란은 앞으로 민주적으로 아니 국민의 총의에 의해서 수습되는 거고 그렇게 되도록 노력도 해야 허는 거여……"

"국민의 총의에 앞서 지도자들의 의사부터 먼저 합쳐야 할 게 아뇨. 그래 이 자리를 만든 것 아뇨?"

"각각 사상이 다른 사람들의 의견을 어떻게 합친다는 거여? 사상이 다르다는 말은 곧 애국애족하는 방법이 다르다는 말여."

"그러니까 좌우의 싸움을 그냥 내버려두자, 그 말이우?"

"허허 참, 정치학의 초보도 모르는 사람 겉은 얘길 하는구만."

송진우의 이 말은 양근환을 더욱 자극했다.

"그럼 정치학 박사는 민족의 분열을 조장해야 되겠구먼."

이때 송진우는 약간 짜증스런 얼굴을 했다.

"남의 말을 끝까지 듣고 반대를 허든 트집을 잡든 하시우."

하고는

"누가 민족의 분열을 책동하자고 했어? 최종적인 결론은 국민의 의사가 결정할 것잉께 국민의 의사가 발동허기까진 어쩔 수 없단 말이여."

하고 양근환을 쏘아보았다. 그러고는 지금의 혼란 원인은 여러 가지가 있지만 국민의 정치의식이 낮은 때문도 있으니, 조직을 만들더라도 국민을 계도하는 방향으로 해야 하고 국민들이 사리의 정사를 알도록 하기까진 일정기간의 훈정기가 있어야 할 것이라고 자기의 소신을 피력했다.

그런데 양근환은 말꼬리마다 시비를 걸었다. 정치적인 식견으로 보아 양근환은 송진우의 상대가 못 된다. 그런 상대를 두고 토론을 한다는 건 비위에 거슬리는 일이지만, 송진우는 그렇다고 해서 덤벼드는 양근환을 무시할 수도 없어 끓어오르는 분노를 참고 계속 타이르려고만 했다. 모두들 이 광경을 묵묵히 지켜보고만 있었는데 김병로가 입을 열었다.

"주최 측에서 너무나 발언이 많은 것 같소. 두 분의 토론은 그만허고 본론으로 들어갑시다."

김병로의 이 말이 계기가 되어 회의는 본격적으로 시작되었다.

제일 먼저 제기된 의제는 인민공화국의 문제였다. 우익계 출신자들은 좌우 분규의 원인을 인민공화국을 조작한 좌익계의 책동에 있다고 보고 신랄한 공격을 퍼붓기 시작했다. 인민공화국을 하룻밤 사이에 만든 건 여운형을 비롯한 일부 좌익인사가 성권욕에 사로잡혀 한 장난이란 극론까지 나왔다. 자리엔 긴장이 돌았다. 모두들 여운형의 태도에 주의를 집중했다.

그러나 여운형의 태도는 담담했다. 사회자가 그의 답변을 재촉하자 그는 인민공화국 성립까지의 경과를 격하지 않은 어조로 조용히 설명하고

"만일 인민공화국이 조선민족의 단결과 행동통일을 저해하는 것이라면 그 책임은 오로지 내게 있소. 충심으로 사과하겠소."
하며 머리를 숙여 보이고는

"국내의 좌우 지도자가 모여 있는 이 자리에서 좋은 결론이 나오기만 하면 인민공화국은 해산해도 좋습니다."
하고 말을 맺었다.

놀란 것은 송진우·김병로·백관수만이 아니었다. 송진우 바로 곁에 앉아 있던 허헌은 너무나 뜻밖인 여운형의 언명에 혼을 빼앗긴 것처럼

멍청해했다. 공산당 대표 세 사람도 서로의 얼굴만 훔쳐볼 뿐 말문을 닫고 있었다. 그들의 표정으로 보아 분명히 여운형의 발언에 불만인 것 같았지만 감히 입을 열 수가 없다는 그런 태도였다.

여운형에 이어 허헌의, 인민공화국의 국무총리란 입장에서의 설명이 있었다. 그는 바른손이 부자유했기 때문에 연방 왼손을 올렸다 내렸다 하며 울먹이는 소리로,

"여러분! 아아, 여러분이 내가 내 개인의 영달만을 위해서 국무총리가 되었다고 생각하신다면 너무나 억울합니다. 나는 진심으로 나라를 위해, 민족을 위해, 주위의 사람들의 권유에 못 이겨 내 자신을 희생시킬 각오하고 그 직책을 차지한 것이에요. 그러한 나를 정권욕에 사로잡힌 놈이라고 한다면 이건 너무해요. 너무하단 말입니다."

하고는 히스테리컬하게 소리를 높였다.

"사람을 그렇게 오해할 수가 있어요? 여러분, 내 충정을 이해해주시오, 여러분!"

"여보시오, 그런 추태가 어딨소? 정정당당하게 얘길 할 일이지 울먹거리며 고함은 뭣 때문에 지르는 거요?"

허헌 옆에 앉아 있던 백관수가 점잖게 일침을 놓았다. 허헌은 금방 시들어가는 소리로

"미안합니다. 아시다시피 내겐 원래 격하기 쉬운 버릇이 있어서요."

하고 사과를 했다.

"공산당 대표의 이야기도 좀 들읍시다."

양근환이 말했다. 이현상이 침을 삼키고 목청을 가다듬더니 이같이 말했다.

"여러분들은 공산당이라고 하면 곧 프롤레타리아 혁명을 시작할 사

람들처럼 생각하고 계시는 모양입니다만 결코 그런 것은 아닙니다. 우리는 조국 역사의 이 단계에선 부르주아 혁명을 추진해야 한다고 믿고 있는 사람들입니다. 우리의 적은 왜적을 비롯한 식민세력이고 봉건적인 제제약諸制約일 뿐입니다. 식민세력과 봉건세력을 물리치고 자유로운 민주제도를 만들려고 하는 민주혁명, 즉 부르주아 혁명을 하자는 것이 우리 당의 당면과제이며 목표입니다."

"그거 처음 들어보는 소린데 다시 한 번 설명을 해보시오."

양근환이 이렇게 나왔다. 양근환뿐만 아니라 송진우도 김병로도 백관수도 이현상의 발언에 흥미를 느낀 모양이다. 이현상이 다시 나섰다.

"조선민족 현 단계의 과업은 자주독립과 반봉건 투쟁을 내용으로 하는 부르주아 데모크라시의 실현에 있나고 봅니다. 그런 만큼 조선공산당은 조선민족의 역사적 과업에 충실하려고 하는 것입니다."

"그러니까 계급혁명을 허자는 게 아니고 민주혁명을 허자, 이 말씀이로구만."

김병로가 물었다.

"그렇습니다."

이현상의 답이었다.

"아까 여운형 선생의 얘기에 의하면 인민공화국의 해산은 문제가 없다는 것이고, 방금 이현상 씨의 말을 들으니 조선공산당의 생각도 우리의 생각과 별반 다를 것이 없어 보이는디."

하고 김병로는 다음과 같이 제안했다.

"그렇다면 우리가 행동통일을 취할 구체적인 방법이나 토의해보도록 합시다."

이어 활발하게 말들이 오갔다.

그러는 사이에 점심상이 들어왔다. 식탁을 사이에 두고 둘러앉은 모두의 모습에는 화색이 돌고 있었다. 술잔이 돌아가자 웃음소리도 나오기 시작했다. 오전 중의 그 가시 돋친 분위기와는 딴판으로 아무런 부담감 없이 모인 동창생의 모임을 방불케 했다.

들어오는 허헌에게 냉랭하게 대했던 김병로가 웃음 섞인 표정으로
"이거 우리 얼마 만이여."
하며 술잔을 권했다.
"한 10년 됐나? 아니지 10년은 훨씬 넘었구나. 그런데 가인街人은 노인티가 나는구먼."
하며 허헌도 감개무량한 표정을 지었다.
"가인이야 뭐 나면서부터 노인 아닌가."

송진우도 농담을 했다. 여운형과 송진우는 서로 술잔을 주고받았다. 기적과도 같은 그 광경은 장덕수의 눈시울을 뜨겁게 했다.

이런 가운데에서도 정치담은 계속되었는데 주된 화제는 공산당의 주장에 관한 것이었다. 우익계의 지도자들은 연거푸 질문을 했다. 공산당이 민주혁명을 주장한다는 것이 신기하기도 했지만 그만큼 믿어지지 않았기 때문이기도 했다.

"공산당이 민주혁명을 하겠다면 왜 하필이면 공산당의 간판을 붙였소?"
백관수의 질문이었다.
"당면과업이 민주혁명이구 대목표는 무계급 사회를 만들자는 데 있으니까요."
이현상의 답은 어디까지나 공식적이었다.
"아까부터 보니 공산당 대표들은 이현상 씨를 빼곤 아무 말도 안 하

는디 최용달 씨나 김형선 씨도 얘기 좀 하시지.”

김병로가 말했다. 최용달과 김형선이 웃고만 있었다.

"공산당이 대표를 파견할 땐 몇 명이 되어도 말은 꼭 한 사람만 하두룩 돼 있는 모양 아니우?”

양근환이 빈정대는 투로 말했다.

"말을 안 헌다는 얘기가 나왔으니 말인디 민세民世는 꿀 먹은 벙어리가 됐나?”

송진우가 넌지시 안재홍을 건너보고 한 말이다. 안재홍은 점잖게 말했다.

"대선배님들 앞에서 내가 무슨 말을 하겠수. 선배님들의 의견을 좇으면 될 게 아닙니까?”

이렇듯 점심식사는 화기애애한 가운데 진행되었다.

점심을 먹은 뒤 재개된 회의는 일사천리로 진행됐다. 만장일치로 국내 좌우 요인 행동통일을 위한 소위원회를 설치할 것을 결의하고, 소위원회는 건국동맹·조선공산당·한국민주당·국민당에서 각각 두 명씩의 대표자를 선출하여 구성하기로 했다.

이렇게 결정되자 송진우는

"오늘 아놀드와의 약속을 지키지 않은 보람이 있었어.”

하고 기뻐하며 공산당 대표들을 보고 이렇게 말했다.

"공산당은 공산당이라도 조선공산당이 아니겠소? 뭐니뭐니 해도 민족의 자주독립이 첫째요. 그리고 민주정치가 중요하오. 민족의 이익을 앞세운 다음 계급도 있고 혁명도 있는 거 아니여? 그렇게 우리 자주독립을 이룩할 때까지만이라도 행동통일을 헙시다.”

이현상은

"고하 선생의 갸륵한 뜻을 잘 받들겠습니다."

하며 고하의 손을 공손하게 잡고 가볍게 흔들었다.

여운형도 흐뭇한 표정으로

"우리 종종 모여 소위원회에만 맡겨둘 게 아니라 직접 의견교환을 합시다."

하며 일일이 악수를 청했다. 김병로는 이제 만사가 해결되었다는 양으로 기뻐했다.

오후 다섯 시경 요인들은 주최 측이 준비한 자동차로 돌아갔는데 송진우는 헤어질 무렵 양근환을 보고 한마디 했다.

"양형은 거칠어서 탈이여. 너무 모가 난단 말여. 앞으로 좀 고치시오."

양근환이 기묘한 웃음을 띠고

"고하의 말뜻을 알겠소."

하며 머리를 긁는 시늉을 했다.

모두들 떠나고 회담장소에 한국민주당의 장덕수와 건국동맹의 최근우가 남아 주최 측 사람들과 어울리게 되었다.

두 사람은 1919년 여운형이 일본 정부의 초청을 받고 상해로부터 동경으로 갔을 때의 수원隨員이었다. 그리고 그런 인연으로 가끔 만나 여운형과 송진우의 합작을 서둔 일도 있었다.

장덕수는 주최 측과 어울려 술을 마시면서 주최 측의 노고를 치하해 마지않았다.

"장차 건국의 공로자로서 높은 평가를 받을 것이오."

라고도 했고

"당신들의 성의야말로 참으로 갸륵하오."

라고도 했는데, 술에 취하자 장덕수는

"지금부터는 그 마음 변치 말고 같이 손잡고 나갑시다."

하며 울먹이는 듯하더니 돌연 대성통곡을 하고 말았다. 너무나 감격에 겨웠던 것이다. 일대의 재사 장덕수에겐 술에 취하기만 하면 울음을 터뜨리는 묘한 버릇이 있었다.

경비를 맡은 청년들이 영문을 몰라 우르르 달려와서 방 안의 광경을 보곤 다시 돌아선 한 토막의 사건이었다.

14

1945년 10월 5일은 역사적으로 볼 땐 삽화적인 의미밖엔 없는 날이지만 우리의 이종문에게는 실로 대단한 날이었다.

그날 이종문은 경비를 맡은 청년들 틈에 끼어 오전 중엔 담장 밖을 돌았고 오후엔 집 안 뜰에서 서성거리고 있었다. 종문은 회담의 의미라든가 내용이라든가엔 별반 흥미를 느끼지 않았으나 임종상이란 사람의 소유인 그 집엔 각별한 관심을 가졌다.

집 뒷면이 산이고 서편이 낭떠러지가 되어 집 주위를 한 바퀴 돌아보지 못하는 것은 유감이었지만 대강의 짐작으로 그 둘레가 5리쯤 되지 않을까 했다. 물론 이건 착각이었지만 종문의 눈에는 그렇게 보였다. 게다가 덩실하게 높은 지붕, 그대로를 바로 여염집의 대들보로 할 수 있을 성싶은 서까래, 몇 아름 돼보이는 기둥들, 모든 것이 이종문의 상식으로는 소화할 수 없을 만큼 굉장했다.

'이 집의 주인은 누굴까?'

종문은 회의에 참석한 어른들보다 그 집의 주인이 몇 배나 더 훌륭하지 않을까 하는 생각을 해보았다.

'하늘이 주는 부자란 게 있다쿠더니 이 집 주인이야말로 하늘이 준 부자일 끼다.'

종문이 이런 생각을 하고 있는 바로 곁에서 청년들이 다음과 같은 말을 주고받고 있었다.

"이만한 길을 쌓아올렸다 하는 건 바루 돈더미를 이만큼 쌓아올렸다, 그 말 아닌가?"

"그렇지, 바로 돈더미지."

"돈이란 건 미꾸라지 같은 것 아닌가. 잡을려면 미끄러져 나가버리는 미꾸라지 말야. 그런 걸 잘도 붙들어 이만큼이나 쌓아올렸으니 대단해."

"미꾸라지가 뭐야. 돈이란 날개 돋친 괴물이지. 잡혔다 하면 날아가 버리거든."

"하여간 이만한 집을 짓고 살기 위해선 어지간히 착취도 했겠구만."

"그걸 말이라고 해? 저게 저 부스럼 딱지 같은 집들을 보라우. 한 사람을 이렇게 호화스럽게 살리기 위해 만 사람이 저렇게 살아야 하는 거여."

"만 사람의 비참으로 한 사람의 호화를 산다, 이 말인가?"

"제법 문학적이구먼. 그러나저러나 영세한 빈민들이 저런 꼬락서니로 살고 있는데 그 가운데 이런 집을 짓고 살 수 있으니 그 배짱도 보통은 아니여."

"그만한 배짱 없이 그만한 착취를 했겠나?"

"마, 일종의 영웅이지."

"강도는 아니구? 세상이 올바로 서면 이런 집은 몰수해서 국유로 해야 돼."

"무슨 소리 하노. 몰수당하지 않을려구 회담장소로 빌려주구 하는 것 아녀."

 종문이 이런 대화를 샅샅이 이해할 수는 없었지만 그들의 말 내용으로 보아 이런 집에서 살고 싶은 마음이 그들에겐 전혀 없다는 것을 알았다. 그것이 종문으로선 이해가 가질 않았다. 똑똑한 청년이라면 마땅히 이런 고대광실에서 살아보았으면 하는 희망쯤은 가져보아야 할 것이 아닌가. 종문은 열심히 돈 벌 궁리를 했다.

 '돈을 벌어 나도 이런 집에서 살아봐야 하겠다. 사내대장부가 이 세상에 태어났으면 이만한 집에서 살아봐야 할 거 아닌가.'

 이런 엉뚱한 생각을 하고 있노라니까 차진희의 모습이 눈앞에 선하게 떠올랐다.

 '그 여자는 지금 어디 있을꼬?'

 그 여자 생각만 하면 안타까움이 설움처럼 밀려왔다. 그날 밤 억지로라도 해치웠으면 인연이 붙었을 건데 싶으니 종문은 자기의 허벅다리를 쑤셔버렸으면 하는 충동마저 일었다.

 '소련놈들헌테 겁탈을 당한 걸까. 애당초 나 같은 놈을 무시하고 속인 걸까.'

 돈만 있으면 여자야 얼마든지 있다고 마음을 고쳐먹어보지만 아무래도 차진희 같은 여자를 다시 만날 수는 없을 것 같은 비관만 들었다.

 '그 여자를 다시 만날 수만 있으몬, 아니 그 여자가 옆에 있기만 하몬 우떻게라도 돈을 벌어 이런 집에 살 수 있도록 할 낀디.'

 이종문은 저도 모르게 한숨을 쉬었다.

 바로 지척에 건국의 방책을 두고 지도자들이 열띤 토론을 벌이고 있는데 이종문은 건국이니 조국이니 민족의 문제보다도 여자, 돈의 문제에 관심을 빼앗기고 있었던 것이다.

운명의 출발

요인들이 떠나고 나자 주최 측에서 경비를 맡은 청년들에게 주효酒肴가 제공되었다. 그 자리에서 종문은 대강의 회담경과를 알았다. 모두들 내일에라도 좋은 수가 터질 것처럼 흥분하고 있었다. 이런 대화가 오갔다.

"우리 정부가 서면 넌 뭣 할래?"

"나는 경찰서장 할란다."

"자아식, 비위도 좋네. 누가 너더러 그런 것 시켜준다더냐?"

"안 시켜주면 내가 걸어가서 앉지. 누가 나를 밀어낼 끼고?"

"배짱 한번 좋구나."

"그런 너는 뭣 할래?"

"난 여운형 선생을 모시는 것 외엔 아무 다른 생각 없다."

"충신 하나 나왔군."

"너는?"

"글쎄, 장관은 어른들이 할께구 난 도지사나 할까?"

"거창하게 나오는데."

"이왕이면 거창하게 해보지."

모두들 농담인 척 꾸며 떠들고 있는 것이지만 솔직한 심정을 그냥 털어놓는 것과 마찬가지였다.

묵묵히 술사발을 입에 옮기고 있는 종문에게 젊은 친구 하나가 불쑥 물었다.

"우리 정부가 서면 노형은 뭣을 하실 참이오?"

"나는 토건업을 할 끼요. 그래갖고 돈 벌 끼요."

종문은 서슴없이 뚜벅 말했다.

"토건업을 할 사람이 여기 뭣 땜에 끼었소?"

이번엔 다른 청년이 물었다.

"어른들의 안면을 익혀둘라꼬요. 여러분들도 좋은 자리에 앉거든 잘 봐주소. 난 이종문이라쿠는 사람이오."

모두들 와자지껄 웃었다.

그러나 이종문은 결코 농담을 한 것이 아니었다. 언젠간 모두 한자리씩 할 사람들로 보고 미리미리 부탁한다는 심정이었던 것이다. 그래서 종문은 주위의 청년들에게 술잔을 권하기도 하면서 빠짐없이 부탁을 되풀이했다.

"잘 봐주이소이."

그러면 모두들

"한자리 하기만 히면 잘 봐주다뿐이겠소."

하는 말을 했다.

술자리가 끝날 무렵 이영식이 나타나서 경비를 맡은 청년들에게 봉투 하나씩을 나눠주면서 인사를 했다.

"여러분, 오늘은 수고들 했소. 얼마 안 되는 거지만 용돈에 보태 쓰시오."

창신동 비탈진 언덕길을 내려오면서 종문은 봉투를 뜯어보았다. 돈 30원이 들어 있었다. 한자리 술값은 되는 액수였다. 그런데 불현듯 노름을 해보고 싶은 생각이 들었다. 호주머니에 있는 돈을 합치면 50원이니 그만하면 노름 밑천은 되겠다 싶었다.

낯선 거리를 헤매도 노름꾼은 노름꾼으로서의 후각을 갖고 있어 노름하는 장소를 찾아낸다. 종문은 좁다란 골목길을 빠져 동대문 옆을 돌아가다 문득 노름할 생각에 사로잡혀 뒤돌아섰다. 아무래도 창신동 그 골목에 노름판이 있을 것 같은 느낌에서였다.

종문은 어슬렁어슬렁 골목 양편을 두리번거리며 걷다가 어떤 구멍가게 안으로 들어섰다.

순댓국에 소주 한 잔을 마시고 앉았노라니까 쉰 살은 넘어 보이는 허술한 차림의 사내가 들어와서 역시 순댓국과 소주를 주문했다. 종문은 입심 좋게 자기의 술을 그 낯모르는 사람의 잔에 따라놓고 인사를 청했다.

"나는 경상도에서 온 이종문이라쿠는 사람인디요. 형씨는 서울 사요?"

"난 황운동이라 하오. 인천에 집이 있소."

이렇게 말과 술을 주거니 받거니 하고 있다가 종문이 중얼거렸다.

"손가락이 근지러워서 죽겠는디 어디 소일할 데가 없는지 모르겠소."

소일한다는 말은 노름꾼 사이에 쓰이는 은어로서 노름을 한다는 뜻이다.

"천지가 그 판인데 왜 소일할 데가 없겠수."

황이란 사내의 대답이었다. 소일이란 문자를 안다면 그로써 통사정할 수 있는 사이가 될 수 있다.

"이 가까운 디 있습니꺼?"

"있소."

"헌디 판돈은 얼마쯤인 기요?"

"아직 초장이 돼서 별반 크지는 않을 것이구먼."

"그럼 그곳으로 한번 가봅시더."

종문이 술값의 셈을 했다.

구멍가게에서 나오자 황이 이종문을 아래위로 훑어보며

"낯선 사람을 데리고 가도 될까 모르겠네."

하며 망설였다.

"누군 나면서부터 아는 사람이 있소? 인사를 하고 어울리면 그만이지."
"그것도 그렇수."
황이 앞장을 섰다.
둘은 구멍가게의 건너편에 있는 병원 간판 달린 집을 오른쪽으로 끼고 골목을 걸어들어갔다. 한길 쪽에는 제법 비슷한 집들이 즐비하게 서 있는데 조금 안쪽으로 들어서자 나지막한 지붕의 집들이 그나마 쓰러질 듯 서로를 의지하고 서 있는 것 같은 일곽이 나타났다. 메스꺼운 냄새가 서려 있기도 했다.
황은 어떤 집 앞에 서더니 바로 눈높이쯤에 있는 창문을 손가락으로 두드렸다. 간격을 두지 않고 봉창문이 열렸다. 텁수룩한 수염의 사나이가 얼굴을 내밀더니
"황 주사로구먼."
하고 종문의 거동을 살피는 눈치였다.
"이 손님이……."
하고 손가락으로 무슨 시늉을 했다.
"그럼 조금 기다려."
하고 텁수룩한 사나이는 봉창문을 닫았다. 지게문이 삐걱 하고 열렸다.

낯선 노름판에 단신으로 끼어든다는 건 여간 대담한 일이 아니다. 종문에겐 그만한 배짱은 있었다. 그러나 온통 서울말을 하는 사람들의 틈에 끼고 보니 일말의 불안 같은 게 없진 않았다. 종문은 재빠르게 속셈을 세웠다.
'절대로 속임수는 쓰지 않는다. 그 대신 둘레의 글발만은 읽는다. 30원쯤 잃어준다. 판이 든든하면 내일 수송동 동지를 데리고 와 큼직하

게 한판 한다.'

　인사를 나누기가 바쁘게 종문은 모이조판에 끼어들었다. 종문은 모든 노름에 익숙해 있었지만, 더욱이 모이판엔 비스름히 난다는 평을 받았을 정도로 통달해 있었다. 두세 번 화투장을 뒤지고 나면 상대방의 글발은 물론 묻힌 화투장의 글발까지도 죄다 알아차릴 수 있는 것이다.

　30원쯤 잃어주며 둘레를 보아 내일 다시 올 참으로 시작한 노름인데 잃기는커녕 계속 따기만 했다. 여섯 번을 오야를 했는데 매번 도를 넘기고 말았다. 그럴수록 주위의 사람들은 속임수를 하지 않는가 하고 종문의 손끝에 신경을 곤두세웠지만 양손을 탁탁 털며 페어플레이를 하는 그에게서 흠잡을 건더기는 전연 없었다. 열한 시 가까이 되어 종문이 일어섰을 때는 간단히 헤아릴 수 없을 만큼의 지전이 호주머니에 그득해 있었다.

　"무슨 일이 있어도 열한 시까진 와야 하오."
라는 문창곡의 당부가 없었더라면 밤을 새워도 움직이지 않을 종문이었지만 미련이 목까지 차 있었는데도 일어서지 않을 수 없었다. 그런데 모두들 종문을 붙들지 않았다.

　'서울 사람 경우 바르다더니 이기 바로 그런 기로고나.'

　종문은 잡히는 대로 한 움큼의 지전을 자리 위에 놓아두고 황이란 사람에게는 별도로 얼만가를 쥐어주고 밖으로 나왔다.

　어디서 딴 돈을 헤아려보았으면 했지만 그럴 시간의 여유는 없었다. 종문은 호기 있게 택시를 타고 수송동으로 향했다.

　열한 시에 가까스로 뛰어들어온 종문을 보고, 문창곡이
　"걱정했었지. 왜 그렇게 늦게 오우?"

하며 일어나 앉았다. 성철주는 코를 골고 있었다.

　종문은 아무 말 않고 호주머니에 쑤셔넣은 돈을 한 움큼 한 움큼씩 꺼내 방바닥에 수북하게 쌓아올렸다.

　"이 돈, 어떻게 된 거유?"

　문창곡이 눈을 둥그렇게 뜨고 돈과 종문을 번갈아봤다.

　"우찌 되긴 우찌 돼요. 딴 돈이지, 도둑질 했겠습니꺼? 우리 좀 세어 나 봅시더."

　종문이 돈을 헤아리기 시작했다. 고스란히 3,900원이었다. 노름판에서 나올 때 뿌린 돈이 실히 1,000원은 되었을 것이니 세 시간 남짓한 사이에 종문이 5,000원을 딴 셈이다.

　문창곡이 종문의 애기를 듣자 껄껄대고 웃었다. 그리고

　"과연 황금의 손이로구먼."

하고는 성철주를 깨웠다. 부스스 눈을 비비고 일어난 성철주도 돈더미를 보고 놀랐다.

　"이 동지, 술을 한잔 사야겠구먼."

　성철주의 말에

　"방금 잠을 깨고 또 술타령?"

하고 문창곡이 웃었다.

　"술 같은 것 여부가 있소."

　종문이 그 돈을 삼등분해서 문창곡과 성철주 앞에 밀어놓았다.

　"이걸 우리에게 주는 거요?"

　성철주가 말했다.

　"주는 게 아니고 드리는 겁니더."

　"이렇게 해서 될까?"

운명의 출발 153

성철주가 미안해하는 표정을 지었다.

"횡재한 긴디 같이 노나 씁시더."

종문이 아무렇지도 않게 말했다.

"내 이렇게 큰돈 만져보긴 처음인데."

성철주는 진정 기쁜 모양이었다.

"요새 물가가 올라서 돈 가치가 있어야지. 옛날 같으면 이만한 돈만 가져도 부잔디."

하고 술을 사러 나가려는 이종문을 문창곡이 붙들어 앉히고 말했다.

"잘 밤에 술을 마셔 뭣 하우. 그보담 선생님께 이 말 하면 좋아하실 거요."

"허가 안 받고 했다고 썽을 내시지나 않을 낀가요?"

"아뇨. 선생님은 무슨 일이건 선수를 좋아하시거든. 이 동지는 선수요. 선생님께 우리 동지 가운데 선수가 있다는 얘기를 해드려야지."

"그라몬 선생님헌티도 용돈을 좀 디릴까요?"

"그럴 것까진 없소. 선생님이 요즘은 침울하니 유쾌한 얘기라도 해드릴 겸 알려드리자는 거요."

"꾸지람 안 듣도록만 해주이소."

문창곡은 고맙게 받겠다며 돈을 챙겨넣곤 노름에 관해서 종문에게 물었다.

"첫째는 운이고 둘째는 재칩니다."

하고 종문이 노름철학을 펴기 시작했다.

"허기야 재치만 있으몬 본전을 축내지는 않습니다. 그렁께 재치가 없는 사람은 노름방 같은 데 가선 안 됩니다. 그리고 재치라캐도 여러 가지 재치가 있어야 합니다. 한번 잡은 화투장이나 투전엔 꼭 표를 해놓았다가 그게 뭔지를 뒷바닥만 보고라도 알아야 합니다."

"표를 어떻게 한단 말요?"

문창곡이 흥미를 느끼며 물었다.

"손톱자국을 내는 깁니더. 가령 흑싸리 껍질이면 화투장 모서리에 기다랗게 금을 지우고, 공산 스물이면 한가운데 금을 지우고, 말하자몬 여러 가지 방법으로 하는 깁니더."

"어두운 불빛 아래에서 또는 컴컴한 방구석에서 검거나 붉은 뒷바닥에 내놓은 손톱자국을 어떻게 분별하지?"

"보는 방법이 따로 있습니더. 비스듬히 본다거나 왼편으로 고개를 갸웃해갖고 본다든가 하면 반드시 금 지어놓은 부분이 보이는 깁니더."

"그럴까?"

하고 문창곡은 반신반의했다.

"믿어지지 않으몬 내일 내가 화투를 사가지고 와서 보여드리겠습니더."

"그건 안 돼. 이 합숙소엔 일절 그런 물건을 들여놓지 못하게 돼 있으니까."

"그렇십니꺼."

하고 종문은 머리를 긁적긁적했다.

"또 얘기해봐요."

이번엔 성철주가 재촉했다.

"그리고 이편에서 오야가 되어 화투를 섞을 적엔 대강의 순서를 익혀둡니더."

"그걸 어떻게."

창곡의 말이다.

"그렇게 섞을 수가 있습니더, 그렇게 재치라쿠는 것 아닙니꺼."

"음 재치라, 그렇겠군."

하고 창곡이 웃었다.

"그렇게 말입니다. 몇 번쯤 쳐보고 두세 번 오야를 하면 화투장을 덮어놓고도 대강 알 수가 있고 상대가 뭣을 가지고 있는가를 대강 알게 되거든요. 알고 치는 놈하고 봉사 언덕 닥치는 식으로 치는 놈하곤 승부가 뻔하지 않습니꺼."

"바로 전쟁의 요령이구면."

성철주가 말을 끼었다.

"속인다는 게 결국 그런 걸 말하는가?"

창곡이 물었다.

"속이는 건 또 다릅니다. 윗장이 불리한 패다 싶으면 아랫장을 슬쩍 빼낸다든가, 객장을 친다든가 하는 기지요."

"객장은 또 뭐요?"

철주가 물었다.

"모두 일곱 장씩 가져야 하는디 제만 한 장 더 갖는 걸 말하는 기지요."

"그러다가 안 들키나?"

창곡이 물었다.

"누가 들키도록 합니꺼. 적당한 기회에 슬쩍 갖다놓아버리는디."

"손재주가 기가 막혀야 되겠구면."

창곡의 말이었다.

"그래야 됩니더. 쪼막손 갖고 달걀 도둑질 하는 식으로야 될 수 있습니꺼."

종문이 제법 뽐내며 말했다. 이밖에 종문은 노름에 관한 비화와 자기가 속임수를 하다가 혼난 일들을 무뚝뚝한 경상도 사투리로 밤이 깊을 때까지 엮어나갔다.

그날 밤 이종문의 꿈은 화려했다. 산더미 같은 돈뭉치를 창고에 갖다 재는 꿈도 꾸었고, 낮에 본 임종상의 집에서 차진희와 함께 사는 꿈도 꾸었다. 회담장소에 나타난 송진우가 입고 있던 항라의 두루마기를 입고 고향의 들길을 걷는 꿈도 꾸었다 이렇게 꿈조차도 너무 황당하게는 꾸지 않는 게 이종문의 특징이었다.

15

그 이튿날 아침 이종문은 고단한 잠을 깼다. 눈을 떴을 땐 문창곡도 성철주도 없었다. 바깥에 어수선한 동정이 느껴졌다.

변소엘 갈 양으로 밖으로 나갔다. 뜰에 단원들이 서성거리며 소곤거리고 있었다.

"무슨 일이 있었소?"

이종문이 가까이에 있는 청년을 보고 물었다. 청년의 답은 이랬다.

"화신백화점 정면 쇠문에 송진우 선생을 규탄하는 벽보가 붙었다는 겁니다."

종문은 바로 어제 본 송진우의 모습을 선뜻 뇌리에 떠올렸다.

"뭐라꼬 했는디요?"

종문이 다시 물었다.

"훈정기 운운하고 독립 천연을 책동했다고 써 있더랍니다."

종문이 뭐가 뭔지 알 까닭이 없었다. 그러나 알아들은 척 제법 심각한 표정을 꾸미고 변소에 가 앉았다. 변소에 앉아 이종문은 노름판에

갈 궁리를 했다.

10월 6일 아침, 종로2가 화신백화점 정면 쇠문에 송진우에 대한 모략 벽보가 나붙은 것은 사실이었다. 벽보의 내용은
'훈정기 운운하며 조국의 독립을 천연시키려는 송진우를 규탄한다.'
는 것이었다.

이건 분명히 모략이며 중상이었다. 어제 송진우는 양근환과의 대화 가운데서 정국의 혼란은 국민의 정치의식이 낮은 때문도 있으니 정당의 조직도 국민을 계도하는 방향으로 해야 하며, 혼란을 수습하기 위해서도 어느 기간 국민을 훈정하는 시간이 필요하다고 말했을 뿐이다. 그리고 그때 좌중의 사람들은 송진우의 의견을 타당한 것이라고 느끼고 아무도 반박 비슷한 말을 하지 않았다. 그랬던 것인데 벽보는 송진우의 그 말을 독립 천연을 책동하는 것이라고 왜곡해놓았다.

왜곡한 사실 자체도 문제려니와 회담장소에서 한 발언의 내용이 누설되었다는 것도 문제였다. 회담 시의 발언은 일절 비밀을 지키도록 돼 있었고, 조선주보에서 회의록을 작성하되 참가한 전원의 찬성 아래 그것의 발표 시기·내용·범위를 결정하기로 했었다. 뿐만 아니라 회의록은 주최 측이 보관하기로 하고 속기자들에게는 철저한 함구령을 내렸었다.

발설자가 누구냐 하는 것이 당연히 문제가 되었다. 혐의는 회담장소에서 열심히 메모를 하고 있던 공산당의 최용달에게 걸렸다. 그러나 이건 어디까지나 억측일 뿐이지 단언할 성질의 것은 아니었다. 발설자가 누구냐 하는 것은 수수께끼로 남았는데 이 사건은 중대한 결과를 초래했다. 모처럼 태동하기 시작한 좌우합작의 움직임에 찬물을 끼얹은 결

과가 되었고, 후일 송진우를 암살한 살인자들에게 하나의 구실을 주게 된 것이다.

송진우는 격노했다. 비밀이 누설된 것도 분했거니와 자기의 견해를 고의로 왜곡한 악질적인 행동도 분했다. 당연한 일이다. 이와 같은 사건 때문에 창신동 회담이 있은 그 이튿날부터라도 열릴 예정이던 소위원회의 회의가 무기한 연기될 수밖에 없게 되었다.

"공산당을 믿고 합작공작을 한다는 것은 도둑놈에게 보물이 든 창고의 열쇠를 주는 거나 마찬가지다."

이렇게 말함으로써 송진우의 합작노력을 포기시키려는 측근도 있었다.

그러나 송진우는 대인이었다. 주최 측의 성의 있는 노력도 있었지만 자기 개인의 감정으로 민족의 대사를 어긋나게 할 수는 없다는 너그러운 아량을 보여, 10월 11일 파고다공원 뒤편에 있는 전 일본 요정 '미요시'에서 첫 번째의 소위원회가 열렸다.

송진우가 한민당 대표를 소위원회에 파견한 것은 그 모략 벽보가 공산당이 공적으로 조작한 일이 아니라는 주최 측의 설명을 송진우가 인정한 결과였는데 그렇게 되기까진 조선인민보의 기사가 커다란 역할을 했다.

조선인민보는 공산당의 기관지는 아니지만 그 편집 스태프는 좌익계의 인물로 채워져 있고 창신동 회담에는 그 주간 김정도가 언론계 대표로서 입회한 까닭도 있어, 만일 공산당이 송진우의 훈정론을 왜곡하기까지 하면서 공격할 작정이었으면 당연히 조선인민보를 이용했을 것인데, 그 신문은 좌우 양진영 대표자들의 발언을 공정하게 취급 보도

했던 것이다.

'미요시' 소위원회엔 한국민주당에서는 김병로(감찰위원장)·장덕수(정치부장)가, 건국동맹에서는 최근우·함봉석, 국민당에서는 엄우룡, 공산당에서는 이현상 대신으로 이관술이 김형선을 대동하고 나왔다. 공산당이 이현상을 제쳐놓고 제2인자인 이관술을 파견한 것은 그만큼 이 회의를 중요시한 때문이라고 할 수가 있었다.

이관술은 일본 동경고사 출신으로서 한때 동덕여고에서 교편을 잡은 일도 있는 인텔리다. 일찍이 공산주의 운동에 참여, 공산당의 국내에서의 활동이 가장 곤란한 시기에도 굴하지 않고 이재유와 더불어 끝까지 지하투쟁을 한 인물이다. 그는 또 편협한 사람이 많은 공산당에서는 드물게 볼 수 있는 원만한 인격자이기도 했다. 그는 해방 후, 공산당의 자금조달 책임을 지고 활약했는데 1946년 정판사 위폐사건에 연루, 체포되어 무기징역을 받고 복역 중 6·25동란 때 대전형무소에서 죽었다.

'미요시' 소위원회에는 앞서 말한 4개 정당의 대표자 이외에 청년대표들을 참석시켜 어떤 당의 대표자가 바른 주장을 하는가를 지켜보기로 했다. 이런 청년대표들의 참석은 노장들의 완고한 주장을 견제하는 데 큰 도움이 되었다.

긴장한 가운데 시작된 회의는 의외로 아무런 파란 없이 순조롭게 진행되었다. 이 회의에서도 발언의 주역은 한민당 대표인 김병로와 공산당 대표 이관술이었다.

김병로는 좌우의 합작을 보람 있게 하자면 인민공화국의 해산이 선

결문제란 제안을 했다. 이에 대해 이관술은 좌우 양진영의 합의에 의한 공동목표와 공동과업의 설정이 선행하지 않고는 인민공화국의 해산은 불가능하다고 맞섰다.

김병로는 여운형의 말을 인용하여 좋은 방안만 나오면 언제라도 인민공화국을 해산하겠다는 것이 아니었냐고 물었다. 이관술은 그러니까 좋은 방안을 만들어야 할 게 아니냐고 웃으며 응수했다.

아무런 구체적인 성과는 없다고 할지라도 '미요시'에서의 제1차 소위원회는 격의 없이 피차의 의견을 피력할 수 있었다는 점만으로도 성공적이었다고 말할 수 있었다.

'미요시'에서의 소위원회는 그 뒤 세 차례나 더 열렸다. 그러나 여전히 구체적인 성과는 없었다. 공산당은 인민공화국을 중심으로 하자는 주장을 굽히지 않았고, 한민당은 아직 귀국하지 않았지만 중경임시정부를 지지하고 그것을 중심으로 정치의 대본을 세우자는 주장을 양보하지 않았기 때문이다.

이렇게 되고 보니 4개 정당 대표회의라고는 해도 실질적으론 한민당과 공산당의 회의란 양상을 띠게 되었다. 각각 좌우의 양극을 차지하고 있는 한민당과 공산당이 의견을 합칠 수만 있으면 그 중간에 있는 건국동맹이나 국민당의 조절은 용이한 일이었기 때문이다.

이런 까닭도 있어 주최 측은 한민당과 조선공산당만의 회합을 계획했다. 이 계획에 조선공산당이 응하겠다는 통보가 왔다. 그런데 조건이 있었다. 한민당의 대표로서 장덕수가 나올 경우에는 불응하겠다는 것이었다. 이렇게 한 데에는 공산당으로선 그만한 이유가 있기도 했다. 그러나 한민당이 그런 조건을 받아들일 리는 없었다. 그래서 이 문제를 두고 옥신각신한 끝에 김병로가 개인 자격으로라도 공산당의 회담에

응하겠다고 나서는 바람에 한민당은 주최 측의 제안에 응하기로 했다. 공산당도 김병로면 좋다는 의향을 보였다.

당시 공산당의 수뇌 박헌영·이관술·이현상 등은 인민공화국이 민주연합정부로서 체제를 갖추기 위해서는 김성수·송진우 등 민족진영의 지도자들을 포섭해야 한다는 전략을 세우고 있었다. 그런데 김성수의 계열은 공산당과의 연합을 정면으로 반대하고 있었기 때문에 옛날 신간회新幹會를 중심으로 사회주의자들과 공동전선을 편 경력이 있는 김병로 같은 인물이라도 흡수했으면 하는 저의를 가지고 있었다. 김병로는 또 변호사로서 수차에 걸쳐 공산당사건에 무료변호를 맡기도 했고, 허헌이 민중대회사건으로 검거되었을 때 그 대리로 신간회의 간사 역을 맡은 적도 있어 우익계의 인물로서는 공산당이 가장 친근감을 느끼는 사람이기도 했다. 김병로를 인민공화국의 사법부장으로 선임한 이유도 여기에 있었다(허나 그는 이 직을 외면하고 말았다).

한민당 대표로서 김병로가 나온다고 하자 공산당에서는 이관술을 내보내기로 했다. 이 두 사람의 회담이 어느 고비에 이르면 송진우·박헌영 회담으로 발전시킬 예정이 쌍방의 양해사항이 되기도 했다.

이런 정도에까지 이르기 위해서 주최 측인 이영식과 양근환은 비상한 노력을 했다. 이영식은 설득을 통해서, 양근환은 반협박적인 행동을 통해서 각각 배수의 진을 치고 이 일에 임했던 것이다.

이러는 동안 이종문은 창신동의 노름판에 매일 드나들었다. 어느 때는 일부러 몽땅 잃어주기도 하고, 겨우 본전을 찾을 정도로 꾸미기도 했다. 그렇게 해서 노름판에 모인 사람들과 안면을 익히고 대강의 성격을 짐작하게 되자 종문은 대담한 전법을 써서 3만 원 가까운 돈을 거둬

들였다.

종문은 그 가운데의 일부를 양근환에게 갖다바쳤다. 양근환은 돈의 출처를 알자 성을 낼 수도 상을 줄 수도 없다는 표정으로 그것을 거절하고 자기 대신 수송동에 사는 동지들에게 나눠주라고 일렀다. 그리고 다음과 같이 일렀다.

"창곡으로부터 이 동지의 대단한 솜씨를 들어 알았다. 어떤 일이건 남보다 뛰어난 기술을 가졌다는 건 나쁠 게 없다. 그러나 노름은 안 돼. 노름을 해서 딴 돈으로 잘산다는 것도 창피스러운 일이고, 잃어 궁한 꼬락서니가 되는 것도 결코 좋은 일이 아니야. 어떻든 노름이 정업이 될 수는 없는 게 아닌가. 내가 이번에 하는 일의 고비를 넘기면 이 동지가 토건업을 차도록 주선해줄 것이니 그때를 기다리도록 하게. 노름은 말구 말야."

"토건업을 한다 캐도 자본이 있어야 안 되겠습니꺼?"

"그럼 이 동지는 자본금 만들려고 노름을 허나?"

하며 웃고는 양근환은

"토건업을 시작할 땐 자본까지 내가 대주지."

하고 만일 이종문이 다시 노름판을 나가는 사실을 알기만 하면 그땐 인연을 끊을 수밖에 없다고 엄하게 다졌다.

이종문은 양근환의 그 말을 당연한 교훈으로 들었고 앞으로 양근환 선생 밑에 있는 한, 노름판 출입은 안 하겠다고 맹세를 했다. 그렇지 않아도 종문은 3만 원이란 거액을 빼낸 창신동의 노름판에는 당분간 나가지 말아야겠다고 마음먹고 있던 터였다.

이승만 박사가 미국에서 돌아왔다. 슈트 케이스를 들고 미 군용기 편

운명의 출발 163

으로 단신 돌아온 그는 우선 조선 호텔에 여장을 풀었다.

수송동 합숙소는 술렁대기 시작했다. 이승만 박사의 귀국을 가장 열렬하게 기다리고 있던 사람이 바로 양근환이었고, 그의 그러한 감정이 합숙소에 기거하고 있는 사람들에게도 그대로 옮겨져 있었기 때문이다.

그런데 양근환이 추진해오던 좌우합작을 위한 한민당과 공산당과의 회의는 그냥 흘러버리게 되었다. 그 까닭은 다음과 같다.

좌익계는 그들이 꾸민 인민공화국의 주석으로서 이승만을 추대하고 있었고, 임시정부를 지지하는 우익계는 임시정부의 초대 대통령이며 민족의 가장 빛나는 지도자였던 이승만을 숭배하는 입장에 있었다. 그러니 국내 좌우 양진영의 행동통일은 이승만의 의사로써 간단히 이루어질 것이어서 김병로·이관술 회담을 서두를 필요가 없다는 결론이었다.

이렇게 국내 좌우 지도자는 물론 일반 국민의 시선은 조선 호텔에 있는 이승만에게 집중되었다.

좌익은 좌익대로 인민공화국의 주석으로 추대한 만큼 이승만이 자기들을 무시하진 않을 것이란 환상을 가지기도 했고, 차츰 좌익계를 탄압하기 시작한 미국이 그를 데리고 온 만큼 섣불리 그에게 기대를 걸 수도 없다는 미묘한 감정을 지니기도 했다. 한편 우익인 한국민주당은 그들이 절대 지지하고 있는 임시정부의 주석이 아닌 이승만이 재빨리 그를 주석으로 추대한 인민공화국 편으로 기울어지지 않을까 하는 위구심과 더불어, 김구가 주석으로 되어 있는 중경임시정부에 대한 이승만의 태도를 알아내려고 신경을 쓰고 있었다.

이승만의 귀국은 각계각층에 비상한 관심을 불러일으켰다. 이종문도 예외는 아니었다. 아니 누구보다도 민감한 반응을 보였다. 종문은 왠지 자기의 운명을 이승만과 결부시키고 있었다. 노름꾼이 지니기 쉬운 막연한 영감 같은 것에 불과했지만, 그만큼 깊은 뿌리를 종문의 가슴에 심어놓고 있었다.

어떤 수단을 쓰더라도 이승만과 인연을 맺을 방도를 만들어야겠다고 종문은 결심했다. 가장 쉬운 방법은 양근환을 통해 소개를 받는 길이었다. 그러나 막상 소개를 받았다고 해도 그다음 어떻게 하겠다는 방침은 서 있지 않았다. 그런데 곧 큰 실망이 왔다. 이승만이 돌아왔다는 소식이 있고 사흘 만에 양근환이 그를 면회하러 갔다가 퇴짜를 맞고 돌아왔다는 것이었다.

종문은 침울한 표정이 되어버린 양근환을 보자 이중의 낙망을 했다. 하늘처럼 믿었던 양근환이 이승만에게 가까이 갈 수 없다면 그를 통해 이승민을 만나겠다는 희망은 사라져버린 것이고, 양근환노 만날 수 없는 사람을 달리 무슨 방법으로 만날 수 있을까 하는 낙망이다.

이종문은 어느 날 오후 하세카와초의 일인 여자 집에서 일과처럼 되어 있는 일을 치르고 바로 가까이에 있는 조선 호텔 앞으로 가보았다. 문간에 키가 크고 코가 큰 미군이 지키고 서 있었고, 양복 차림 또는 한복 차림의 사람들이 그 주변에 웅성거리고 있었다. 모두들 이승만을 만나러 온 사람들이었는데 뜻을 이루지 못하고 먼빛으로나마 노 애국자의 모습을 볼 수 있지 않을까 해서 서성거리고 있는 것이 분명했다.

종문도 그 군중들 틈에 끼어 한동안 서 있었으나, 지프차가 간혹 드나들 뿐 멀찍이 바라뵈는 현관에는 이승만으로 보이는 사람의 그림자도 나타나지 않았다.

그런데도 종문에게는 자신이 있었다. 이 큼직한 집 안에 자기와 가장 가깝게 지낼 사람이 있다는 믿음 같은 것이 솟아올랐던 것이다.

'오늘만 날인가.'

종문이 이렇게 마음속으로 중얼거리고 군중들 틈을 벗어나려고 하는데 우연히 돌린 시선에 차진희의 모습이 들어왔다. 종문은 심장이 멎는 것 같은 충격을 받았다. 그러나 곧 정신을 차리고 그는 차진희 쪽으로 허우적거리며 걸었다.

날마다 좋은 날

1

 주위의 풍경은 일순 안개 속에 뭉개져버린 듯 거기에만 불이 켜진 섯처럼 차진희의 윤곽이 또렷했다. 이종문은 길을 건너면서 자동차에 치일 뻔했지만 아랑곳없이 차진희를 향해 달렸다.
 "아아, 새댁이 우찌 된 일입니꺼?"
 종문이 불쑥 앞에 나타나자 차진희는 멈칫 놀라는 표정이더니 그래도 종문을 알아보았던 모양으로 입 언저리에 웃음을 띠었다.
 "나는 새댁이를 보내고 난 후 이날 이때까지 새댁이만 기다렸습니다."
 모든 감정이 한꺼번에 쏟아져나올 것 같은 기분으로 종문은 우선 이렇게 말했다. 진희는 머뭇머뭇 말의 실마리를 찾아내지 못하고 서 있었다.
 "그런디 운제 서울에 왔습니꺼?"
하고 종문이 물었다.
 "한 달쯤 됐어요."
 진희는 조용히 말했다.

"한 달이나 됐는디, 와 연락을 안 해줍니꺼?"

종문이 원망스럽게 말했다.

진희는 엷은 웃음을 띠어 보였을 뿐 대답은 하지 않았다. 샅샅이 사정을 설명해야 할 필요를 느끼지 않은 탓도 있었고, 대낮 길거리에서 남자를 상대하고 서 있기가 거북하기도 했다.

"우리 어디 조용한 데 가서 얘기나 좀 합시더."

종문은 만일 거절당하면 억지로라도 끌고 갈 것 같은 투로 말했다.

"그렇게 하죠."

진희의 승낙이 떨어지기가 바쁘게 종문은 어디로 데리고 갈까 하고 궁리했다.

'여관? 술집?'

그러나 그런 궁리를 할 것까진 없었다. 진희가

"전 바쁘니까 근처 다방에라도 가두룩 해요."

하고 그 이상의 권유는 거절할 태세를 보였기 때문이다.

하는 수 없이 종문은 조선 호텔에서 정자옥으로 내려오는 도중에 있는 다방으로 들어섰다. 다방 안은 한산했다. 구석진 곳에 자리를 잡을 수가 있었다.

"그래 지금 오디에 계십니꺼?"

종문이 다짜고짜 물었다.

"탑골에 있어요."

"탑골이라니, 누구 집인디요?"

"먼 친척 집이에요."

"뭣을 하십니꺼?"

"그냥 그럭저럭하구 있어요."

종문은 가슴이 답답했다. 무엇을 물어도 바람결에 수양버들인 것이다. 그러나 종문의 각오는 단단했다. 어떻게 해서라도 차진희의 마음과 몸을 사로잡을 작정이었던 것이다. 종문은 누누이 자기가 얼마나 애태우며 기다렸는가를 설명하고 서울 온 지 한 달이나 되었는데도 연락 한 번 안 했다는 것을 원망조로 말했다. 그래도 차진희는 변명 따위의 말을 하지 않았다.

"남아의 일언은 중천금이라고 하는디 여자는 약속을 안 지켜도 좋다는 말입니꺼?"

종문이 따지는 투가 되었다. 그러나 차진희로선 우습게 여길 얘기일 뿐이다. 한밤중에 겁탈을 당할 상황에 놓인 여자가 그 위기를 모면하기 위해 무슨 말을 못한단 말인가. 어느 정도의 자존심이 있는 여자라면 뭣이 딱하다고 무식이 주렁주렁한 시골의 사내에게 호락호락 걸려들 것인가 말이다.

아닌 게 아니라 차진희는 그 병원을 빠져나가자 종문 따위의 일은 깨끗이 잊어버렸던 것이다. 설혹 종문이 근사한 사나이였다고 해도 사정은 마찬가지였을 것이다. 남편의 뼈를 묻는 일, 시가와 사후처리를 의논하는 일, 게다가 소련군이 들어와 발칵 뒤집혀진 세상에 살아가는 일 등으로 해서 자기 정신을 찾기조차 힘들 정도였으니까.

"앞으로 우떻게 할 깁니꺼?"

종문이 다시 물었다.

"여러 가질 생각하고 있는 중이에요."

"여러 가지라니 대강 어떤 긴디요?"

"제가 그런 걸 일일이 말씀드려야 되나요?"

진희는 너무나 뻔뻔스러운 종문의 태도에 불쾌감마저 가졌으나 차마 그런 내색을 할 수는 없었다.

"그거 무슨 소립니꺼? 속담에도 인인성사因人成事라는 말이 안 있습니꺼. 새댁이 하시는 일에 도움이 될란지도 모를 일이고요. 그리고 이 종문이란 인간을 그렇게 보지 마이소. 서울 와서 한 달도 채 안 돼서 집 하나 큼직한 놈 장만했고, 송진우 선생·여운형 선생 기타 등등 큼직큼직한 어른 모두 만나봤소. 두고 보이소, 나는 앞으로 큰일 할 끼요."

"그렇게 해야죠."

진희는 역시 엷은 웃음을 띠어 보였다.

"내 말을 건성으로 들으시는 모양인디……."

하고 종문이 서울 온 지 두 달 되는 동안 어떤 일을 했는가를 두 배 세 배 과장해서 설명하곤

"오늘은 말입니더, 나는 이승만 박사 만나러 간 깁니더."

하고 뽐냈다.

"그래 이승만 박사를 만나보셨수?"

진희의 표정에는 장난기가 돌았다.

"오늘은 바쁘신 일이 있는가 봅디다. 며칠 후엔 꼭 만날 깁니더."

종문이 배짱 좋게 말했다.

"이승만 박사를 만나 뭣을 하시겠수?"

"돈을 좀 드릴라꾸 합니더."

"돈을?"

"그렇습니더, 이 박사가 미국에서 왔응께 용돈이 꽤 들 것 아닙니꺼. 그래 용돈을 좀 드릴려구 하는 겁니더."

진희는 웃음을 참을 수가 없었다. 그래서 말했다.

"용돈을 드려서 어떻게 할려구요?"

"두고 보이소. 앞으로 꼭 이승만 박사가 독립된 나라의 대통령이 됩니다. 지금 우익이니 좌익이니 하고 싸우고 있지 않습니꺼. 그런디 우익이나 좌익이나 모두 이승만 박사를 내세우고 있거든요. 인민공화국에서는 이승만 박사를 이미 주석으로 모시고 있고요, 한국민주당에서도 이승만 박사가 승낙만 하신다면 당수로 모실 눈치를 보이고 있거든요. 나는 이승만 박사에게 걸었소. 나는 노름쟁이니까 노름쟁이로서의 눈치에 있어선 누구에게도 뒤지지 않는단 말입니다. 가만히 본께 정치라쿠는 것도 노름과 꼭 같은 기라요. 큰 노름판에 놀이를 잘 가면 성공한단 말입니다. 나는 이승만 박사 편에 놀이를 간다 이 말입니다. 그 요량하고 용돈을 갖다드린다 이 말입니다."

진희는 종문을 말끄러미 바라봤다. 이 사람이 혹시 실성한 사람이 아닌가 해서다. 그러나 종문은 자기 말을 열심히 듣고 있는 것으로 짐작하고 더욱 신이 났다.

"두고 보이소. 나는 장차 토건업을 해갖고 큰 부자가 될 겁니다. 창신동에 임종상이란 사람의 집이 있는디 굉장하게 커요, 어마어마하고. 그런 집을 사갖고 떵떵 울리며 살 끼란 말입니다. 이승만 박사가 대통령이 되기만 하몬 큼직큼직한 공사는 모조리 떼갖고 일을 하몬 당장 부자가 될 것 아닙니꺼."

진희는 어이가 없어 웃었다.

"듣기만 해도 기분이 나지요? 그런디 그렇게 되자몬 새댁이 나허고 살아야 합니더."

너무나 당돌한 말에 진희는 얼굴을 붉혔다.

"부끄러울 것 없습니다. 남자와 여자는 같이 살게 돼 있는 것 아닙니꺼. 새댁이허고 같이 살게만 되몬 내 절대로 새댁이를 호강시켜 드릴

날마다 좋은 날 171

깁니더."

진희는 이런 엉뚱한 말을 계속 듣고 있을 수가 없었다.

"전 가봐야겠어요."

하고 자리에서 일어섰다.

종문이 그러는 진희를 황급히 붙들었다.

"조금만 더 계시다가 가이소. 할 말이 아직 끝나지 않았습니다."

"바빠서 가야 해요."

"아무리 바빠도 조금만 더 있다가 가이소."

이런 뻔뻔스러운 사람이 또 있을까 싶었지만 더 이상 버티다가는 다방에서 망신스러운 꼴을 보겠다는 생각이 들어 진희는 도로 앉았다.

"새댁이 평생을 과부로 지낼 작정은 아닐 것 아닙니꺼?"

진희는 얼굴이 화끈 달아옴을 느꼈다. 뭐라고 대답해야 할지조차 몰랐다.

"평생을 혼자 사실 건 아니지 않습니꺼?"

종문이 거듭 물었다. 평생을 혼자 살망정 당신 같은 사람하곤 살지 않겠다고 쏘아붙이고 싶은 충동이 없었을까만 진희는 참고 조용히 말했다.

"제가 댁으로부터 이런 수모를 받아야 할 까닭이 없지 않아요?"

보통 사람 같으면 이만한 말이면 후퇴하는 게 상식이다. 그러나 종문의 심정은 보통과는 달랐다.

"수모라니, 우찌 그런 말씀을 하십니꺼? 나는 진심을 말하고 있습니더."

그리고 또 한참 경상도 사투리를 마구 휘둘러 지껄여대더니

"두고 보이소. 나는 성공하고야 말 낍니더. 그러자면 새댁 같은 사람

이 필요하단 말입니더."

하곤 얼굴색 하나 변하지 않았다.

진희는

"두고 보이소."

라고 거듭되는 말에 진저리가 났다. 어떻게 하면 이 자리를 빠져나갈까, 그것만 생각하고 있었다.

종문은 호주머니 속을 뒤지더니 한 뭉치의 돈을 꺼냈다. 그리고 한다는 말이

"요즘 옹색하지 않습니꺼. 이 돈을 쓰십시오."

하고 진희 앞으로 밀어놓았다. 이때는 참으로 성이 났다.

"선 댁으로부터 돈을 받을 아무런 이유도 없어요."

하고 몸을 일으켜 걸어나갔다.

"제기랄, 돈 싫다쿠는 사람 첨 봤네."

종문이 중얼거리며 뒤따라 나갔다. 진희는 정자옥 앞에서 전차를 탔다. 종문이 그 전차에 같이 탔다. 같이 탔을 뿐 아니라 진희 바로 옆에 자리를 잡곤

"탑골이면 어디쯤입니꺼?"

하고 다정하게 말을 걸어왔다. 진희는 성을 풀지 않은 표정으로 대답도 하지 않았다.

"탑골이면 동대문을 지납니꺼?"

종문이 다시 물었다. 진희는 여전히 입을 열지 않았다.

"내가 잘못했으면 사과하겠습니다. 그런디 와 말문을 닫아버렸습니꺼?"

진희는 종문의 추근대는 꼴이 같이 탄 사람들 앞에 부끄러웠다. 그래

서 동대문쯤에서 전차에서 내렸다. 종문이 따라 내렸다. 그리고 차진희와 나란히 걷기 시작했다. 진희는 화가 치미는 것을 억제할 수 없었다. 길 가운데서 걸음을 멈추며 발끈 성난 투로 말했다.

"정 이러실 거예요?"

"내가 우쨌는디요?"

"이렇게 치사스럽게 따라올 거예요?"

"그저 따라가는디 치사스러울 끼 어디 있는 기요?"

"정말 이 양반이……."

진희는 채 말끝을 맺지 못했다.

"안심하이소. 새댁이 사는 집만 알아놓고 돌아갈 낀께요."

"뭐라구요?"

"집만 알아두겠다고 했습니더."

"집은 왜요?"

"만나고 싶으몬 찾아갈라꼬요."

진희는 진정 어이가 없었다. 세상에 이런 사람이 또 있을까 싶었다. 진희는 흥분을 가라앉히고 조용히 말했다.

"다신 댁을 만나지 않겠으니 그런 말씀 말고 돌아가세요."

"다시 안 만나겠다는 건 댁의 사정이고요, 나는 꼭 만나야 하겠습니더."

어안이 벙벙해진 차진희는 그저 주위를 돌아보았다. 완력으로 밀어 버릴 수도 없고 고함을 질러 사람을 부를 수도 없는 딱한 사정이었다. 진희는 터지는 분통을 가까스로 참고 다시 한 번 조용하게 타일렀다.

"점잖은 어른이 이래선 안 돼요. 돌아가세요."

"난 점잖은 것하고는 먼 사람입니더."

"제가 싫다는 짓을 왜 꼭 하셔야 하나요?"

"싫다쿤다고 뒤돌아설 바엔 여기까지 따라오지도 안 했을 깁니더."

"이렇게 하시면 될 일도 안 돼요."

"이렇게 해도 안 되는 일을 이렇게도 안 해갖고 되겠습니꺼?"

진희는 실소를 터뜨릴 수밖에 없었다. 하는 수 없이 다시 걷기 시작했다. 종문이 따라 걸었다. 신설동 가까이에서 진희는 다시 걸음을 멈추고 이번엔 애원하기 시작했다.

"이래선 안 돼요. 돌아가주세요. 제 집을 알아서 뭣 하시겠어요. 제가 댁을 찾지요, 댁의 주소나 알려주세요."

"이틀 만에 올 끼라캐놓고 함흥차사가 돼버린 새댁이에게 주소를 알려준들 무슨 소용이 있겠소. 내가 새댁이 있는 곳을 알아놔야제."

"어보세요, 내기 싫다는데 내 집을 알아 뭣 한단 말이에요?"

"오늘 싫어도 내일 좋아지는 수도 있응께요. 세상 모든 남녀가 남남끼리 붙어 사는디 나면서부터 좋아서 사는 건 아니거든요."

"그런 엉뚱한 생각은 마세요. 제가 댁을 좋아하는 일은 없을 거니까요. 인연이 없는 것으로 알고 돌아가세요."

"인연은 만들몬 되는 겁니더. 그리고 새댁이와 나와는 인연이 있습니더. 하필 와 그 기차에 같이 탔겠습니꺼? 그리고 바로 그 자리에 인연이 없으몬 우찌 같이 앉게 됐겠습니꺼?"

"비위치레는 하신 분이구먼요."

진희는 뱉듯이 말했다. 그렇다고 해서 비위를 상할 이종문은 아니다.

"모두 다 그라캅디더. 이종문이란 놈 비우치레는 한 놈이라고요."

진희는 다시 걸음을 내디디며 말했다.

"그럼 꼭 따라오시겠단 말씀이군요."

"그렇소."

하곤 길가의 주막을 보자 종문이 말했다.

"어디까지 걸어야 할진 모르겠습니다만 저기 가서 술이나 한잔 하고 갑시더. 나는 술을 마시고 새댁이는 사이다라도 마시면 안 됩니꺼."

진희는 이대로 종문을 달고 걷는 것보다 주막집에 들르는 것이 유리하지 않을까 하는 생각을 했다. 틈을 보아 뺑소니칠 수도 있을지 몰랐.

진희는 종문을 따라 주막에 들어섰다. 종문은 막걸리를 시키고 진희 앞엔 사이다를 갖다놓게 했지만 진희는 사이다엔 손을 대지 않고 주막 안에 있는 사람들이 들으라는 듯

"남자가 무례하게 부녀자 뒤를 추근추근 따라오는 법이 어디 있어요? 이 이상은 따라오지 마세요."

하고 언성을 높여 말했다. 주막 안에 있던 사람들의 시선이 일제히 그리로 모였다. 종문은 막걸리 한 사발을 단숨에 비우곤 빙그레 웃었다.

"장가 한번 들라쿠는 기 여간 힘드는 노릇 아니구만."

주막 안의 사람들이 왁자지껄 웃었다. 진희는 홍당무처럼 얼굴을 붉혔다. 자기에게 도움을 줄 만한 사람이 근처에 있을 것 같지 않았다. 진희는

"이 이상 따라오면 정말 재미없어요."

하고 재빨리 몸을 돌려 밖으로 나와버렸다. 종문이 셈을 하고 밖으로 나오면서 익살을 부렸다.

"매끄러운 고기라야 잡을 맛도 있지."

또 왁자지껄 웃는 소리가 등 뒤에 일었다.

진희는 체념하고 걸음을 바삐했다. 종문이 천천히 뒤따랐다. 어느덧 땅거미가 깔리기 시작했다. 간혹 부는 바람이 먼지를 휘몰아 종문의 얼굴에 부딪혔다. 종문으로서도 화가 나지 않는 바는 아니었다.

'제기랄 제가 뭔데. 아무리 까다롭게 굴어도 벗겨놓으몬 그기 그길 낀다. 허나 오기로라도 저놈의 계집을 잡아 족쳐야겠다.'

종문은 또한 서럽기도 했다. 저렇게 매정스러운 여자를 두고 두 달 동안 연정을 품어왔다고 생각하니 자신이 너무나 불쌍하다는 생각도 들었다. 그러나 저 여자를 자기 것으로 하지 않고는 살맛이 없다는 정도로 집념이 굳어지기도 했다. 골목으로 접어드는 것을 보자 종문은 걸음을 빨리해 진희의 뒤에 바짝 붙어서 다음과 같이 지껄였다.

"나라는 인간과 한번 사귀어보이소. 산전수전 다 겪고 세상의 쓴맛 단맛 다 아는 놈이오. 억센 놈인 성싶어도 마음은 비단결같이 곱소. 아무리 얕잡아도 여자 하나쯤은 호강시킬 수 있을 깁니다. 나는 유식하지도 못하고 신사도 못 됩니디만 유식힌 사람이나 신사 마꽈주지 않을 깁니다. 마음 한번 고쳐 묵어보이소. 내 같은 놈 뱉으몬 먼 훗날 후회할 깁니다."

진희는 잔뜩 화를 내고 있었지만 종문의 그 말은 어쩐지 가슴속에 새겨졌다. 싫다고 해도 추근거리는 꼴은 얄미웠지만 막상 진정이 없는 바는 아니라고 생각하니 돌아서서 얼굴에 침을 뱉을 용기까진 나지 않았다. 구차하게 사는 친척집이 가까워짐에 따라 진희는 어느덧 감상적인 기분이 되어 있기도 했다.

진희는 걸음을 멈추고 돌아섰다.

"저기 검은 대문이 보이죠? 저 집에 전 살고 있어요. 아셨으면 그만 돌아가세요."

조용한 말이었다. 종문은 가슴이 뭉클해지는 것을 느꼈다.

"너무나 추근대서 미안합니다. 나는 지금 수송동 합숙소에 있습니다만 아까 새댁을 만난 근처에 제법 좋은 집을 하나 마련했습니다. 그리로 모실 날을 기대리겠습니더. 훌륭한 사람을 만나 사는 것도 좋지만 너절한 사람을 훌륭하게 만들며 사는 것도 보람이 안 있겠습니꺼.”

종문의 말은 처량했다. 진희는 아무 말 없이 등을 보였다. 종문은 진희가 아까 가리킨 검은 대문을 열고 들어가는 모습을 지켜보고 서 있었다. 개 짖는 소리가 맹렬하게 들려왔다.

‘제기랄, 개가 있고나.’

종문은 개가 질색이었다. 어둠이 짙어가는 골목을 빠져나와 종문은 술집을 찾았다. 따끈한 순댓국을 안주로 소주를 두서너 잔 마시고 나니 다시 용기가 솟았다.

‘두고 보자. 백 번 찍어 안 넘어가는 나무가 있는가.’

이렇게 마음속으로 되새기며 종문은 진희의 그 유연한 육체를 안았을 때의 황홀감을 상상하고 소주와 어울러 침을 삼켰다.

2

차진희의 매정스러운 태도 때문에 이종문은 며칠 우울한 날을 보냈다. 게다가 이승만 박사와 인연을 맺을 방도가 막연하다는 사정이 겹쳐 매일을 술타령으로 지내게 되었다.

어느 날 문창곡이

“이 동지, 요즘 술이 과한 모양인데 무슨 걱정되는 일이라도 생겼소?”

하고 말을 걸어왔다.

“제기랄, 일이 제대로 되지 않응께 술이라도 마시는 거 아닙니꺼.”

종문은 턱을 문지르고 말했다.

“이 동지, 그 ‘제기랄’이란 말은 빼시오. 버릇되겠소. 그런데 무슨 일인데 뜻대로 안 된다는 거요? 얘기나 해보시구려."

"이승만 박사 한번 만나볼라쿵께 그것도 안 되고……."

"이 박사는 만나 뭣 할꺼유?"

"시골 사람이 서울 왔다 높은 사람이라도 만나봐야 고향 돌아가 얘깃거리가 될 끼 아닙니꺼."

"꼭 만나고 싶으면 만날 수 있을 테지. 그걸 갖고 속을 태울 건 없지 않소?"

창곡이 웃었다.

"제기랄, 아차 또 실수했구만. 양근환 선생님도 못 만나신다는디, 내가 무슨 재주로 만나겠습니꺼?"

"양근환 선생이야 꼭 만나시려면 만날 수야 있지. 비시란 사람들 눈꼴사납다고 안 만나시는 거유."

"비서가 누굽니꺼?"

"윤치영 씨와 임영신 씨가 비서 노릇을 하고 있는 모양이오."

"윤치영 씨라니 우떤 사람입니꺼?"

"한말의 명문, 윤씨 집안의 사람 아니오? 윤치호 씨의 사촌동생이구."

한말의 명문을 알 까닭이 없는 종문은

"그 사람 똑똑한 사람입니꺼?"

하고 물었다.

"똑똑헌지 어떤지는 나야 모르겠소만 미국서 한동안 이 박사를 모시고 있었다오."

"그럼 그 사람헌테 부탁하몬 되겠네요?"

"되겠지. 그러나 윤치영 씨가 호락호락 응하진 않겠죠."

하고 문창곡은 이승만 박사의 최근 동정에 관해서 다음과 같이 얘기했다.

　며칠 전 이승만 박사를 주석으로 추대한 인민공화국계의 인사 허헌과 이강국이 조선 호텔에서 이승만을 만났다. 그 자리에서 허헌은 이승만에게 인민공화국의 주석으로 취임해달라는 신청을 했다. 이승만의 측근이나 일반 사람들은 이승만이 그 신청을 언하에 거절할 것이라고 생각했는데, 뜻밖에도 그는

　"귀국한 지가 얼마 안 되어 국내사정을 잘 모르니 신중히 검토할 시간적 여유를 주면 좋겠소."
하고 애매한 태도를 취했다. 이 때문에 양근환이 화를 냈다.

　한편 장덕수와 최근우는 이승만과 여운형을 합작시키려는 운동을 하고 있었다. 장덕수는 미국에 유학하고 있던 시절 이승만과 가까이 지낸 사이였고 최근우도 이승만과 친한 사이였다. 최근우는 이승만이 상해 임시정부의 초대 대통령을 하고 있을 때 동경 유학생 대표로서 참여했고 경무국장을 지냈다. 당시 임시정부 내엔 파벌싸움이 치열했는데 최근우는 시종일관 이승만의 편에 서서 충성을 다해 그 신변을 보호했다. 이런 인연으로 최근우가 프랑스에 유학하고 있을 때 이승만은 그를 미국으로 데려오려고 프린스턴 대학의 입학허가서와 여비를 보냈다. 그러나 최근우는 미국으로 가지 않고 독일 유학을 했다. 그래 20여 년을 서로 볼 수가 없었는데 며칠 전 최근우가 찾아가자 이승만은 방에서 뛰어나와 그를 맞이했을 정도로 반가워했다는 것이다.

　종문은 동대문 밖 창신동에서의 회의 때 본 적이 있는 최근우의 온유한 얼굴을 상기하고 혹시 그분을 통하면 이승만과의 면회가 가능할는지 모르겠다고 생각하고 말해보았다.

　"그라몬 최근우 선생을 통하면 되겠습니다."

"그런데 최근우 씨는 이승만 박사를 방문하지 않는 모양이유."
창곡의 말이었다.
"왜요?"
"비서들 꼴이 보기 싫다고 그러는 모양이유. 그러나 여운형과 이승만의 합작은 계속 서두르고 있는 모양이니까, 서로 뜻을 통하고 있을 게유……."
창곡이 말끝을 흐린 것은 자기들의 단체와는 이질적인 최근우를 통해서까지 이승만을 만날 필요가 있겠느냐는 기분을 그렇게 나타낸 것이었다.
창곡은 이어 이승만이 조선 호텔에서 돈암동으로 옮겼다는 얘기도 했다.
"그 집은 꽤 크겠습니다."
종문은 집 건물에 대해 비상한 관심이 있었다.
"크구말구. 서울선 제일가는 집이라우."
"그라몬 동대문 밖 임종상인가 하는 사람의 집보다 크단 말입니꺼?"
"임종상의 집은 순 조선식이지만 돈암동의 그 집은 조선식 건물도 있고 양식 건물도 있는 거창한 것이죠."
"누구 집인데요?"
"구한말의 환관 나씨의 양자, 송씨가 지은 거라우."
여기서 또 창곡은 환관이 무엇인가에 대해서 설명을 첨부하지 않을 수 없었다.
이조 궁정에 있어서의 환관의 위치, 그 횡포를 비롯해서 환관은 고자이기 때문에 후사는 양자로 한다는 것, 장차 환관이 되기 위해 불알을 까봤는데 이조가 망하는 바람에 병신만 되고 만 사람도 수두룩하다는 것 등의 얘기를 듣고 종문은 어안이 벙벙했다.

서울이란 실로 감당키 어려운 곳이란 느낌도 새삼스러웠다. 종문이 귀동냥으로나마 아는 게 꽤 많다고 자부하고 있었는데, 작금 서울에서 듣고 보고 하는 얘기는 모두 자기의 상식을 넘어 있었다.

"그래 그 송씨란 고자가 이승만 박사에게 그 집을 내놓은 것이로구만요."

종문은 그런 큰 집까질 내놓고 이승만의 호의를 사려는 사람이 있다는 데 대한 일종의 질투 비슷한 공포를 느끼기까지 했다.

"그런데 그 집은 벌써 송씨의 손을 떠나 황해도의 장씨란 부호의 소유가 되었소. 소유는 장씨지만 그걸 화신의 박흥식이가 빌려 이때까진 그가 경영하던 비행기회사의 중역, 전에 도지사를 지낸 일이 있는 일본놈이 살게 했는데, 이번에 소유주인 장씨가 이승만 박사에게 내놓은 거라오."

"그 장씨란 사람 굉장한 부자인 모양입니다."

"황해도 제일가는 부자랍니다."

"그런디 문 동지는 우찌 그런 걸 다 알고 계십니꺼?"

종문이 진정 감탄하는 투로 말했다.

"이 동지, 여기가 뭣 하는 곳인지 알고 있지 않소. 광복탐정단이라우. 탐정이란 그런 걸 알아내는 일을 하는 거유."

하고 창곡이 넌지시 웃었다.

이종문 따위의 마음엔 아랑곳없이 이승만은 호사스러운 돈암동 저택에서 운상인雲上人의 생활을 하고 있었다. 그러나 그것은 어디까지나 외부에서 본 외양일 뿐, 그 내실에 있어선 이종문 따위에 아랑곳없는 것이 아니라 그런 따위의 사람들의 마음을 계산하며 나름대로의 바쁜 날을 보내고 있었다.

그 무렵, 광복탐정단이 파악한 이승만을 중심으로 한 동정은 다음과 같다.

이승만은 그 정치이념으로 보면 마땅히 인민공화국을 부인해야 옳다. 그런데 그가 당연히 반대하고 부인해야 할 인민공화국으로부턴 주석으로 추대되어 있지만 그가 가담해야 할 임시정부에선 주미위원회의 책임자에 불과하다. 뿐만 아니라 임시정부의 주석은 투지만만한 김구 선생이며, 부주석은 파리강화회의 이래의 라이벌 김규식 박사다. 그 임시정부가 귀국 후, 상해 시대의 선배이며 임시정부의 초대 대통령을 지냈다고 해서 이승만에게 주석 자리를 내놓는다는 건 의문이라기보다 거의 무망한 노릇이다. 한편 우익계의 주축을 이루고 있는 한국민주당은 중경임시정부를 절대지지한다는 노선을 내세우고 있다. 이러한 일반적인 정세를 앞에 하고 이승만이 망설이고 있는 것도 결코 무리한 얘기가 아니다.

이승만의 이런 심중을 재빨리 눈치 챈 사람이 설산 장덕수다. 그는 거번 국내 좌우익 요인회담에서 여운형이 인민공화국을 고집하지 않을 것이란 태도를 간파하고 있었다. 그런 까닭으로 최근우가 여운형, 이승만을 중심으로 새로운 범국민적 독립촉성통일기관을 제의해오자 장덕수는 이에 동조하고 이승만과의 교섭을 자기가 책임지겠다고 나섰다. 이러한 장덕수의 의견은 최근우를 통해 곧 여운형에게 전달되었다.

여운형·장덕수·최근우의 3자회담이 열린 건 10월 20일, 인사동 양씨 집에서다. 이상 세 사람만이 같이 자리한 것은 실로 20여 년 만이어서 서로 감개가 깊었다. 그들은 커피를 마시며 얘기를 진행시킨 결과 다음과 같이 방침을 정했다.

1. 중경임시정부나 인민공화국은 일단 백지로 환원한다.
2. 국내외의 민족지도자들을 총망라하여 독립준비기관을 만든다.
3. 우선 현재 국내에 있는 민족지도자들로써 협의체를 구성한다.
4. 이 협의체 조직에 있어선 이승만이 한민당을 설득시켜 후일 참가시키기로 하고 장덕수가 그렇게 주선한다.
5. 공산당은 여운형이 교섭하여 공산당 책임자 박헌영을 협의체 발기에 참가시키기로 한다.
6. 장덕수, 최근우 양인은 안재홍과 교섭하여 그를 협의체 발기에 참가시키기로 한다.
7. 이상의 사항에 관해 합의가 이루어지면 안재홍·장덕수·최근우 3인이 공동성명서 및 4대연합국 수뇌에게 보낼 메시지를 작성하고, 이승만·여운형·박헌영의 동의를 얻도록 한다.
8. 이 협의체의 발기 대표회는 늦어도 10월 25일 이내에 갖도록 한다.

이렇게 합의를 본 세 사람은 서로 악수를 나누며 유쾌한 기분으로 헤어졌다. 가을밤 하늘의 찬란한 별들을 바라보며 장덕수는
"이 밤이야말로 길이 역사에 남을 것입니다."
하고 무량한 감개를 토하기도 했다.
이런 정보를 전해들은 양근환은
"흠, 임시정부가 들어오기도 전에, 그리고 임시정부의 요인들에게 물어보지도 않고 임시정부를 백지로 환원해? 좋든 나쁘든 20수년 법통을 지켜온 임시정부를 무시하게 될 것 같애?"
하고 흥분했다.

"설마 이승만 박사가 그런 제안에 동의하겠습니까? 임시정부에 정면으로 도전하는 행위가 될 것이고, 그렇게 되면 이 박사는 전후좌우를 적에게 포위당하는 셈이 될 것인데요. 아마 그렇게는 안 될 겁니다."

문창곡이 거의 단정적으로 말했다.

"그러나 보고만 있을 순 없잖아. 아무래도 무슨 협잡이 있을 것 같은데 미리 분쇄해야지."

양근환이 강하게 말했다.

"잠깐 두고 봅시다. 협잡이건 뭐건 명분은 좌우익 대동단결하자는 건데 서툴게 벌였다간 민족분열의 책임을 우리들이 둘러쓰는 결과가 될지도 모르는 일 아닙니까?"

창곡의 말은 간곡했다.

"그럼 시간을 두고 지켜보도록 하지. 그 대신 정보를 철저하게 모으도록 해요. 사소한 것이라도 요인의 움직임은 놓치지 않도록 하란 말야."

양근환은 뭔가 석연치 못한 태도로 이렇게 말하고 입을 다물었다.

사태는 창곡의 예측과는 달리 전개되어갔다. 인사동 회담이 있은 바로 그 이튿날 최근우와 장덕수는 안재홍을 만났는데, 안재홍은 즉석에서 그들의 제안에 동의하고 그 자리에서 독립촉성협회를 위한 기관 결성의 공동성명과 결성대회가 4대국 수뇌에게 보낼 메시지의 요강을 토의했다. 공동성명서는 전날 밤 여운형·장덕수·최근우가 작성한 것이었는데, 중경임시정부도 인민공화국도 백지로 환원하고 국내외의 민족지도자들을 총망라하여 독립촉성기관을 결성하고 자주 독립의 날을 하루라도 빨리 앞당겨야 한다는 뜻을 천명하고 전 민족의 단결을 촉구하는 골자로 되어 있었다. 그리고 4대국 수뇌에게 보낼 메시지는 민족의 이름으로 38선의 철폐와 자주독립 실현을 요청하는 내용의 것이었다.

요강에 관한 의견일치를 본 3인은 먼저 장덕수로 하여금 이승만에게 전달토록 하여 그 승인을 얻어 문장화하도록 했다.

그 이튿날 아침, 장덕수는 이승만의 승인을 받은 공동성명서와 메시지의 초안을 최근우에게 넘겼다. 그것이 여운형의 손을 통해 박헌영에게로 건너가서 다시 최근우에게로 돌아온 것은 그날 오후였다. 안재홍·최근우·장덕수는 다시 만나 일을 일사천리로 처결하기 위해 23일 오후 두 시 천도교 대강당에서 발기대회를 개최하기로 하고, 이 대회엔 이승만·여운형을 비롯해 지금껏 한 번도 대중 앞에 얼굴을 내민 적이 없는 박헌영까지 참석시키기로 했다. 대회의 의장엔 이승만을 추대할 것까지 결정되었다.

너무나도 급속하고 뜻밖인 사태의 발전에, 침착한 문창곡도 한동안 갈피를 잡을 수 없었던 모양으로 정보를 입수하자 양근환에게 보고하기에 앞서 성철주와 의논하기 시작했다.

"임시정부를 백지환원한다는 안에 이승만이 동의한 모양인데 성 동지는 어떻게 생각하오?"

"양 선생님 말마따나 임시정부가 아직 귀국하지도 않았는데 그것이 사실이라면 이승만이 너무 경솔한 것 같은데요."

"뭔가 이상해."

창곡이 이마를 찌푸리고 있더니

"박헌영의 태도도 이상해. 그렇게 쉽사리 인민공화국을 포기한다는 공동성명을 내기로 했다니 뜻밖이란 말이야."

하고 담배를 피워 물었다.

"진심으로 그렇게 한 거라면 나라를 위해 오죽이나 다행한 일이겠수."

성철주가 탄식 겸 말했다.

"그리구……."

창곡은 다시 생각하는 빛이 되더니 성철주에게 물었다.

"장덕수의 태도가 이상하다고 생각하지 않소?"

"이상한 구석도 있지."

"한국민주당은 임정 절대지지거든. 장덕수는 한민당의 간부 아뇨? 그 한민당의 간부가 자기 당의 노선과 전혀 딴판인 짓을 하고 있으니 말유. 그것도 한민당의 지도자가 이번 준비과정에 끼어 있으면 모르되 그렇지도 않거든. 뒤에 한민당을 참가시킨다곤 하지만 뒷일은 뒷일이구 현재의 한민당이 어떻게 장덕수의 반당행위를 묵인하고 있느냔 말요."

"문 동지의 밀씀을 들어보니 참으로 이상한 섬이 한두 가지가 아니구면요."

"아무래도 그 언저리에 무슨 야로가 있는 것 같아. 천천히 관망해보도록 합시다."

"공산당에게도 무슨 속셈이 있는 것 아닐까요?"

성철주가 물었다.

"가만 생각하니 공산당의 태도는 이해할 수 있을 것 같은데……. 생각해보우. 이승만이 임시정부를 부인하는 태도로 나오면 이승만과 임정은 서로 반목하는 사이가 될 것 아뉴? 그렇게 되면 임정도 만만찮은 세력이니 우익진영은 이승만의 그런 행동으로 해서 사분오열의 상태가 될 꺼거든. 공산당으로선 인민공화국을 백지환원함으로써 우익진영을 교란케 하는 실리를 얻을 수 있는 기회를 맞는 거나 마찬가지 아뉴? 재빠른 공산당이 그런 계산을 하고 나선 것일 꺼유."

"이치에 맞는 판단인 것 같네요."

"여운형만은 양심적일 꺼유. 나쁘게 말하면 머저릴는지도 모르지. 우익 측으론 장덕수에게 놀아나고 좌익 측으론 박헌영에게 농락당하구, 하여간 딱한 어른이야."

문창곡이 숙연히 말했다.

"이승만 박사는 어떻습니꺼?"

잠자코 있던 이종문이 불쑥 물었다.

"글쎄 두고 봐야 알지. 그 어른이 농락당할 분인지 어떨지는 이번 그 대회라는 걸 열어보면 알게 될 게요. 나로선 그처럼 호락호락 좌우의 책동에 넘어갈 어른은 아니라고 보지만……. 하여간 구경거리가 생겼어."

3

10월 23일이었다. 수송동 합숙소는 아침부터 술렁대는 기미가 돌았다. 문창곡과 성철주는 양근환에게 불려 새벽부터 안채의 밀실에 가 있었다.

그날 독립촉성협의체의 발기대회가 오후 두 시부터 천도교 대강당에서 열린다는 것이어서 종문은 거길 가볼 작정을 세우고 있는 터였다.

"내 의견이 옳았지."

하고 문창곡이 성철주를 보고 말하며 방으로 들어오더니 종문에게 싱긋 웃어 보였다.

"이 동지, 오늘 이승만 박사 구경하게 됐소."

"우찌 된 일입니꺼? 얘기나 해보이소."

종문이 자세를 고쳐 앉았다. 문창곡이 간단하게 사태의 설명을 해주었다. 종문은 그것을 다음과 같이 알아들었다.

당초 이승만은 임시정부를 없는 것으로 하고 오늘의 대회에 참석하기로 했던 것인데, 돌연 오늘 대회에서 발표할 공동성명에 '임시정부 절대지지'의 항목을 넣을 것을 고집하고 나섰다는 것이다.

"그라몬 우찌 되는 겁니꺼?"

종문이 되물었다.

"어떻게 되긴, 우익은 대동단결의 터전을 잡는 것이고, 좌익과는 더욱더 대립하게 되겠죠."

하고 창곡이 이어 말했다.

"그러니 좌익계열은 나오지 않는 게 아닐까 싶지만, 회의는 이미 소집됐고 이승만의 태도는 아직 밝혀지지 않았을 것이니 대회는 예정대로 열릴 것이오."

"결과가 뻔한 대회를 열어서 뭣 할 긴지, 참으로 딱해."

성철주가 중얼거렸다.

"아까 내가 말하지 않습디까, 그게 정치라는 거요. 성 동지는 너무나 순진해서 탈이오. 좌우의 지도자가 한자리에 모인다는 데 의미가 있고, 그 대회의 의장으로 이승만이 추대되었다는 데에도 의미가 있고, 대회가 소란하든 말든 회의의 기술을 이용해서 유리한 결의를 만들 수만 있으면 그게 또 의미가 있는 거요. 경과야 어떻든 그 결론만이 국내외에 전달될 것이니까 말요. 그 결론을 발판으로 정치세력을 모을 수도 있구……. 오늘 이 동지도 회의장소에 나가야 하오. 이승만 박사 하자는 대로 박수를 치고 발을 구르고 '옳소' 하고 외치면 되는 거니까 동지들 따라 두 시에 천도교 대강당으로 가시오. 이 동지는 이승만 박사라고 하면 죽고 못 사는 사람이니까 신이 날 게유."

문창곡은 오래간만에 활짝 개인 웃음을 웃어 보였다. 그리고 덧붙였다.

"미리 짜놓고 한 일이면 몰라도 그렇지 않으면 장덕수, 오늘 혼이 나겠구먼."

아닌 게 아니라 장덕수를 비롯한 주동자들은 혼나 있었다. 이승만·여운형·박헌영 3인이 동의한 일이고 보니 독립촉성의 발기대회는 성공할 것이라고 모두들 믿고 있었고 그 전망도 밝다고 기뻐하고 있었다. 송진우를 비롯한 한민당은 일시 소외되었기 때문에 다소 불만이 있겠지만 그것은 이승만과 장덕수에게 사후 양해를 받으면 될 것이니 그다지 걱정하지 않아도 좋았다.

그래도 까다로운 이승만과 박헌영이 낀 일이라서 장덕수와 최근우는 이른 아침 이승만과 박헌영에게 각각 다짐을 해두는 것을 잊지 않았다. 이렇게 해서 만사는 순조롭게 진행되어 오후 두 시의 개회시간만을 기다리면 되게 돼 있었다.

그랬는데 난데없는 사고가 생겼다. 오전 열한 시를 조금 지날 무렵에 장덕수가 황급히 최근우에게로 달려왔다. 이승만이 돌연 태도를 바꾸어 공동성명과 메시지에

'임시정부를 절대지지한다.'

는 뜻의 조항을 넣어야 한다고 주장한다는 것이다.

여운형과 박헌영이 발기대회에 참석할 의향을 밝힌 것은 임시정부와 인민공화국을 각기 고집하지 않고 백지로 환원한다는 조건이 있었기 때문이다. 말하자면 이 대전제가 무너져버리면 말이 안 된다. 여운형과 박헌영은 사전에 작성한 공동성명과 메시지가 오늘의 대회에서 의결될 것으로 알고 출석하기로 한 것이었다. 자칫 잘못하면 최근우가

망신을 당할 위험이 있었다. 최근우는 장덕수를 기다리게 하고 여운형에게 전화로 사정을 전했다. 여운형은 격노했다. 그러나 격노할망정 여운형에겐 사전에 연락이 되었으니 다행한 일이었지만 문제는 박헌영이었다. 박헌영은 아침에 모든 일이 순조롭게 진행된다고 듣고 명륜동 김해균의 집에서 나와 오후 두 시 대회장으로 직행하기로 한 채 누구에게도 행방을 알리지 않았던 것이다.

여운형은 전화를 바꿔 장덕수에게

"곧바로 돈암장으로 가서 이승만을 설득하도록 해라. 만일 그를 번의시키지 못하면 나는 대회장에 나가지 않겠다."

고 노기 띤 어조로 말했다. 여운형의 노기에 질린 장덕수는 이승만에게 제고를 종용하겠다고 약속하고 돈암상으로 향했다.

한편 여운형은 최근우가 기숙하고 있는 인사동 양씨 댁으로 달려왔다. 두 사람은 우선 대회에 참석하느냐 안 하느냐 하는 문제를 놓고 의논했다. 여운형의 입장은 어려웠다. 출석 안 할 수도 없는 처지였던 것이다. 만일 출석을 하지 않으면 연락을 받지 못한 박헌영이 대회장에 나타날 것이니 딱했다. 두 사람은 장덕수의 최후 노력에 기대할 수밖에 없다는 판단을 했지만, 최악의 경우엔 대회장에서 투쟁할 각오를 하고 일단 출석하기로 결정했다. 여운형과 최근우는 최후까지 장덕수의 성의를 의심하지 않았던 것이다(뒷날 이 일을 재사 장덕수가 꾸민 연극이라고 힐난하는 사람이 많았지만 여, 최 양인은 끝내 이에 동조하지 않았다. 친구의 정리로서 그랬을 것이란 추측도 있다).

장덕수가 가슴을 조이며 돈암장으로 달리고 있었고 여운형과 최근우가 심각한 표정으로 쓴 입맛을 다시고 있을 때, 우리의 이종문도 들뜬 기분으로 뭔가를 생각하고 있었다. 아무리 생각해도 오늘이 절호의 기회인 것 같았다. 그러나 그는 본심을 문창곡에게도 밝힐 수 없어 밖으로 나와 담배가게에 들어갔다.

우선 담배 한 갑 사고 가게를 지키고 있는 안면이 익은 중년의 여자에게

"아주머니, 간단하게 편지 좀 안 써주시겠습니꺼?"

하고 수줍은 웃음을 띠며 말했다.

"내가 편지를?"

아주머니는 놀란 빛으로 종문을 쳐다봤다.

"아주머닌 언문 아시지예. 언문을 두세 줄 쓰몬 됩니더."

종문은 대답을 기다리지 않고 그 가게에 놓인 편지지 한 권과 봉투 꾸러미를 들고 값을 물어 돈을 치렀다. 편지지를 그 중년 여자 앞에 펴 놓고 종문이 졸랐다.

이승만 박사님, 저는 박사님을 하늘보다 높은, 바다보다 넓은 분으로 모실 작정입니다. 저는 경상도에 사는 일꾼입니더만 우리가 일본놈 밑에서 살고 있을 때 나라를 위해 고생하신 박사님의 높으신 공을 잘 알고 있습니더. 그래 앞으로 박사님의 쌀값은 제가 대드릴 작정을 했습니더. 매달 보내드리도록 하겠습니더. 웃으며 받아주시길 빕니더. 이종문 올림.

담배가게의 여자는 안면 있는 단골일 뿐 아니라 이종문의 태도가 너무나 진지하고 순진해 보였기 때문에 결국 이런 편지를 쓰고 말았다.

종문은 그 걸음으로 은행에 가서 수수료를 내겠다고까지 우겨 헌 돈

을 새 돈으로 바꾸어 1만 원을 편지에 동봉했다.

1만 원을 호주머니에 넣고 종문이 문창곡의 인솔하에 천도교 대강당에 들어선 것은 한 시를 조금 지나서였다. 장내는 단 위와 앞줄을 비워 놓곤 거의 꽉 차 있었다. 이상한 긴장감과 흥분이 느껴지기도 했다.

두 시쯤에 여운형이 최근우를 데리고 들어와 앞자리에 앉았다. 장내가 약간 술렁댔다.

"저분이 여운형 선생이지?"

하는 속삭임 소리를 듣자 이종문은 흐뭇했다. 자기는 벌써 안면이 있다는 자부심에서였다. 다시 장내가 술렁대는 듯하더니

"박헌영이 왔다, 박헌영이……."

하는 소리가 들렸다. 이종문의 두리번거리는 눈잎에 작딜막하게 생긴, 눈빛이 안경 속에서 괴상하게 빛나는 중년의 사나이가 걸어오더니 뜻밖에도 종문이 앉아 있는 마지막 줄의 걸상에 자리를 잡았다. 종문과는 세 사람을 건넌 위치였다. 장내의 시선이 그곳으로 쏠리는 것 같았는데 맨 앞자리에 있던 여운형이 일어나서 박헌영 쪽으로 걸어왔다.

바로 그때였다.

"이승만 박사다."

하는 소리가 들렸다. 종문은 전기 오른 것 같은 기분으로 얼떨떨했다. 백발의 노인이 곤색에 세로무늬가 있는 양복을 입고 회장 안을 누벼가고 있었다. 도중에 여운형을 만나자 악수를 하고 무슨 말을 주고받는 것 같았으나 들리지는 않았다.

이승만은 곧바로 단 위로 올라갔다. 그리고 지체 없이 연단에 서더니 헛기침을 한 번 하곤 장내를 둘러봤다. 장내는 물을 뿌린 듯 조용했다. 이승만은 개회를 선언하고 연설을 시작했다.

이종문이 알아들은 것은

"조국 강산에 돌아와 여러분을 만나니 눈물겹도록 반갑다."

는 것과

"뭉치면 살고 갈라지면 망한다."

는 말,

"오늘 좌우의 지도자가 한자리에 모였으니 다 같이 나라 사랑하는 마음으로 한덩어리가 되어 자주 독립의 그날이 한시라도 빠르게 오도록 힘쓰자."

는 정도의 말이었는데, 이어 이승만은 흉내도 낼 수 없는 독특한 어조로

"내 나이가 많아서 사회를 감당할 수 없으므로 나승규 동지에게 사회를 맡기기로 하겠습네다."

하고 연단 뒷자리에 가 앉았다.

나승규라는 사람이 단상에 섰다. 공동성명을 의결하자는 제안이 있었고 초안의 낭독이 있었다. 낭독이 끝나기가 바쁘게 박헌영이 일어섰다. 이종문이 이해한 대로는 성명서의 내용이 약속과는 근본적으로 다르다는 말을 한 것 같았다. 여운형도 일어서서 뭔가 떠들어댔다. 장내는 아우성과 욕설의 도가니가 되었다.

"토론 집어치우고 표결에 부쳐라."

하는 고함 소리가 이곳저곳에서 나왔다. 종문이 멋도 모르고 그 고함 소리에 합쳐 발을 구르고 아우성을 쳤다. 그러다가 힐끔 박헌영 쪽을 보았다. 칼날과 같은 박헌영의 눈초리가 이종문을 스쳐 장내를 핥는 듯하고 있었다. 대회장은 수습하지 못할 정도로 들끓었다. 이승만이 나승규를 불러 앉히고 사회자의 자리에 섰다.

"나라를 세우려고 모인 이 자리가 너무나 소란합네다. 한심스럽습네다. 모두들 조용하게 민주주의 방식으로 일을 처리해야 합네다."

"옳소."

하는 소리가 이곳저곳에서 터졌다.

"그럼 토의를 계속허기로 헙시다. 의견이 있는 분은 발언권을 얻어 질서정연하게 허도록 헙시다. 이런 자리에서의 잘잘못이 우리 사람의 위신을 보여주는 겁네다. 외국 손님들에게 수치로움이 없두룩 헙시다."

이와 같은 이승만의 말에 이어

"의장, 발언권을 주오."

하고 박헌영이 손을 들고 일어섰다. 동시에 이곳저곳에 발언권을 달라는 손이 올랐다. 이승만이 박헌영 쪽은 거들떠보지도 않고 앞자리에 있는 사람에게 발언권을 주었다.

그러자 박헌영은 자리를 차고 일어서더니 뭐라고 한마디 지껄여놓곤 퇴장하고 말았다. 앞자리에서 여운형이 일어서는 것이 보였다. 최근우도 따라 일어섰다. 뒤이어 몇몇 사람들이 그들을 따라 퇴장하는 것이 보였다.

"공동성명을 의결하기로 합시다."

"이의 없소."

하는 소리가 이곳저곳에서 나왔다.

"이의 없으면 박수로써 이 공동성명을 통과시킵니다."

의장의 선언이 있자 안경을 쓴 여윈 사람이 등단하더니 무언가를 읽기 시작했다. 종문은 전연 알아들을 수가 없었다.

"저 사람이 누굽니꺼?"

"변영태라는 사람이우."

"통 못 알아듣겠는디."

종문이 중얼거렸다.

"영어로 읽고 있는 거요."

그 사람의 말이었다.

그런데 메시지가 낭독되는 동안 구절마다 박수가 나오고 발을 구르는 소리가 울렸다. 모두들 영어를 알아듣는 모양으로 보였다. 종문은 건성으로 앉아 있기가 거북해서 누구보다도 열렬하게 박수를 치고 발을 굴렀다.

낭독이 끝나자 그것을 통과시키는 박수가 뒤따랐고 이어 이승만의 인사가 있었다.

"좌우의 각계 지도자가 한당에 모여 우리들의 결의를 이렇게 밝히게 된 것은 참으로 경사스러운 일입네다. 앞으로 마음을 합해서 나가기만 허면 우리의 앞날에 복이 있을 겁네다. 이승만이 아무런 야심도 없습네다. 우리가 자주독립을 찾기만 헌다면 그로써 내 소원은 성취되는 것이외다. 우리나라가 만방에 부끄럼 없는 나라가 되기만 헌다면 나는 조용히 백성의 한 사람으로서 농사를 짓고 살 것입네다. 그러니 여러분 나를 따르시오. 평생을 조국을 위해 바친 이승만이 그릇된 길을 가지 않을 것이고 어긋남이 없을 것이외다. 여게 모이신 여러분은 한 사람 한 사람이 나라의 기둥이 될 분이니 각기 돌아가시거든 동포 여러분께 이 이승만의 뜻을 전해주시길 바랍네다. 감사합니다."

회의는 '중경임시정부 만세', '이승만 박사 만세'로 끝났다.

종문은 그 순간 순수한 감동에 젖었다. 백발의 노애국자를 위해서라면 생명인들 아깝지 않다고 생각하고 길이 그 마음 변치 않을 것을 다짐했다. 뿐만 아니라 부드러운 음성과 몸매로 해서 자기와 이승만과는 꼭 통할 수 있을 것이란 자신을 가지기도 했다.

이승만이 퇴장하는 틈을 타서 이종문은 그의 수행원인 듯싶은 노인 앞에 다가서서 정중하게 절을 하고

"저는 경상도에 사는 이종문이라고 하는 무식꾼입니다."

하며 봉투를 꺼냈다. 그 노인은 종문을 똑바로 노려보더니

"그래서 어떻단 말인지⋯⋯."

하고 말했다.

"이걸 박사님께 전해주십사 해서⋯⋯."

종문이 우물쭈물 말했다.

"이게 뭔데요?"

그 노인은 봉투에 손을 대려 하지 않고 물었다.

"제 정성을 아뢴 것입니다."

"정성을요?"

하더니 노인은 봉투를 받아들었다.

"꼭 전해주시기 바랍니다."

"전하겠소."

하며 노인은 이승만이 간 방향으로 바삐 따라갔다.

이승만이 양근환의 어깨를 두드리고 있는 광경이 종문에겐 무슨 기적처럼 보였다. 문창곡 곁으로 갔더니

"이 동지, 오늘은 이승만 박사를 봤으니 원도 한도 없겠소."

하고 웃었다. 그리고 성철주를 돌아보곤

"보시오, 정치라는 게 어떻게 돌아가는 건지 알았죠? 오늘은 이게 별반 뜻없는 일처럼 보일지 모르지만 앞으로 대단한 결과를 가져올 거란

날마다 좋은 날 197

말이유."

"오늘밤 한잔 합시더."

종문이 말했다.

"그러십시다."

창곡이 반갑게 응했다.

종문은 저녁때쯤 합숙소로 돌아가겠다고 말하고 종로로 나와 청량리로 가는 전차를 탔다. 성동역 앞에서 내려 며칠 전 눈여겨봐두었던 골목 어귀를 찾았다. 벅찬 감동이 아직도 꼬리를 물어 여운을 남기고 있는 가슴을 안고 종문은 탑골로 통하는 골목을 걸어들어갔다.

검은 대문이 보였다. 대문을 두드렸다. 맹렬하게 짖어대는 개소리와 함께

"뉘기시유?"

하고 노파가 얼굴을 내밀었다.

"차진희라쿠는 분을 만나러 왔는디요."

종문이 대문 앞에 버티어 선 채 말했다.

"그 사람을 왜 찾죠?"

노파가 되묻고 있을 때 진희가 나타났다. 종문을 보자 놀란 빛도 없이

"할머닌 들어가 계세요."

하고 밖으로 나왔다. 그리고 얼만가를 걸어 나와 종문을 마주 보고 섰다.

"무슨 일로 오셨죠?"

불쾌하다는 기색도, 그밖의 아무런 감정도 섞여 있지 않은 표정과 말투로 진희는 물었다.

"하도 기쁜 일이 있어서 안 왔습니꺼."

"기쁜 일이라뇨?"

진희의 어조는 역시 무감동했다.

"오늘 나는 이승만 박사를 만났습니더."

"그게 그렇게 기뻐요?"

"기쁘지 않을 수 있습니꺼. 오랜 동안을 베루다가 겨우 만나 뵀는데요."

"그래 무어라 말씀하셨수?"

"말까진 아직 못했습니다. 먼빛으로 보았응께요."

"그럼 만난 것이 아니라 보신 것이로구먼요."

"바로 말하면 그렇게 됩니더."

진희는 어이없다는 표정을 지었다.

"보기도 했지만 편지도 진했습니다."

"무슨 편진데요?"

"앞으로 박사님 쌀값은 내가 대드리겠다는 편지와 돈 1만 원을 그분 따라다니는 사람에게 전했습니더."

"그리고 그것뿐예요?"

"박사님 만세도 불렀고요."

"그게 그렇게 기쁘세요?"

"기쁘다뿐입니꺼."

한동안 말이 끊어졌다. 뿐만 아니라 그 이상 할 말도 없었다.

"그럼 가볼랍니더."

하고 종문이 돌아서려고 하자, 진희는

"그 말 하시려고 일부러 왔어요?"

하고 물었다.

"그렇습니더."

그 말과 말투엔 진희도 피식 웃지 않을 수 없었다. 진희는 웃는 얼굴을 그냥 지니고 말했다.
"또 기쁜 일 있으면 알려주세요."
"그럴 작정입니다."
하고 종문이 돌아섰다. 긴 골목을 빠져 나오며 뒤돌아봤더니 진희는 아까 서 있던 그 자리에 그냥 서 있었다.

4

11월 23일.

이종문이 노름판에서 인사불성이 되도록 두들겨 맞았다. 사건의 경위는 이렇다. 지난 달 23일 종문이 이승만 박사 앞으로 돈 1만 원을 동봉하고 다음과 같은 요지의 편지를 썼다.

'박사님 쌀값은 제가 대드리겠습니다.'

그리고 한 달이 꼬박 지난 그날 종문의 호주머니에는 2,000원 남짓한 돈밖에 없었다. 2,000원을 보낼 수도 없고 날짜를 넘길 수도 없는 기분이었다.

'누가 시키기라도 했나, 내 마음 내가 꿀려 시작해놓은 일인디……'

노름쟁이 종문에게도 나름대로의 염려는 있었다. 생각한 끝에 창신동 노름판을 찾기로 했다. 언젠가 한몫을 단단히 잡곤 그 후로는 발을 끊었던 곳이다. 꺼림한 생각이 없진 않았으나 아무리 넓은 서울이라고 해도 종문이 돈을 마련할 곳은 거기밖엔 없었다.

종문은 노름판에 들어서자마자 주변의 싸늘한 적의를 눈치챘다.

'아뿔싸, 젊은 친구를 하나 데리고 올걸.'

싶었지만 때는 늦었다. 오늘은 각별히 조심해야겠다고 다짐하고 화투장을 집어들었다. 그랬는데 워낙 마음이 초조했던 탓으로 무심결에 속임수를 썼다.

"서툰 수작 말엇."

하는 소리와 눈이 번쩍한 것은 동시였다. 누군가가 야무지게 종문의 뺨을 후려갈긴 것이다. 종문은 본능적으로 무릎 밑에 쌓인 돈을 집었다. 그러나 맞은편에 앉은 놈의 동작도 빨랐다. 대부분의 돈은 그놈이 휩쓸어갔다.

"내 돈 내놔!"

종문이 발악을 하며 그놈 멱살을 잡았다.

"내 돈? 흥, 내 돈 좋이히네. 이게 왜 내 돈이야, 도둑실한 논이 네 논이야?"

상대방은 냉소를 했다.

"못 내놓겠나?"

종문이 멱살 잡은 손을 흔들었다. 그런 찰나 사방에서 주먹과 발질이 종문의 눈, 코, 어깨, 허리를 향해 쇄도했다. 종문도 지지 않았다. 젖먹던 힘까지 다 내어 싸웠다. 그러나 비좁은 방이라 몸을 돌릴 곳이 없는데다 종문의 팔과 다리는 각각 두 개밖에 없는데 상대할 팔과 다리는 열몇 개가 되고 보니 이겨낼 가망이 없었다. 종문은 코피를 쏟았다. 눈 언저리가 터졌다. 허리뼈가 상했다. 팔이 뒤틀어졌다. 뒤통수에 심한 타박을 받았다…….

그가 의식을 회복한 것은 어느 병원 침대 위에서였다. 처음 그는 무슨 꿈을 꾸고 있는 것 같은 느낌이었다.

'언젠가도 이런 일이 있었지, 그때가 언제든가 그때가 지금인가.'

종문은 서울에 도착한 그날 역전의 식당에서 얻어맞은 기억이 되살아났다.
'제기랄, 서울 와서 두 번째 당하는 일이로구나.'
종문이 급한 마음으로 호주머니를 뒤졌다. 얼마간의 돈이 잡혔다. 셈을 해보니 2만 원가량은 되었다. 그는 휴우 하고 한숨을 내쉬었다.
'이것으로 이승만 박사에게 내 면목은 세우게 됐다……'
이어 이런 봉변을 당하고서 마련한 돈이란 걸 이 박사가 알면 어떻게 하실까 하는 생각을 했다. 그리고 피식 웃었다. 그러자 안심이 된 탓인지 상처의 아픔이 일시에 엄습했다. 저절로 신음 소리가 높아졌다. 이웃방에서 의사인 듯한 중년의 사나이가 나타나더니
"점잖은 사람들이 싸움을 하다니."
하고 혀를 차는 표정으로 주사를 놓아주곤 한 시간쯤 누워 있으라고 했다.
창밖으로 겨울 해가 저물고 있었다. 하늘은 을씨년스런 빛깔이었다. 고향에 두고 온 계집, 자식들의 모습이 일순 뇌리를 스쳤다. 차진희의 모습도 떠올랐다.
'제기랄, 언제나 내가 요 모양 요 꼴로 있진 않을 끼다.'
그는 아픔을 참고 이를 뽀독 갈았다.

바로 그 무렵이다.
백범 김구 선생은 이제 막 김포공항에 도착한 비행기의 트랩을 내려오고 있었다. 혼이 걷고 있는 건지 몸이 걷고 있는 건지 모를 심정으로 27년 동안 꿈에도 잊지 못했던 조국 강산에 돌아온 것이다. 공항엔 회오리를 섞은 북풍이 일고 있었다. 환영의 인파는커녕 마중 나온 사람이

란 코가 크고 눈이 파란 미군 장교와 통역뿐이었고 동포의 얼굴은 한 사람도 보이지 않았다. 황량한 비행장엔 버려진 것 같은 군용비행기 몇 대와 미군의 지프차가 우왕좌왕하고 있었다. 눈을 드니 멀리 이어진 산들은 찬바람에 휩싸여 우중충한 윤곽이었고 들은 삭막하고 이곳저곳 산재해 있는 집들도 스산한 몰골이었다. 백범의 심중엔 무언가가 천둥소리를 내며 무너지는 것 같은 굉음이 일고 있었다.

꼭 환영을 받아야겠다는 것은 아니었다. 그러나 이렇게 매정스럽고 황량하고 삭막한 인정일 수 있을까 하는 느낌만은 지워버릴 도리가 없었다. 미군정청에서 비행기를 보냈다는 소식, 언제쯤 오리라는 소식쯤은 알려져 있을 것이 아닌가. 국내엔 이미 '임정환영위원회'까지 조직되어 있다는 소식을 상해에서 듣고온 백범이나 그 일행은 고국에 돌아온 벅찬 감격에 눈물지으면서도 섭섭한 감정을 넘어 섬뜩한 예감 같은 것을 가슴 한구석에 느끼기조차 했다.

준비해온 메시지는 휴지조각이 되었다. 군정청 관리는 서대문에 있는 죽첨장(경교장京橋莊)으로 모시겠다면서 대기시켜놓은 자동차의 도어를 열었다.

연도의 풍경은 엎드려 뺨을 비벼대고 싶고, 얼싸안으며 통곡을 터뜨리고 싶을 만큼 안타까웠다. 지게를 지고 가는 노인이 눈에 띄었다. 머리 위에 광주리를 이고 가는 아낙네의 모습도 있었다.

"내가 김구요!"

하고 외쳐보고 싶은 충동이 순간 일었다. 노인은 흐린 눈으로, 아낙네는 무관심한 눈으로 자동차를 힐끔 보았지만 자동차 안의 사람이 누군지 알 까닭이 없다.

백범의 마음 같으면 비행장에서 서울 한복판까지 걸어서 들어오고

날마다 좋은 날 203

싶었다. 남산이 시야에 들어오고 삼각산이 모습을 나타낼 때 걸어서 가고 싶은 소원으로 목이 멜 것만 같았다. 만나는 사람마다의 손을 잡아보고 싶었다. 어린애는 안아보고 싶었다. 개구쟁이 어린애의 콧물을 자기의 손수건으로 닦아주고 싶었다. 그러나 그렇게 간절한 심정이면서도 백범은 미군정청이 마련한 그 자동차를 멈추게 할 수도, 거기서 내려설 수도 없었다.

백범은 지난 여름 중경에서 본 기록영화의 한 장면을 상기하고 있었다. 독일군으로부터 탈환한 파리에 드골 장군이 입성하는 장면이었다. 드골은 개선문을 거쳐 샹젤리제의 대로를 군중의 환호에 손을 흔들어 보이며 걸어들어오고 있었다. 삼색기가 파도를 이루고 '라 마르세유'가 도성처럼 울려퍼지는 감격의 시간 속으로 드골의 훤칠한 키는 살아 움직이는 영광의 상징처럼 힘찬 걸음을 한 발 디뎌놓고 있었다.

'한때 빼앗겼던 파리, 생명 이상으로 사랑하는 조국 프랑스의 파리에 다시 들어오면서 자동차를 타고 들어올 수야 없지. 걸어서 들어와야지.'

백범은 그 영화를 보며 눈물을 지었고 드골의 사상과 감정에 공감했고 자기에게도 그런 날이 있기를 비는 마음으로 가슴을 떨었던 것이다.

백범은 서안에서 일본이 항복했다는 소식을 들었다. 그땐 고국 상륙작전을 광복군이 준비하고 있었던 것인데 일본이 항복함으로써 고국 상륙작전이 불필요하게 되었다. 백범은 일본의 항복을 기뻐하기에 앞서 영광의 기회를 영영 놓치게 된 사정에 당황했고 이어 잠시 허탈감에 빠졌다.

그 허탈감은 오늘 백범으로 하여금 서울에 걸어들어올 수 없게 하고, 자기의 의사로선 멎게 할 수도 내릴 수도 없는 자동차를 타야 할 운명에의 예감이기도 했던 것이다. 백범 김구 선생은 진정 걷고 싶었다.

안내역을 맡은 미군 장교의 극히 의례적인 태도는 이해할 수 있었지만, 분명 한국인임이 틀림없는 통역의 무감동한 표정과 미국의 권위를 업어 자족한 듯한, 그 사무적인 말투가 뺨이라도 한 대 야무지게 갈겨주고 싶도록 백범의 마음에 거슬렸다. 구한말 일본놈들의 통변을 하던 놈들과 어쩌면 그 꼬락서니가 그토록 닮았단 말인가.

김포에서 서대문까지의 몇십 분 동안 백범의 심중에 명멸한 상념을 기록할 수 있다면 불행한 조국에 태어난 지도자의 슬픔을 보다 소상하게 읽을 수 있을 것이다.

분노로 타오르는 감정을 꿀꺽 삼키고 백범은 광산왕 최창학의 집이었다는 죽첨장의 밀실에 놓인 소파 위에 그 육중한 몸을 가누었다. 고국에 돌아왔다는 느낌보다 또 다른 망명지에 기착했나는 어설픈 감정에 쓸쓸했다. 백범은 가슴속의 폭풍을 죽이려는 듯 한동안 눈을 감고 석상처럼 앉아 있었다.

그러나 백범의 그러한 심정엔 아랑곳없이 그가 서울에 돌아왔다는 그 사실만으로도 김구의 계절은 서서히 그 막을 열었다. 1945년이 저물어가는 그 무렵의 한반도의 시간은 그 어떤 빛깔보다도 김구의 빛깔이 짙은, 백범 김구의 계절이다.

전 일본군 헌병대장 사쿠라이櫻井 대좌가 이하라井原 조선군 참모장을 찾아왔다. 우울한 마음이 서린 표정의 사쿠라이는 이하라의 맞은편에 앉으며 뚜벅 말했다.

"후테이센징不逞鮮人 제1호가 이제 막 돌아온 모양입니다."

"후테이센징 제1호라니……?"

"김구 말입니다. 김구가 돌아왔단 말입니다."

"그 사람이 제1호였던가?"

"그렇습니다."

"세상이 세상 같으면……."

"어럼이나 있는 일입니까?"

"세상이 변했다는 실감이 나누만."

"운명이죠."

"김구가 제1호라면 이승만은 몇 호지?"

"그 사람은 호수 외號數外죠. 미국에 떨어져 있어서 리스트에선 꺼졌죠. 일본의 정보기관은 대륙중점주의거든요."

"이승만과 김구라, 누가 주도권을 잡을까."

그저 건성으로 이하라는 중얼거렸다.

"글쎄요. 이승만은 미국을 배경으로 하고 있는 사람이고, 김구는 장개석을 배경으로 하는 사람일 테니까 막상막하겠죠."

"역사는 되풀이한다 이건가? 구한말의 재판이 되겠군."

"재판이죠. 친로파·친미파·친중파가 삼파전을 벌일 테니까요."

"한 가지 다른 건 친일파의 몰락이겠구먼."

"천만의 말씀입니다. 지금 표면상으론 몰락한 것 같지만 머잖아 실권을 잡을 겁니다."

"그걸 어떻게 알아?"

"미군정청이 등용하는 사람을 보면 알 수 있잖습니까. 중간 간부는 거의 친일파라고 할 수 있거든요."

"독립이 되면 사정은 달라지겠지."

"독립은 요원합니다. 양키들이 그렇게 호락호락 독립을 줄 것 같애요? 독립을 줄 듯 말 듯 하면서 애를 먹일걸요. 그동안 즈그들끼리 싸우다가 지쳐버릴 게 분명하구요."

"밸이 없는 놈들이라 그렇게 될지도 모르지."

"게다가 38선이 고정화될 기색이 보이기도 하니 앞으로 조선은 더욱 곤란해질 겁니다."

"일본이 패전했다고 덩달아 좋아하던 놈들 맛을 좀 보라지."

"헌데 우리의 조선 통치는 성공한 걸까요, 실패한 걸까요?"

"실패도 성공도 아니지. 돌이켜보면 후회가 많기도 하지만……장기 계획에 투자한 것도 아니었었는데……하여간 중앙에서 정책을 세운 놈들은 머저리들이란 말야. 칼로 목을 쳤으면 기분이 후련할 것 같애……. 그런데 김구가 왔을 때 환영대회가 대단했겠구나."

"환영대회기 뭡니까, 비행징엔 아무도 안 나간 보양입니다."

"그건 또 왜?"

"미국이 그만큼 조선인들에 대해 쌀쌀하다는 얘기겠죠. 사전 발표를 안 한 모양이니까요."

"조선인들은 양키들을 해방의 은인이라고 지껄여대지만, 앞으로 양키들에게 치여 혼이 좀 나봐야지."

"생각하면 조선 민족은 불쌍해요."

"우리는 어떻고."

"우리야 우리가 전쟁을 일으킨 것이니까, 패자로서의 운명을 감수해야죠."

"또 운명인가? 그런데 우리 동포의 귀국 문제는 무난하게 될까?"

"무난하도록 최선을 다해야죠."

사쿠라이는 자세를 고치며 말했다.

"자, 술이나 한잔 하자."

이하라는 문밖의 저편에까지 들리도록 소리를 높여 불렀다.
"거, 누구 없느냐?"

김구 선생이 서대문 죽첨장에 안착했다는 보고를 받자, 미군 사령관 하지 장군은 돈암장 이승만에게 전화를 걸었다.
"닥터 리, 나 하지입니다."
"안녕하십니까, 장군이 웬일루?"
"알려드릴 게 있습니다. 오늘 오후 네 시 반에 닥터 리의 친구 김구 씨가 무사히 귀국했습니다. 숙소는 서대문 죽첨장이오."
"알았소, 감사하오."
이승만의 답은 간단했다.
'저 노인, 사전에 알려주지 않았다고 기분이 나쁜 모양이로군. 허나 이편에도 사정이 있으니까.'
하지는 합죽한 입 언저리를 더욱 합죽하게 웃곤 대변인을 불렀다.
"김구의 귀국을 라디오를 통해 발표해야 하니까 그 문안을 만들어서 가져와. 간단한 게 좋아."
5분도 채 걸리지 않았다. 대변인은 메모지를 들고 들어왔다.

오늘 오후 김구 씨와 그 일행 15명은 무사히 귀국했다. 애국자 김구 씨는 오랜 망명 끝에 개인의 자격으로 여러분들 곁으로 돌아온 것이다.

하지가 문면을 들여다보고 있는데 대변인이 말했다.
"개인의 자격으로 돌아왔다는 점을 강조하기 위해서 애국자라는 수

식사를 한 개 선사했습니다."

"됐어. 간단해서 좋다. 여섯 시 뉴스로 내보내도록 해."

그리고 하지는 정치보좌관을 불렀다. 보좌관이 브리핑 케이스를 들고 들어왔다.

"거기 앉게."

하지가 사이드 테이블 옆에 놓인 의자를 가리켰다. 그러고는 한참 동안 골똘하게 생각을 하는 시늉이더니 말했다.

"김구의 동태를 세밀하게 살펴."

"예스, 제너럴."

"김구는 테러리스트라지?"

"에스, 제너럴."

"무슨 소동을 꾸며댈지 모르니 각별한 주의가 필요해."

"예스, 제너럴."

"경비원으론 MP를 파견하는 것이 좋겠지만 감정 문제가 있을 테니 한국인 경찰관으로 하고, 역시 한국인으로서 우리와 내통할 수 있는 놈을 구해 그 친근에 가도록 해."

"예스, 제너럴."

"아놀드 장군을 불러."

"예스, 제너럴."

아놀드가 들어왔다. 아놀드가 오자, 하지는 응접대 앞으로 자리를 옮겼다.

"오늘 테러리스트가 돌아왔는데……."

하지가 이렇게 말하자, 아놀드는 빙그레 웃었다.

"장 총통이 김구에게 30만 달러를 준 게 사실인가?"

"주중대사관에서 통보해온 것이니까 사실이겠죠."

"중국을 위한 우리의 원조를 그렇게 유용할 수 있는 것일까?"

"장 총통이야 욕할 일이 있겠습니까?"

"그런데 그 돈의 의미가 뭘까. 전별금으로선 너무나 많고 정치자금으로선 너무나 적고……."

"30만 달러가 어디 적은 돈입니까?"

"정치자금으로선 말야."

"하루 50센트도 벌지 못하는 사람이 웅성거리고 있는 나라에서 30만 달러라면 훌륭한 정치자금이 되고도 남습니다. 줄잡아 100만 명을 동원할 수 있는 돈이니까요."

"그렇게 치니까 그렇군."

"그러니 그만한 돈을 주는 덴 단순한 호의 이상의 것이 있을 겁니다."

"한국은 일본이 침략하기 직전까진 중국의 속국이었다지?"

"그렇습니다."

"그런 사정과 무슨 관계가 있는 것이라고 볼 수 없을까?"

"루스벨트 대통령이 그런 뜻의 말을 했다고 기억하는데요. 장개석은 전후 한국과 일본을 포함한 동양을 지배할 야심을 가졌다고……."

"바로 그거야."

"그러나 중국에선 바야흐로 공산당과의 내전이 확대일로에 있는데 그럴 겨를이 있겠습니까?"

"하여간 좌우를 막론하고 이 한반도에서 우리의 정책과 어긋나는 정치활동을 허용할 순 없는 거니까."

"그렇습니다."

"김규식의 동태도 주의 깊게 관찰하도록 하시오."

"물론 그렇게 하겠습니다."
"이렇게 빈곤한 나라에 이처럼 정치열기가 대단한 것도 이상한 현상이야."
아놀드는 그저 미소를 짓고만 있었다.

5

밤 아홉 시쯤 이종문은 만신창이의 몰골을 이끌고 수송동 합숙소에 돌아왔다.
"어떻게 된 일이야?"
문창곡이 놀랐다. 빙엔 젊은 동지들이 꽉 차 있었는데 모두들 놀란 표정으로 이종문을 바라봤다.
"제기랄, 오늘 일진이 좀 나빠서……."
종문이 멋쩍게 웃고, 오는 도중 꾸민 얘기를 엮어내기 시작했다.
"괜히 시비를 걸어온단 말입니더."
"누가?"
"글쎄요, 알 수가 있습니꺼? 국일관 근처의 대폿집엘 들어갔는디 술 한잔 묵고 있응께 저편 자리에 7, 8명 둘러앉아 있던 놈들이 괜히 트집을 잡드만요."
"트집이라니, 어떻게?"
"양근환 졸개가 왔구나, 이런 소리가 들렸어요. 아마 내 얼굴을 아는 놈이 있었던 모양이드만요. 그래 내가 얼굴을 쳐들고 그쪽을 똑바로 본께 그중 한 놈이 '이 녀석 우릴 그렇게 보면 우짤 끼고' 이러지 않습니꺼."

"그래서 뭐라고 했소?"

"양근환 선생의 졸개가 우쨌냐고 물었습니다. 그랬더니 졸개 노릇을 해도 추접은 졸개 노릇을 한다고 안 캅니꺼. 그래 '건방진 소리 말아, 양근환 선생은 애국자다, 애국자 졸개 노릇이 뭐가 나쁘냐'고 호통을 쳤습니다. 그렁께, '양근환이 뭐가 애국자고' 이리 안 캅니꺼. 화가 나서 양 선생님 똥도 못 빨아 먹을 놈들이 애국자 욕하지 말라고 했습니더. 그랬더니 술사발이 안 날아옵니꺼. 그래서 싸움이 된 겁니더."

"그래서 그처럼 맞기만 했단 말요?"

젊은 동지 한 사람이 흥분해서 말했다.

"나도 놈들을 실컷 뚜드려 팼습니다. 허나 놈들의 수가 워낙 많아놓은께 당할 수가 없드만요."

"놈들이 지금도 거게 있소?"

당장이라도 달려갈 기세를 보이며 또 한 사람이 물었다.

"싸움은 두 시간 전에 끝났는디 지금까지 있을 턱이 있습니꺼."

"그동안 어디 있었소, 그럼."

성철주가 묻는 말이었다.

"병원에 가서 한두 시간 누워 있었습니더."

"좌익들이 한 짓이 아닐까요?"

누군가가 말했다.

"좌익들이 술집에서 그런 난동을 피울 까닭이 없어."

문창곡이 잘라 말했다.

"그럼 김두한이 패거릴지 모르지."

성철주의 말이다.

"그럴는지 모르지, 그 근처는 그놈들의 소굴이니까. 그러나 김두한의 패거리가 우리 양 선생님 욕을 한다는 게 이상한데."

문창곡이 고개를 갸웃했다.

"무식한 놈들이 그런 경우를 압니까?"

성철주는 약간 노기를 띠며 이어

"이 문제는 그냥 보아넘길 일이 아닌데……. 이 동지, 그놈들의 정체를 알 만한 증거 같은 거라도 붙들지 못했소?"

하고 따지고 들었다.

"안면만은 싸우는 동안에 똑똑히 익혀왔지만 정체는 모르겠습니다. 그라고 나도 맞았지만 그놈들도 혼짝이 나도록 뚜디리 패주었응께 여한은 없습니다."

"이 동지의 감정은 그럴는지 몰라도 진체의 문세로 볼 내 가만둘 순 없단 얘기요."

성철주가 투덜댔다.

"그렇다고 해서 지금 어떻게 할 수야 없잖소. 내일에라도 챙겨보기로 하고 이 동지는 자리를 깔고 누워 계시오. 아무리 건강한 사람이라도 그만큼 상처가 났다면 견디기 힘들 것 같소. 자, 누우시오."

하고 창곡이 젊은 사람을 시켜 구석에 이불을 깔게 했다.

"그라몬 실례합니다."

하고 종문이 자리에 누워 눈을 감았다. 아닌 게 아니라 만신이 쑤시는 듯 욱신거리기 시작해서 앉아 있긴 거북했던 것이다.

좌중은 아까의 화제로 되돌아가는 모양이었다. 그 화제는 김구 선생의 귀국에 관한 얘기였고 이승만 박사와 김구 선생을 비교하는 얘기였다. 누가 보다 훌륭하고 보다 우세한가에 대한 의견교환이었다.

"이 박사가 임정 초대 대통령을 했을 때 김구 선생은 경무국장이었다니까 아무래도 이 박사가 높지."

"그건 선후배의 관계를 밝히는 얘기는 되겠지만 누가 누구보다 훌륭하다는 얘기는 안 될 것 아뇨."

"지금 직위로 친다면 김구 선생은 주석이고 이 박사는 김구 주석이 이끄는 임정의 지배를 받아야 하는 주미위원장이니까 김구 선생이 높지."

"이 박사의 지식은 김구 선생보다 나을지 모르지만 애국하는 데 있어서의 박력은 김구 선생이 위가 아닐까."

"이 박사는 미국이 내세우려고 하는 사람이니까 대통령은 이 박사가 될 끼고 김구 선생은 총리쯤 될 끼다."

"임시정부의 법통이 그대로 이어진다면 김구 선생이 대통령이 될 가능성이 많지."

"아무래도 독립한 뒤에 초대 대통령은 이 박사가 될 거야. 제2대는 김구 선생이 될 끼고……."

"좌익들이 득세하면 이 박사도 김구 선생도 대통령이 안 될 것 아닌가."

"좌익이 만든 인민공화국에서도 이 박사를 주석으로 모셔놨는데, 뭐."

"그건 그들의 뻔한 수작이야. 그러나 미군이 주둔하고 있는 남한에서 좌익이 득세할 까닭이 없지."

"그렇게도 말 못해. 인민공화국의 세력이 어떻다고. 그리고 공산당 놈들의 그 지독한 활동을 보면 앞날을 예상하기란 어려워."

"두고 봐, 절대로 좌익은 득세하지 못할 거니까."

"이 박사의 세력이란 게 뭐 있나. 뜬구름과 같은 거지. 거게 비하면 김구 선생은 임정이란 기반이 있고 임시정부를 절대 지지하는 한민당의 세력이 있거든."

이 박사와 김구 선생의 비교론은 밤이 깊어가는데도 끝날 줄 몰랐다. 종문은 눈을 감은 채 자는 척하고 있으면서도 그 토론에 신경을 쏟고 있었다. 이 박사를 김구 선생보다 낮추어 말하는 의견을 들었을 땐 기분이 좋지 않았고, 그 반대일 경우엔 기분이 좋았다. 종문의 감정으로선 어떤 일이 있더라도 이 박사가 대통령이 되어야만 했다.

이윽고 문창곡이 다음과 같은 결론적인 말을 했다.

"두 분의 우열을 경솔하게 말해도 못쓰고 앞날의 일을 속단해서도 못쓴다. 우리가 바랄 것은 그 두 분이 마음으로 화합해서 건국에 힘써 주었으면 하는 것이다. 두 분 사이에 등깔이 나면 우리 민족은 마지막이다. 누가 대통령을 하고 안 하고에 문제가 있는 것이 아니라 두 분의 사이가 화합을 이룰 수 있느냐 없느냐가 문제다. 우리 앙 선생님이 소원하는 바도 바로 그거다. 그러니 우리들은 두 분이라고 생각하지 말고 한 분이란 생각으로 꼭 같이 받들고 두 분 사이에 틈서리가 나지 않도록 주의하며 노력해야 한다. 앞으론 두 분의 비교론을 하지 말 것, 누가 대통령이 되어야 한다는 등의 말도 안 할 것, 이것이 소중한 일이다."

종문은 창곡의 말이 옳다고 생각했다. 그러나

'제기랄, 그렇게 되기가 어디 쉽나. 내외간에도 등깔이 나고 형제 사이에도 시비가 붙는디.'

하다가 말고

'꼭 같이 두 분을 모셔야 한다면 김구 선생에게도 쌀값을 보태드리겠다고 해야 하지 않을까.'

도 생각했고

'제기랄, 돈만 있다면야 두 분 외에 여운형 선생에게까지도 용돈을 보태주면 싶지만, 제기랄. 그래갖고야 오디 노름이 되나, 정치도 노름이라쿠든디, 놀이 갈라몬 한 군데만 가야지. 에라, 죽으나 사나 나는 이승만 박사다. 내일엔 꼭 이 박사에게 돈을 보내야겠다.'
하고 마음의 매듭을 지으며 잠에 빠져들었다.

그날 밤 이승만이 경교장으로 김구를 방문했다.
"김 주석, 이거 얼마만이오."
"우남 형님, 반갑습니다."
두 애국자는 서로 부둥켜안고 눈물을 흘렸다. 포옹을 풀고 나서도 두 사람의 눈은 젖은 채 있었다.
"그동안 얼마나 고생을 했소."
"형님은 얼마나 고생을 하셨소."
"오래 산 덕분으로 아우님을 보게 되었소."
"형님이야말로 천년 만년 살아 계셔야죠."
이승만은 씰룩거리는 안면 신경으로 해서 벅찬 감동의 표시가 보다 심각하게 나타났고, 김구는 그 바위와 같은 모습으로 해서 그 진정이 보다 진지하게 보였다.

이승만의 당시 심정은 간단하게 추측할 수가 없지만, 김구는 진정 건국과 독립을 위하는 길이라면 이승만을 위해 자기 일신을 희생해도 아낌이 없다는 심정으로 벅차 있었다고 단언할 수 있다. 이러한 단언을 뒷받침하기 위해 손세일 씨의 기록을 인용해본다.

김구는 한독당 중심의 그의 주변 인사와는 달리 이승만의 정읍井邑 발언이 있은 뒤인 이때에도 이승만을 지지하고 있던 것은 독촉獨促 지방대표자회의에서의 연설로도 알 수 있지만, 다음과 같은 에피

소드로도 그 진지의 정도가 어떠했던가를 짐작할 수가 있다.

민족통일총본부가 결성된 후, 김구는 탈장증으로 용산의 성모병원에 입원했었다. 입원하고 있는 김구에게 그의 제자였던 상공회의소 부회장 강익하가 찾아와 300만 원의 수표를 내놓았다.

"선생님께 정치자금으로 쓰시라고 전국 경제인들이 갹출한 돈이니 받으십시오. 이 박사께는 따로 500만 원을 전달하기로 했습니다."

그러나 김구는 이를 거절했다.

"국사를 하는 데 쓰일 돈이라면 나보다도 이 박사께 드려 외곬으로 쓰이는 것이 나을 걸세. 내가 필요한 게 있으면 이 박사께 가서 얻어쓰지."

당황한 강익하는,

"아니 명목이 정치자금이지 이 돈은 선생님 개인적으로 쓰시도록 한 것입니다."

고 말했지만, 김구는

"개인적으로라면 그렇게 큰돈은 내겐 필요 없으니 이 박사께 갖다 드려 요긴하게 쓰이도록 하게."

라고 잘라 말하여 모두 돈암장으로 보냈다고 한다.

환영위원회를 만들어 백범 김구 선생을 비롯한 임정을 환영하려고 세부의 절차까지 마련하고 있던 우익계 지도자들은 당황하기도 하고 흥분하기도 했다.

"이 무슨 해괴한 일인가?"

"군정청의 저의가 뭣일까?"

"이승만 박사는 사전에 알고 있었을 것 아닌가?"

그들은 좌익계열이 차츰 대중동원으로 세력을 과시하기 시작한 작금의 정세를 임정 환영의 기세로써 압도하려는 의도를 가지고 있었던 것이다.

"아무래도 군정청에 잠입해 있는 뉴딜파가 꾸민 계교일 거다."

뉴딜파란 대소유화정책을 고집하는 미국 정치인들을 말한다.

"우선 제1진만 도착했다니까 제2진이 돌아올 때를 기다려 대대적인 환영대회를 열기로 합시다."

불평만 하고 있을 것이 아니란 마음으로 이렇게 의견을 합치고 내일 아침 경교장을 방문하기로 했다.

"그런데 그 900만 원을 어떻게 할까?"

하는 의견이 나왔다. 임정의 귀국에 앞서 송진우가 주동이 되어 환국지사후원회를 조직하고 금융단과 실업계 인사들로부터 모금해서 우선 900만 원을 준비해놓고 있었던 것이다.

"그건 바쁜 일이 아니니 제2진이 돌아오고 난 후에 합시다."

송진우가 잘라 말했다.

명륜동 박헌영의 숙소에 공산당 간부들이 모였다. 김구의 환국 소식을 듣고 대책회의가 없을 수 없었다. 모인 몇몇은 박헌영을 필두로 이관술·이현상·이강국·최용달·이승엽 등이다.

"적 제2호가 들어온 셈 아니오?"

"적 제1호일는지도 모르죠."

"그럼 그 순서부터 정해야겠는데. 어떻소, 김구가 적 제1호겠소? 이승만이 1호겠소?"

한참 동안 의견이 활발하게 오갔다. 김구를 적 제1호로 해야 한다는 의견이 앞섰다.

"그러면 앞으로 놈들을 싸잡아 말할 땐 김구·이승만으로 합시다. 반동의 괴수 김구·이승만, 이렇게 되는 거죠. 기록을 해두었다가 하부 세포에까지 알리도록 하시오."

"그러나 당분간 자극하지 않도록 합시다."

"이승만에겐 굳은 조직이 없소. 그를 지지하는 세력이라고 해봤자 오합지졸이니까. 그런데 김구에겐 그런대로 임정이라는 조직이 있으니 각별한 대책이 있어야 할 거요."

"술수에 있어선 이승만이 월등하게 위니까."

"이렇다 할 조직이 없으니까 이승만이 강할지 모르죠. 김구는 어쭙잖은 조직을 가졌기 때문에 되려 약할지 모르구요."

"그거 이상한 논법인데."

"나는 분석적으로 논하고 있는 겁니다. 이승만은 원래의 조직이 없기 때문에 아무런 구애를 받지 않고 자기의 비위에 맞고 시기에 적절한 놈만 골라 마음대로 조직을 확대할 수 있다 이 말입니다. 자유재량이 얼마라도 가능하다는 거죠. 모여드는 사람도 이승만에겐 자기밖에 없다는 환상을 가질 수 있구요. 그런데 김구에겐 원래의 조직이 있거든요. 그 조직이 만일 우리 공산당 같은 조직이라면 몰라도 그렇지 못하거든요. 호령을 해서 우선 마음대로 움직일 수 있을진 모르지만 되려 그 속박을 받아 임기응변의 처신을 하지 못할 경우도 있을 것 아닙니까. 새로 모여든 지지자와의 사이에 갈등도 있을 것이구요. 원래의 사람을 중용하면 신입자가 소외감을 갖고, 신입자를 등용하면 원래부터 있던 자가 배신감을 갖구요. 이런 모순을 제거하고 극복할 만한 모럴이랄까, 이념이라는 게 결여되어 있고 보면 조직을 가졌다는 것이 힘과 동시에 고질痼疾

날마다 좋은 날 219

을 가졌다는 것으로 된다고 보기 때문에 하는 말입니다."

"그러니까 이승만이 우세하단 말인데 우리의 처지는 그들과 같은 평면에서 자리다툼을 하는 건 아니니까, 역시 상당한 뿌리와 지반을 가지고 있는 김구 쪽을 주시해야 할 거요."

"김구는 임시정부를 물고 늘어지겠지만 그 임시정부라는 게 김구에겐 커다란 짐일 것이오. 각기 성분과 사상이 다르고 야심만만한 패거리가 모인 집단이 돼놔서 단결은 불가능할 게거든. 우선 약산若山이나 유림柳林 같은 사람은 김구의 손아귀에 들진 않을 거요."

"이승만과 김구는 언제든 조만간 벌어지고 말 게요. 그 틈서리를 이용하면 우익세력을 교란할 수 있을 거고 군정청과의 사이도 이간시킬 수가 있을 거요. 임정의 당파싸움은 옛날부터 유명합니다. 백묘삼년白猫三年이라는데 지금이라고 해서 그들의 근성이 변했겠소?"

"이승만과 김구를 애써 이간시키려고 공작할 필요는 없소."

"보면 알 일이지만 초장엔 서로 추어올리고 지지하고 칭찬하고 야단일 거요. 상대방을 추어올리는 게 자기를 높이는 거로 되는 그런 단계니까. 서로를 이용하기 위해선 서로를 칭찬할 수밖에 없을 거니까. 그 단계가 지나면 슬슬 싸움이 시작되겠지. 그러니 그 단계적 파악이 중요하단 말요."

"김구나 이승만이 대중 앞에서 코가 납작해질 그런 스캔들감을 미리미리 준비해놓을 필요도 있을 거요."

"그러나 지금은 서둘 것 없소. 점잖게 합시다. 뭣하다면 환영 메시지를 발표하는 것도 하나의 전술이겠지요."

"환영 메시지는 그만둡시다."

"여운형이 김구 일파와 야합할 염려는 없겠지?"

"그렇게는 안 될걸요."

"김규식을 이용해보는 건 어떨까? 그 사람 약산과 같이 민족혁명당을 하는 사람 아닌가."

"김규식은 안 됩니다. 워낙 자존심이 강한 사람이 돼놔서 약산과 같은 당을 하고 있다지만, 그야말로 전술적으로 하고 있는 거지 사상과 노선이 맞아서 하는 건 아닐 테니까요."

"당분간 정세를 관망합시다. 소련에 보낼 보고서도 작성해야 할 테니까. 그리고 보다 구체적인 전술 토의는 소련의 지령이 나오는 대로 하기로 합시다."

"트루먼은 루스벨트의 대소정책對蘇政策을 그냥 이어받고 있는 형편이니끼 이런 국제적 징세를 잘 감안해서 하면 우리 낭은 승리할 것이오."

"김구, 이승만을 두려워할 까닭이 없소. 소련에 대한 충성심만 철저하면 스탈린 대원수가 우리를 철저하게 도와줄 테니까. 여러분, 자신을 갖고 일하시오. 오늘은 프리 토킹이니 회의절차를 밟지 않겠소. 단 한 가지 결정할 사항은 놈들을 호칭할 때 김구, 이승만의 순서로 하자는 것이오."

그들은 어디서 구해왔는지 프랑스산 코냑을 마셔가며 김구, 이승만의 문제에 이어 한반도의 남쪽을 노략질할 권모와 술수를 토론했다. 말 끝마다 과학적, 당적, 진보적, 혁명적이란 어휘가 튀어나왔다.

6

이종문이 새로운 운명을 트려면 두들겨 맞아야 하는 건지도 모른다.

서울에 도착한 첫날, 양근환의 부하들에게 얻어맞은 덕분으로 수송동 숙사에서 양근환의 부하로서 기거하고 행세하게 된 것인데, 이번엔 창신동 노름판에서 뭇매를 맞은 덕택으로 뜻밖의 운명의 길이 열리게 되었다.

종문은 상처를 입고 창신동 병원의 침대 위에 누워 있으면서 옆방에서 어떤 사람과 의사가 주고받는 다음과 같은 말을 들었다.

"총독부 비밀창고에 아편이 가득 들어 있는데, 일본 헌병놈들이 그걸 나눠가진 모양입니다."

"얼마나 되는데……."

"정확하겐 모르지만 굉장히 많은 분량인가부지요. 조선에서 생산된 것, 일본에서 생산된 것뿐만 아니라 만주나 몽고에서 생산된 것까지 서울로 수송해놓고 필요한 대로 여기서 보내주고 했던 모양이니까요."

"아편값은 금값보다 비싼데 돈으로 치면 굉장하겠구먼."

"굉장하죠. 그런데 선생님은 일본 헌병 아는 놈 없소?"

"헌병하곤 거리가 머니까."

"아는 놈만 있으면 반쯤 협박을 해서라도 한밑천 잡을 수 있을 건데요"

"내겐 치료용으로나 조금 있으면 되지 아편 갖고 돈 벌 생각은 없소."

얼굴의 상처가 대강 아물기까지 수송동 숙소에 누워 지내면서 종문은 병원에서 들은 그 얘기를 간혹 상기했다. 처음엔 대단치 않게, 다음엔 약간 흥미를 가지고…… 생각의 빈도를 더해감에 따라 아편에 관한 얘기가 그의 상념을 점령했다.

그는 거울 속에 자기의 얼굴을 비춰보고 과히 흉한 꼴이 아니라고 느끼자 밖으로 나왔다. 호주머니엔 양근환이 준 돈 3만 원이 들어 있었다. 양근환은 양근환의 졸개라는 이유로 봉변을 당한 부하를 그냥 보아넘길 수 없었던지 사고가 난 그 이튿날 지금부터 김구 선생을 찾아갈 참이라며 종문의 머리맡에 돈봉투를 두고 갔던 것이다.

　종문은 하세카와초의 집으로 갔다. 집 안은 청소 때처럼 가구며 의복 등을 뒤집고 꺼내놓고 한 바람에 발 디딜 틈이 없을 정도로 혼잡해 있었다.

　"우찌 된 일이오?"

　"일본 사람은 곧 철거하라는 명령이 미군사령부로부터 내렸어요."

　모토야마 요네코는 서툰 조선말로 이렇게 답하고

　"여러 날 안 오시기에 퍽 궁금했어요."

하고 난잡한 방 한구석을 치워 앉을 방석을 깔았다.

　"철거리니 곧 가야 되나?"

　"한 일주일쯤 여유는 있는 모양입니다만."

　"꼭 철거해야 되는가?"

　종문은 슬프다는 표정을 꾸미고 호떡 꾸러미를 요네코 앞에 내밀었다.

　"이런 것까지 다 사오시고."

하며 요네코는 종문의 핼쑥해진 얼굴을 유심히 바라보았다.

　"며칠 동안 아팠소."

　"아팠어요? 그럼 집에 와서 쉬시지 않고……."

　그 말엔 대꾸를 않고 종문은 다시 중얼거렸다.

　"꼭 철거해야 되는가?"

　"가야 할 사람은 가야죠."

　요네코는 얌전히 꿇어 앉곤 무릎 위에 놓인 손을 만지작거렸다.

　"그래 짐을 꾸리는 건가?"

　"예."

종문이 일어서서 짐 정리를 거들어주기 시작했다. 정리래야 가지고 갈 것과 남길 것을 가리면 되는 것이다.

그러고 나서 종문이 돈 2만 원을 꺼내 요네코 앞으로 밀어주며 말했다.

"얼마 안 되는 돈이지만 이걸 갖고 사고 싶은 걸 사시오. 아직도 얼마간 있을 수 있다니까 돈이 생기는 대로 또 드리겠소."

요네코는 감사하다며 종문의 무릎에 이마를 대고 흐느꼈다. 종문이 그 어깨를 안았다.

낮이고 밤이고가 있을 수 없다. 종문은 꿈틀거리는 욕망대로 요네코를 자리에 눕히고 문을 닫았다. 2층에 세들어 있는 사람들도 짐을 챙기는 모양으로 쿵쿵 소리를 내고 있었지만 아랑곳없었다.

며칠을 거른 탓과 곧 이별의 시간이 다가온다는 정감으로 그날의 정사는 한결 정성스러웠고 다부졌고 그리고 오래오래 끌었다. 종문과 요네코는 서로의 육체에 익숙할 대로 익숙해 있었고 이른바 색정이란 게 들 대로 들어 있었다.

정사가 끝난 후에도 가벼운 피로를 즐기며 종문은 요네코를 안은 채 그냥 이불 속에 누워 있었다.

"나는 참말로 옥쌍이 좋아."

"나도 당신이 좋아요."

그 이상의 말은 하려 해도 종문의 어휘가 모자란다.

"참, 당신 아는 헌병 없소?"

"헌병이라니 일본 헌병 말요?"

"그렇소. 헌병이라도 높은 자리에 있는 사람이면 좋겠는데……."

"그렇게 높은 사람은 몰라도 조장을 하는 사람은 알아요. 그 부인과 나완 친구가 돼서요."

"그 사람 집 주소와 이름을 써줄 수 없을까?"

"써드리죠. 그런데 왜요?"

종문은 서툰 일본말에 우리말을 섞어가며 아편 얘길 했다. 종문은 다음과 같이 얘길 꾸며댔다.

일본 헌병들이 아편을 나눠가지고 있다는 사실을 미국 MP가 알고 있다. 불원 수사가 시작될 것인데 집에 두고 있는 것도 위험하고 그런 걸 아무리 일본인끼리라고 해도 다른 사람에게 맡기거나 팔거나 할 수도 없을 거다. 물론 우리 동포 가운데 아는 사람도 많겠지만 지금 와선 어느 정도 신용해야 될지 모를 것 아닌가. 그렇다고 해서 짐과 몸수색을 할 건데 일본으로 가지고 갈 수도 없을 것이다. 그러니 그 아편을 얼마간 나눠주면 미군정청에 잘 통하는 사람이 있으니 절대로 안전을 보장해주겠다. 그리고

"사정이 다급한 모양이오. 그래 혹시 당신이 아는 헌병이 있으면 도와주려고 하는 말이오."

하고 덧붙이기도 했다.

종문의 속셈은 요네코를 통해 달가운 결과가 나타나지 않으면 광복탐정단의 동지들을 동원해서 그 헌병의 집을 뒤질 작정이었다. 간혹 수송동의 동지들이 그런 짓을 한다고 들었기 때문에 종문은 그런 꾀를 낸 것이다.

"한번 귀띔을 해보죠."

요네코는 이 인정이 많고 무식한, 그러나 그만큼 순박하기도 한 종문을 위하는 일이라면 웬만한 수고쯤은 아끼지 않을 정도로 마음이 녹아 있었다.

"그라몬 내 누워 있을께 그 집에 갔다 오소. 사정이 급박하니 빠르면 빠를수록 좋을 거요. 그리고 만나거든 근사하게 얘기하시오."
하고 요네코를 보냈다. 요네코가 나가기 전 그 헌병의 성명과 주소를 적게 하고 그 종이를 받아두기도 했다. 정사를 하고 나면 으레 잠이 온다. 종문은 실컷 잠을 잤다. 두 시간 남짓한 시간이 흘렀다.

요네코가 깨우는 바람에 잠을 깼다. 요네코는 추운 날씨인데도 이마에 땀을 서리고 있었다.

"여보, 이걸 당신에게 드리랬어요. 그리고 아무쪼록 자기를 무사하게만 일본에 돌아가도록 해달랬어요."
하고 저자 바구니에서 커다란 목침덩이 같은 꾸러미를 꺼냈다.

"아마 아편인가 보죠."

종문은 꾸러미를 끌렀다. 단단한 늄 상자에 하얀 가루가 꽉 차 있었다. 종문은 가슴이 두근거렸다. 처음 보는 아편이긴 했지만 금값보다 비싸다는 것이 실히 다섯 근의 무게가 되어 보였으니 흥분하지 않을 도리가 없었다. 그러나 종문은 대수롭지 않은 것처럼 표정을 꾸미고 대강의 경위를 물었다.

요네코는 일본 헌병, 특히 찾아간 그 사람이 아편을 가지고 있다는 사실을 미군의 수사기관이 탐지하고 찾고 있는 모양이라고 말했더니 그 헌병 조장은 새파랗게 질려 어쩔 줄을 몰랐다. 이어 요네코는 자기가 가장 믿을 수 있고 친분이 두터운 사람이 아편을 나눠주기만 하면 절대로 안전을 보장해준다고 말하더라고 했다.

조장이

"정말 그럴 수 있느냐?"
고 따지기에 생명을 걸고라도 보장할 수 있다고 말했다는 것이다.

종문의 짐작은 정통을 찔렀다. 그즈음 미군의 수사기관은 일본의 헌병이 아편을 가지고 있다는 정보를 입수하고 신경을 곤두세우고 있었다. 그런 정보가 이미 일본 헌병들에게도 흘러들어가 있어 그들은 전전긍긍하고 있는 형편이었다. 게다가 요네코가 찾아간 그 헌병 조장은 우노宇野라는 사람이었는데 한국인 사회에 악명이 높았을 뿐 아니라, 경성헌병대에선 대장 다음가는 실권자였다. 그런 처지에 있는 사람이고 보니 요네코의 당돌한 내방과 그 얘기에 안절부절못했던 모양이다.

"그걸 아주 으슥한 곳에 숨겨두었던 것 같애요. 가지고 오는 데 꽤 시간이 걸렸거든요. 어떻게 하더라도 그 사람에게 탈이 없도록 해주십시오. 같이 일본으로 돌아가야 할 사인데 만일에 무슨 일이라도 있으면 내 입장이 곤란해요."

"걱정 마소."

종문은 대견스럽게 말하고, 다시 요네코는 옷을 벗고 눕기가 바쁘게 곧 신음 소리를 내기 시작하며 그 소리의 사이사이로 속삭였다.

"당신이야말로 남자 중의 남자예요. 그런 당신을 떠나야 하다니……."

신음 소리는 울음으로 변했다. 이별을 예기한 울음인지, 또 다른 뜻의 울음인지 분간 못할 그 울음소리는 이제 조용해진 2층에까지 들릴 정도로 높아져갔다.

그날 밤 종문은 요네코의 집에서 잤다. 수송동엔 몸이 불편해서 병원에서 하룻밤을 묵었다고 핑계하면 될 것 같아서였다. 금값보다도 비싼 재물을 가지고 있다는 자신이 종문을 대담하게 했는지도 모른다.

요네코는 그 이튿날에라도 집에 이종문이란 문패를 걸라고 했다. 그 전에도 간혹 집에 침입해 들려는 사람이 있었는데 일인 철거령이 내린

날마다 좋은 날

지금엔 그럴 위험이 더 심할 것이란 이유에서다.

이튿날 종문은 버젓이 하세카와초의 그 집에 문패를 걸었다. 그리고 아편이 든 상자를 부엌 천장의 판자를 헐고 단단히 숨겨놓고는 거리로 나왔다.

'저것이 금값보다 비싸다고 하니 금값을 알아보면 대강 알 것 아니가. 다섯 근쯤 되는 금값이 얼마나 되느냐고 물어보면 될 기 아니가.'

그러나 서둘지 말라는 내심의 소리가 있었다. 공연히 금값을 묻고 돌아다니다가 의심을 살 염려가 있기 때문이다.

'횡재한 돈은 절이 식도록 깊이깊이 간수해두어야 한다.'

이것은 노름꾼의 지혜다. 노름을 해서 큰돈을 잡았다고 해서 그걸 가지고 곧 논밭을 사거나 여봐란듯이 쓰거나 해선 안 된다는 뜻이다.

'이제 이 박사의 쌀값 걱정은 없다.'

'호주머니가 비어도 궁색하지 않을 기다. 부자는 돈이 떨어져도 궁색하지 않다. 한 푼 없어도 마시고 먹고 할 수가 있다. 자신이 있응께.'

종문은 허리를 펴고 대로를 활보했다. 어쩌다 골목 사이에서 차가운 바람이 불어오는데도 춥지가 않았다. 지프차를 몰고 획획 달려가고 있는 미군들을 곡마단의 곡예사들 보듯 활달한 웃음을 띠고 바라볼 수가 있었다.

서울은 바야흐로 이종문의 서울이 되었다. 이종문은 내친김에 전차를 타고 탑골 차진희를 찾았다. 집을 지키고 있는 노파에게 차진희에게 전해달라며 이런 말을 남겨놓았다.

"새댁이 오거든 이종문이란 사람, 인자 부자가 되었다쿠소. 그리고 또 찾아올 기라쿠소이."

12월 1일, 눈이 내리고 있었다.

서울운동장에서 임시정부 환국 봉영회奉迎會가 열렸다. 손에 손에 태극기를 들고 3만여 시민이 모였다. 이승만과 김구는 훨훨 휘날리는 눈을 하늘에서 뿌린 꽃가루처럼 느끼며 운동장을 메운 환영 군중을 지켜보았다.

"갈망하던 임시정부 간부가 환국하셨으니 이 지도자의 명령에 절대 복종합시다."

오세창의 개회사였다. 이어 이인의 봉영문 낭독이 있었고, 권동진 선창의 만세 삼창이 있었다. 이종문도 그 군중의 틈에 끼어 목이 터져라 만세를 불렀다. '이승만 박사 만세'를 부를 때는 더욱 열을 올렸다.

대회가 기행렬旗行列로 옮아갔을 때 이종문은 대열에서 빠져나와 하세카와초로 달려갔다. 바로 그날 밤차를 타고 모토야마 요네코가 떠나게 되어 있었다.

마지막 인사가 있어야 했다. 종문의 몫으로 남겨둔 이불을 깔았다. 그 행사를 위해서만 입은 새 옷을 요네코는 한 겹 두 겹 벗었다. 행사를 끝내고 자리에서 일어나려는 순간 요네코는 종문의 알몸 가슴에 얼굴을 비벼대며 한동안 울었다. 그리고 아까의 그 옷은 챙겨넣고 몸뻬 차림이 되더니 얌전히 무릎을 꿇고 정중히 절을 했다.

"오랫동안 많은 신세를 졌습니다."

자동차로 서울역에 가서 무거운 트렁크와 보따리를 종문이 손수 플랫폼까지 날랐다. 플랫폼은 돌아가는 일본 사람들로 붐비고 있었다. 기차에 오르려는 찰나 요네코는 종문의 가슴에 이마를 대고 소리 없이 울었다.

종문으로서도 감회가 없을 수 없었다. 정답게 요네코의 어깨를 어루

만지며 서툰 일본말로 울먹거렸다.

"일본으로 돌아가도 신통치 않거든 다시 조선으로 오이소. 당신 집은 언제고 내가 보관하고 있을 긴께."

막상 건성으로 한 말이 아니다. 남편을 잃고 거의 빈주먹으로 돌아가는 그 여자에겐 고향도 예전 같지 않을 것이라 싶으니 자연 그런 말이 나오게 된 것이다.

기차는 혼잡을 이루어 뒤에서 힘껏 밀어넣어주어야만 승강구를 비집고 들어설 수 있을 정도였다. 종문은 요네코의 그 탐스러운 궁둥이를 밀어주면서

'뭐니뭐니 해도 이 여자야말로 나한테 소중한 여자다.'
란 생각을 했다.

이 여자 덕분에 서울에 온 이래 성욕에 기갈을 느끼지 않았고, 큼직한 집을 마련했을 뿐만 아니라 상당한 재물까지 횡재할 수 있었으니 말이다. 종문은 차진희만 나타나지 않았더라면 무슨 수단을 써서라도 요네코를 빼돌려 돌아가지 못하게 했을 것이었다. 더욱이 요네코와의 정사는 종문이 생애 처음으로 맛볼 수 있었던 음락淫樂이었다. 그러나 지나간 일이다.

기차가 떠나자 그 순간부터 종문은 모토야마 요네코를 머릿속에서 지워버렸다. 빨리 자기의 문패가 달린 그 집으로 돌아가야겠다는 생각과 이젠 차진희를 그 집으로 데리고 와야겠다는 궁리가 겹쳤다.

왠지 마음이 초조해서 바쁜 걸음으로 하세카와초로 왔다. 종문의 예감이 들어맞았다. 밤눈에 뚜렷하진 않았지만 4, 5명의 사람들이 집 앞에 서성거리고 있었다. 가까이 가보니 그 가운데의 한 사람이 현관문의 열쇠를 비틀고 있었다.

"뭣 하는 기요?"

종문이 와락 그 사나이를 밀치며 고함을 질렀다. 상대도 만만치 않았다.

"왜 간섭이야?"

하며 현관 쪽으로 다가섰다.

"남의 집을 우짤라쿠노?"

"남의 집을 가지구 당신은 왜 시비야?"

"남의 집이란 당신에게 남의 집이란 말이다. 이건 내 집이다. 자 봐라, 문패를 보란 말이다."

"이게 일본놈 집이지 어째서 당신 집야. 문패만 붙여놓으면 단가?"

"뭐라캐도 이 집은 내 집잉께 썩 물러가!"

"썩 물러가? 이게 네 집이면 나도 이 집 주인이다. 일본놈 재산은 우리 모두의 재산이란 말야."

그러고는 4, 5명의 사람들이 제각기 무슨 소릴 지껄이며 우르르 몰려와 종문을 떠밀려고 했다. 그 가운덴 여자도 섞여 있었다.

"우린 귀환동포요. 같이 삽시다."

하는 소리도 들렸다.

종문이 와락 그 무리들에게 달려들어 가슴을 밀기도 하고 발길질을 하기도 하며 호통을 쳤다.

"사람 몰라보고 덤비지 마. 내가 누군 줄 알고 이러나. 나는 애국자 양근환 선생의 부하다. 뼈가지라도 찾을 생각 있으몬 당장 물러가. 서울 한복판에 이만한 집 걸머쥔 놈이몬 대강 알아봐야제."

시비는 어이없게 끝났다. 종문의 기세에 눌렸는지 그 무리들은 알아듣지 못할 소릴 투덜대며 어둠 속으로 사라져갔다. 종문은 숨을 돌려 현관문을 열고 스위치를 찾아 불을 켜곤 다시 현관문을 잠그고 방으로 들어갔다.

하마터면 큰일 날 뻔했다는 생각에 식은땀이 등에 고였다. 누구든 빈집이라고 보고 일본인 가옥에 들어와 붙기만 하면 폭력사태 이외의 수단으론 내쫓을 권리도 명분도 없었던 그때의 상황이었다.

'제기랄, 10년 공부 나무아미타불 될 뻔했다.'

이렇게 중얼거리며 종문은 아까 요네코와 마지막 정사를 치르고 방 한구석에 포개놓은 이불 위에 푹석 주저앉았다. 그리고 담배를 피워 물었다.

7

썩어가는 냄새가 나는가 부다.

빌딩 위로 까마귀가 날고 골목마다 파리 떼가 웅성거린다.

제법 멋진 자동차가 광화문 거리를 달리고 있기에 들여다보았더니, 그 안엔 여우가 타고 있었다.

해방된 지 반년도 채 못 된 서울의,

우리의 서울의, 오늘의 풍경이다.

낮엔 태양이 부끄럽고

밤엔 꿈이 괴롭다.

'시를 못 쓰는 밤'에 어느 시인은 일기에 이런 기록을 남겼다. 까마귀가 날고 파리 떼가 웅성거리고 여우가 뽐내기 시작하면 사람은 꿈에서조차 괴로워하게 된다.

그러나 우리의 이종문은 밤마다 화려한 꿈을 꾸었다. 더욱이 그 밤은 요네코로부터 물려받은 집에 혼자 자리를 깔고 누워 천장을 쳐다보고 있으니, 문을 부수고 들어서려던 아까의 무리를 쫓아버린 자기가 무슨 무공을 세운 것처럼 느껴져 대견하기만 했다.

아래위로 일곱 개의 방이 있는 큰 집이고 부엌의 천장 속엔 '아편'이란 이름의 재물이 감추어져 있다. 별의별 공상이 뭉게구름처럼 솟았다. 공상이 다 꿈이 되고 꿈은 다시 공상으로 변했다.

그런데 종문의 꿈과 공상은 어디까지나 구체적이고 실질적이란 데 그 특색이 있다.

'집 생겼것다, 약간의 재산도 만들어놓았것다, 인자 그 새댁이만 데러디놓으몬 되는 기다.'

종문은 고향의 들을 차진희와 함께 날씬한 자가용차를 타고 달리는 공상을 꿈으로 바꾸면서 잠에 빠졌다.

얼만가의 시간이 흘렀다. '쾅, 쾅' 하는 소리가 현관 쪽에서 울려왔다. 귀로 듣기 전에 골이 울렸다.

'쾅 쾅 쾅'

'쾅 쾅'

종문이 벌떡 일어나 앉았다. '쾅 쾅 쾅' 분명히 망치 같은 것으로 현관문을 치고 있는 소리다. 종문이 현관으로 뛰어나가 버티어 서서 고함을 질렀다.

"누꼬? 누가 이러노?"

종문이 다시 한 번 고함을 질렀다.

"문 좀 열라우요."

나지막한 목소리가 위압적으로 들려왔다. 등골이 오싹했다.

"누군지 알아야 문을 열든 말든 할 거 아이가."

"안 열어주면 부시고라도 들어갈 테잉께이."

또 다른 목소리였는데

"쉬잇."

하는 소리가 잇따랐다.

"문을 열라우요. 우리 의논을 하자우요."

"의논할 놈이 밤중에 남의 집을 뿌술라캐?"

"문을 앙이 여니까 부시고라도 들어가야지비."

이건 또 다른 목소리다. 풍겨오는 기미로 봐서 줄잡아 7, 8명이 되는 수가 아닐까 했다.

"남의 집을 뿌술라쿠는 것 본께 네놈들은 화적들이로구나. 절대로 문 안 열어줄낑께 물러가!"

"화적? 이 간나새끼, 네놈이 화적놈이다. 이게 뉘기 집인데 너 혼자 살겠다 그러니?"

"이건 내 집이다. 내 집에 내가 사는디 누가 간섭할 끼고. 썩 안 물러가몬 재미없다, 재미없어."

"이 문 앙이 열겠니?"

하는 소리와 함께 망치 소리가 다시 울렸다. 장도리로 못을 빼서 문짝을 송두리째 뜯어내려는 작정인가 보았다. 망치 소리가 요란하게 이어졌다.

"이 화적 같은 놈들아. 내가 네놈들을 이 집 안에 들여놓을 성싶으냐? 어림도 없다. 어림도 없어."

종문은 소리소리 지르며 부엌에 가서 못과 망치를 가져와선 안에서 못질을 하기 시작했다. 마구 부숴버리지 않곤 문짝을 떼어낼 수 없도록 하려는 것이다. 안팎에서 망치 소리가 한동안 요란하게 계속됐다.

아무리 서둘러도 안 된다는 것을 알아차렸음인지 밖에서 다시 욕설이 시작됐다.

"야, 이 거랑말코 같은 새끼. 이 문 안 열간?"

"니끼미 ×이다. 놈들아, 와 내가 문을 열 끼고."

종문도 지지 않고 대꾸했다.

"야, 이 거랑말코 암놈산에 땅땅 갈구리 들어간다. 문 안 열간?"

"니끼미 ×에 전봇대나 탕탕 틀어박아라."

"야, 이 종간나새끼! 없는 사람끼리 같이 살면 어떠니? 인도깨비 같은 녀석!."

"도깨비는 임마, 네놈들이다. 야밤중에 지랄하는 네놈들이 도깨비 아니고 뭣고."

"안 되갔서. 저 간나새끼 맛을 좀 뵈주어야 해. 자, 이 집을 몽땅 뿌았자꾸나."

그러고는 망치로 유리를 건드렸다. 그러나 유리는 깨지지 않았다.

유리를 부수진 말라고 말리는 소리도 들렸다.

"흥, 뿌숫기만 해봐라. 아무리 지금 법이 없어도 집 뿌숫는 놈은 가만 안 둘끼다."

이렇게 위협조로 말해놓고 종문은 2층으로 올라갔다. 덧문을 열었다. 덧문을 열며 일본집은 이래서 좋다는 생각을 했다. 아래 위층으로 덧문이 단단하게 닫혀 있기 때문에 현관문만 야무지게 지키면 침입을 막을 수 있는 것이다.

덧문을 열자 차가운 바깥바람이 들이쳤다. 콧구멍 속이 금세 따끔했다. 모진 강추위라고 느껴졌다.

하늘은 동이 틀락말락하고 가등街燈도 얼어붙은 듯 싸늘했다. 종문은 망치질을 하고 있는 아래쪽을 봤다. 짐작대로 7, 8명쯤 되는 사람들이 소리소리 지르며 현관 앞에서 서성대고 있었다.

종문에게 약간의 시심詩心이 있었더라면 모진 강추위로 만상이 얼어붙은 듯한 그 시간에 집을 빼앗자고 서둘고 있는 무리들에게 다소나마 동정 비슷한 감정이라도 가졌을 것이지만 이종문은 그러질 못했다. 아래를 보고 소리쳤다.

"네놈들이 아무리 덤벼봐라. 내가 까딱이라도 하는가."

그들 시선이 일제히 종문에게로 쏟아졌다.

"야, 민하게 굴지 말라이. 우린 귀환동포다. 도마 위에 오른 고긴디. 끝까지 한다면 한다!"

이어 중구난방의 말이 쏟아져 나왔다. 종문은 저건 평안도 사투리, 저건 함경도 사투리란 걸 대강 짐작할 뿐 그 뜻을 전부 알아차릴 순 없었다. 그래도 이편에서는 욕설로 대항하고 있으면 되는 것이었다. 거리낌도 없었다.

"집이 넓으니 같이 살자는 건데 댁은 왜 그러시오?"

나이가 든 듯한 사람이 점잖게 한마디 해왔다.

"집이 김해 들판만큼 널러도 너이들 화적놈들하곤 같이 못 살갔다."

"공짜로 생긴 것 네레 독차지하간? 같이 살자우야."

"공짜? 이 새끼들아, 내가 공짜로 이 집을 차지한 줄 아나? 나는 떳떳이 값을 치르고 이 집을 샀다."

"간나새끼, 거짓말 수태 하누만."

종문은 이 집을 마련하기 위해 정액을 한 말쯤은 쏟았다고 빈정거리고 싶었으나 이웃의 귀가 두려워 참았다.

어느 사이 주위가 환히 밝아왔다. 현관 앞에 몰려든 사람들 얼굴의 윤곽이 뚜렷하게 나타났다. 하나같이 남루한 옷을 더덕더덕 껴입은, 어느 모로 보나 피난민의 몰골이다. 그러나 동정할 마음의 여유가 있을 까닭이 없다. 종문이 저편으로 지나가는 행인의 모습을 보자 소리를 질렀다.

"여보이소. 화적들이 남의 집을 뿌술라쿤다고 경찰서에 연락 좀 해 주소."

행인은 이편으로 고개를 돌리긴 했으나 알아들었는지 못 알아들었는지 그냥 지나쳐버렸다.

현관 앞에 모인 사람들은 장기전으로 나갈 모양이었다. 계단에 앉아버리는 사람도 있었다. 종문은 경찰이 온다면 이 사건을 어떻게 처리할까 하고 궁리해보았다. 적산敵産이니 같이 살라고 할지도 몰랐다. 중재역을 맡고 나설지도 몰랐다. 어떤 경우이건 이종문은 요네코와의 사이에 맺은 계약서를 내밀고 버틸 작정이었지만 귀찮은 일이 연거푸 예상되기도 해서 우울했다.

다시 망치 소리가 들려왔다. 이번엔 현관이 아니고 현관 옆 덧문을 두들기고 있었다. 덧문을 뜯어내려는 작정으로 보였다. 종문은 와락 불안해졌다.

"이 불한당 같은 놈들아. 참말로 집을 부술 끼가?"

"야, 종간나새끼. 집 부셔지는 기 겁나거든 문을 열어야."

누런 이빨을 드러내보이며 종문을 쳐다보고 한 놈이 내뱉듯이 말했다.

종문이 아래로 뛰어내려 놈들의 멱살을 잡고 내동댕이쳐주고 싶은 충동에 사로잡혔다. 그래

"이놈은 새끼들. 허리뼈를 부찔러놓을 끼다."

하고 뛰어내릴 자세를 취하려는데 이웃집들의 문이 열리고 이곳저곳에서 사람들이 모여들기 시작했다. 이웃은 대강 일본인 집에 들어사는

사람들이어서 자기들의 권익을 옹호하기 위해서도 그런 폭력사태를 용인할 수 없었다. 7, 8명의 수론 감당하기 어려울 만큼 이웃사람들이 모여들었다.

"아무리 해방 후 무법천지가 됐기로서니 이런 무리한 짓이 어딨단 말요?"
하고 고함을 지르는 소리도 들렸고,

"일본 사람 집이라고 누구나 마음대로 하는 건 줄 아우? 모두 무슨 이유나 연고가 있어서 살고 있는 거유."
하며 타이르는 소리도 들렸다.

그들도 무어라고 떠들어대는 것 같았지만 대중의 위력은 강했다. 악착같이 덤빌 요량으로 왔던 그들도 물러서지 않을 수 없었다. 어색한 감정이 그들의 뒷모습에 완연했다. 그들이 물러가자 이웃 사람들도 흩어졌다. 그 가운데 노인 하나가 2층의 종문을 쳐다보며,

"당신 운수 좋소. 하마터면 금싸래기 같은 집 한 채 뺏길 뻔했소. 이웃사촌이란 이래서 좋은 거유. 나는 바로 저게 사는 사람이오."
하고 자기 집을 가리켰다.

"고맙습니다. 나중에 술이라도 한잔 사겠습니다."

아래로 내려와 종문은 수도꼭지를 틀어 벌컥벌컥 냉수를 켰다. 얼음처럼 차가웠는데도 그 차가움을 느끼지 못했다. 종문은 기진맥진 자리에 벌렁 드러누워 천장을 향해 중얼거렸다.

"공짜보다 비싼 게 없다쿠더니……. 세상에 공짜라쿠는 건 없는 기고나."

그리고 길게 한숨을 내쉬었다.

이웃사촌을 들먹였겠다. 그 영감에게 종문은 수월하게 집을 봐달라고 부탁할 수 있었다.

"걱정 마오. 세상이 무너져도 집은 내가 잘 지킬께."

안으로 자물쇠를 잠그는 소리를 등 뒤로 듣고 종문은 수송동으로 달려갔다. 헐레벌떡 들어서는 종문을 보고 성철주가 빈정댔다.

"아무래도 이 동지, 바람이 난 것 같구라."

"바람이 다 뭡니꺼?"

종문은 문창곡과 성철주의 얼굴을 번갈아 보며 사정 설명을 했다.

사정 설명이래야 거짓말이 반 이상이다.

"우리 시골에 살던 일본놈이 서울로 이사를 왔는디 그놈을 며칠 전 만났거든요. 집을 나서러 맡아달라 안 캅니꺼. 좋다고 그랬습니다. 그런디 그 일본놈이 어제 떠났거든요. 서울역에까지 전송해놓고 돌아온께 여나뭇은 되는 사람들이 몰려와서 그 집 문을 뿌수고 들어갈라 안 캅니꺼, 한바탕 싸왔십니다. 겨우 쫓아보내고 이리 올라캤지만 안심이 안 돼서 그 집에사 안 잤습니꺼. 그랬는디 새복에 또 그패들이 몰려왔단 말입니다. 망치를 갖고 마구 문을 뿌술라쿠는 거라요. 세 시간이나 싸왔십니다. 이웃 사람들이 나서서 그놈들을 돌려보내긴 했는디 아무래도 안심이 안 됩니더. 젊은 사람 둘만 나랑 같이 있기 해주몬 좋겠십니더."

창곡이 종문의 말을 듣고 빙그레 웃었다.

"중국엘 가서 장군 못 된 사람도 바보, 미국엘 가서 박사 못 된 사람도 바보, 요즘 이 판국에 적산 집 하나 차지 못한 놈도 바보라는 말이 나돌던데, 그러고 보니 이 동지는 바보는 면했구먼."

약간 빈정대는 투의 말이긴 했으나 창곡은 종문의 일을 친절하게 보살펴주었다. 수송동 합숙소에서 '똘마니'라고 불리는 김춘동과 창곡의 먼 조카뻘이 된다는 문영수 소년을 종문이 데리고 가도록 해주었고, 앞으로 종문은 합숙소의 규칙에 구애를 받을 필요 없이 자유스럽게 행동할 수 있도록 양근환 선생의 허락을 받아주겠다고도 했다.

"무슨 일만 생기면 똘마니나 영수를 이곳으로 보내슈. 내가 우리 동지들 이끌고 원병으로 달려갈 테니까."

성철주는 제법 호기를 보였다.

"집이 생겼으니 마누라가 있어야 할 게 아뇨?"

창곡의 말이다.

"마누라는 차차 구하겠십니다."

차진희의 이름을 입 밖에 내려다가 꿀꺽 참았다.

"이 동지는 운수도 좋구 재주도 좋으니까 마누라 구하기가 그다지 힘들지 않겠지."

성철주도 한마디 했다.

"그보다도 이 동지, 고향은 경상도라고 하니 경상도에서 모셔 오소. 내외는 아무래도 고향이 같아야 좋은 모양이데요."

창곡은 나름대로의 생각으로 그런 말을 하는 것 같았다.

"남남북녀라고 안 합니꺼. 이왕 구할 바에야 북쪽 여자를 구할 깁니더."

"북쪽이면 평안도? 함경도?"

하고 성철주는 손을 저었다.

"이 동지 큰일 날 얘기 하누먼. 평안도 여잔 안 돼요. 수틀리면 사내의 물건을 싹둑 잘라버린단 말여. 또 함경도는 어떻구, 그 기갈에 아마 이 동지는 견뎌내지 못할 거요."

"북쪽 여자라구 다 그럴까, 뭐."

창곡이 웃었다.

"백 명에 아흔아홉 명은 그렇지. 이 동지, 북녘 여자만은 마누라로 안 하는 게 좋아."

철주는 농담기 없이 말했다.

"그라몬 어느 도의 여자가 좋습니꺼?"

종문은 장난삼아 물었다.

"충청도도 못써요. 순한 척 꾸미고 불평과 불만을 잔뜩 가슴속에 감추어두었다가, 터졌다 하면 난리라구요. 석 달 열흘을 연거푸 아옹다옹하는 게 충청도 여자거든. 사내 기름을 말려 죽인다니까."

이렇게 되면 그저 재담이다.

"경상도 여자는 어떻소?"

이번엔 창곡이 물었다.

"경상도 여자는 마음씨는 좋은데 시끄러워서 탈이야. 아무것도 아닌 일 가지구 고함을 질러대니 매일 싸움하는 것 같애. 그러니 경상도 여자는 챙피해서 못써요."

"강원도 여자는?"

창곡이 이어 물었다.

"소금도 없이 감자 먹는 맛이야. 좋지도 나쁘지도 않은 게 강원도 여자지."

"전문적으로 여자 연구만 한 게로구먼."

창곡이 껄껄대고 웃었다. 성철주가 뽐내며 말했다.

"서울 여자도 틀렸수. 서울 여잔 돈 떨어지는 날이 정 떨어지는 날이야. 시골엔 아직 고풍이 있어서 사내 돈 떨어졌다고 딸을 도루 데리고 가거나 하는 일은 없는데, 서울은 그렇잖아. 사위에게 돈이 떨어진 줄을 알면 친정 에미라는 것이 그래도 꾹 참고 살라구 딸을 타이르기는커녕 당장 보따리 싸가지고 돌아와라, 사내가 어디 그놈 한 놈뿐이냐, 이런 식이란 말야."

"그라몬 조선 팔도에서 마누라감 구하기는 틀렸고만요."

"아냐, 좋은 여자가 있지. 여자 가운덴 제주도 여자가 제일이라구. 남편 앉혀놓고 먹여주는 여자는 제주도 여자뿐야. 아내는 추운 겨울 날씨에도 바다에 들어가 조개나 전복을 따오는데 남자는 화로를 안고 방에 앉아 있다가 먹어만 주면 된다니까 말여. 그런데 한 가지 탈이 있지. 제주도 여자는 육지 사람허곤 결혼하길 싫어한다니 말여."

"왜 그럴까요? 육지 사람 연장이 제주도 사내들 연장만 못한가요?"

종문이 이렇게 말하자 창곡과 철주는 껄껄대고 웃었다.

"제주도 사내 연장이라고 해서 별게 있겠수? 그저 습관이겠지. 그런데 제주도 여자 다음이 전라도 여자야. 전라도 여자는 좋아. 정이 있고 상냥하고 말야. 일본 여자를 닮았다누먼. 전라도 여자는 남자가 사업에 실패해서 무일푼이 되어 도저히 같이 못 살 사정이 되면, 자기가 입고 있던 스웨터를 팔아서라도 빈대떡과 술을 산다는 거야. 그래놓곤 한잔 드시요이, 사람 팔자 시간문제라는디 기죽지 마소이, 양지가 음지 되면 음지가 양지 될 날도 있응께이, 어쩌고저쩌고 위로의 말을 하며 술을 권한다는 거야. 어때요, 집 생겼것다, 마누라 구할려면 전라도 여자를 구하소이."

하고 철주는 전라도 사투리를 흉내 내며 웃었다.

"다시 봐야겠어."

창곡이 뚜벅 말했다.

"우리 성 동지가 여자에 관해서 이렇게 박식할 줄은 몰랐는걸."

"팔자가 사나워 나이 사십에 홀아비로 있자니까 여자에 관한 지식만

늘었다우."

성철주는 돌연 씁쓸한 표정이 되었다. 하품을 하곤 담배를 피워 물었다.

창곡이나 철주는 이처럼 감정의 굴곡이 심하다. 금시 쾌활했다가도 별안간 침울하게 된다. 종문은 그 까닭을 모른다. 소싯적부터 허무를 배우고 허무를 익혀버린 테러리스트들의 심정을 그가 이해할 까닭이 없는 것이다.

8

"집엔 안주인이 있어야지."

종문은 그 집의 안주인으로서 차진희를 정해놓고 있었다. 상대방의 감정엔 아랑곳없이 이렇게 멋대로 정해버리는 것이 종문의 특징이다. 그것이 시골의 노름판을 헤매다닐 때부터의 버릇이기도 했다. 그래

"저 자식은 남의 마음을 제 마음처럼 쏠라쿠는 놈."

이란 욕을 얻어먹기도 했다.

똘마니와 영수에게 집을 맡겨놓아도 탈이 없겠다는 자신이 서자 종문은 탑골을 찾아갔다. 추위가 살을 에는 듯한 아침에 갔는데도 진희는 없었다. 어디로 갔느냐고 물었지만 노파의 답은 통명스러웠다.

"일 나갔시유. 어디로 갔는진 몰라유."

그다음엔 진눈깨비가 내리는 저녁나절에 갔다. 그때에도 진희는 없었다. 두 시간 동안이나 골목길을 왔다갔다하며 기다렸으나 진희는 나타나지 않았다. 하는 수 없이 다시 그 검정 대문을 두드리고 할머니를 성가시게 해야만 했다.

"오늘밤 새댁이는 안 돌아올 낍니꺼?"

"밤일이 있대유."

노파는 종문의 코앞에서 매정스럽게 문을 닫아버렸다. 세 번째는 아침이었는데 역시 실패했다. 그런데도 종문은 결코 단념하지 않았다.

'제기랄! 어떤 사람들은 나라를 살라꼬 하는디! 한 사람 여자의 마음을 사지 못해서야 사내 대장부가 될라꼬?'

종문은 네 번째로 탑골을 찾았다. 저녁나절이었다. 가는 도중 선뜻 어떤 생각이 떠올랐다.

'장군을 쏠라몬 먼저 말을 쏴라!'

이것도 노름판에서 배운 문자다.

'제기랄, 말이라쿠는 것이 쪼골쪼골한 할망탕구라!'

하며 피식 웃곤 근처 푸줏간에 들러 고기 세 근을 샀다.

그러고 보니 이빨이 시원찮아 고기를 환영하지 않을지 모른다는 걱정이 일었다.

'제기랄, 떡도 좀 사가자.'

종문은 떡집을 찾아 시루떡, 인절미 등을 잔뜩 사서 한 보따리를 만들었다. 한 손엔 고기, 한 손엔 떡보따리를 들고 탑골 골목을 걸어가니 종문 자신도 우스꽝스러웠다.

'우라부지 우러머니에게 이런 것을 했더라면 효자문 하나쯤은 벌써 섰을 낀디.'

떡보따리와 고기꾸러미를 한 손에 포개들고 종문이 판자문을 두드렸다.

"뉘기유?"

노파의 소리가 응했다.

'귀 한번 밝아 좋다!'

고 생각하고 피식 웃으며 종문이

"언제나 오는 사람입니다."

하고 점잖게 일렀다.

"그 사람 없시유."

"오늘 밤 안 돌아온답디꺼?"

"밤일이 있는지 몰라유."

"하여간 문 좀 열어주소."

"없다는데 문은 열어 뭣 하게유."

"할머니 잡수시라꼬 고기랑 떡이랑 사 왔습니더."

발소리기 편자문 안쪽에 맞는 기색이있다. 판사문이 만쯤 열렸나. 의심과 불신으로 꾀죄죄해진 노파의 눈이 종문의 아래위를 훑었다.

"자, 이것 받으십시오. 이건 고기고요, 이건 떡입니다."

노파는 주저하면서도 그것을 받아들었다. 그러고는

"님자가 가지고 왔다고 말하지요."

하며 문을 닫으려고 했다.

"그런디 할무니, 새댁이가 어디 일하러 나갑니꺼? 그거나 가르쳐주이소."

노파는 당황하는 기색을 보였다. 기분대로라면 이제 막 받은 것을 던져버리고 문을 닫았으면 하는 그런 태도였다. 그러나 팔에 느껴지는 고기와 떡의 부피가 아마 그렇겐 못하게 하는 모양이다. 머뭇거리는 듯하더니

"동대문시장에 재봉공장이 있다우. 그 사람은 거게 나가유."

하고 문을 닫았다.

종문으로선 그만해도 큰 수확을 한 셈이었다. 골목을 빠져나와 어귀에 있는 목로집에 들러 거나하게 술을 마셨다. 추위도 가시고 한결 마음이 포근해졌다. 어두운 골목을 걸어 전찻길을 찾아 나오면서 종문이 흥얼거렸다.
"나는 너를 보기로 공산명월로 보는디, 너는 나를 보기로 흑싸리 껍질로 보는구나, 허랑 허랑 어허랑……."
가락을 붙여 몇 번 되풀이하다가 종문이 길바닥에 탁 가래침을 뱉고는 중얼거렸다.
'제기랄, 두고 봐라. 언젠가 나도 공산명월로 보일 때가 있을 낀게.'

이승만과 김구 사이가 벌어졌다는 소문이 항간에 퍼졌다. 좌익계열은 일사불란하게 조직을 확대해나가는데 우익계열 내부는 서로 시기하고 다투고 하는 바람에 엉망이란 풍문도 돌았다. 종문으로서는 나름대로 걱정이 되지 않는 바는 아니었지만 그 걱정이 실감으로까진 고이지 않았다. 대체로 종문의 이해력을 넘는 일이기도 했다.
'제기랄, 우찌 되는가는 문창곡 동지에게 물어보몬 될 끼고…….'
종문의 절실한 문제는 동대문시장에 있다는 그 재봉공장을 찾는 일이었다. 동대문시장에 들어서보곤 종문은 거기서 무엇을 찾는다는 일이 여간 어려운 노릇이 아니란 걸 알았다. 도대체 어디부터가 동대문시장인지 분간할 수 없을 정도로 넓었다. 게다가 가게와 물건과 사람들이 꽉 차 있어 밀리고 밀려 겨우 요동할 지경이니 무엇을 묻고 찾고 할 겨를도 없다.
'이처럼 추운 날에 뭣 한다고 이렇게 사람들이 모여들었을까.'
종문의 눈에 띈 것은 수없이 쏟아져나와 산더미처럼 군데군데 쌓여 있는 일본 군복이었다. 전쟁에 지고 보니 그 군복들이 모두 소용없어진 것이다. 그러나 누가 즐겨 패전국 군대 옷을 입을 까닭도 없다. 바지 아래쪽을 동이도록 되어 있는 탱크 바지 같은 군복은 농사일을 할 때면 편리할 거라고 짐작하고 고향에 두고 온 두 아들을 생각했다.

'저놈을 몇 벌 사놓을까.'

가게에 들러 값을 물었다. 싸다. 이를테면 썩은 개가죽 값이다. 종문은 한동안 망설이다가 그만두기로 했다. 아무리 편리하다고 썩은 개가죽을 아들에게 입힐 순 없다. 이렇게 생각했다고 해서 이종문이 아이들을 대견스럽게 여기고 있다는 얘기는 아니다. 애비 치고 자식을 생각하지 않는 바는 아니지만 종문에겐 독특한 철학이 있다. 입이 있으면 굶어 죽지 않는다는 철학이다. 누구니 제각기 분복대로 산다는 철학이나. 내버려두어도 제 팔자 제가 가지고 있으니 걱정할 필요가 없다는 철학이다. 이건 상습 노름꾼들의 철학이기도 하다.

'추수도 할 만큼 했을끼고 내 입 하나 덜어준 셈인께 걱정할 필요도 없을끼고……'

종문은 군복 파는 가게를 떠나면서 가족 생각일랑 탈탈 털어버리고 내복을 파는 가게에 들렀다. 겨울 내복 세 벌을 샀다. 똘마니, 영수, 그리고 자기가 입기 위해서다. 에누리 한 푼 하지 않고 값을 치러주곤 물었다.

"이 근처에 재봉공장 없십니꺼?"

"재봉공장? 제품하는 공장 말이죠?"

"아마 그런 길 끼요."

"재봉공장이 한두 개가 아닌데 상호가 뭐죠?"

"상호는 모르겠소."

가게 주인은 어이가 없다는 듯 웃었다.

"서쪽 전찻길 가까이로 가면 재봉공장이 있구, 이편 운동장 쪽으로도 있구, 무려 수십 개가 되는데요, 상호를 모르면 찾기 힘들 꺼요."

"하늘의 별도 셀 참인데……."

하고 종문은 우선 전찻길 쪽의 재봉공장을 둘러보기로 했다.

한나절을 이곳저곳의 재봉공장을 기웃거리며 물어보았으나 그야말로 서울서 김 서방 집을 찾는 격이다. 설렁탕 한 그릇으로 요기하고 오후에도 계속 찾아 헤맸다. 그러는 동안에 몇 번이고 진희를 닮은 여자를 보고 소리를 지르기도 하고 지를 뻔도 했는데 모두 딴 사람이었다.

'오늘 못 찾으면 내일 또 찾지.'

종문이 시장에서 빠져나와 동대문 전차 종점으로 발길을 돌렸을 때다. 바로 옆골목에서 진희가 나타났다. 그때의 가슴 설레임, 종문은 와락 진희를 껴안고 울음을 터뜨렸으면 하는 기분으로 목이 메었다. 그러나 진희의 얼굴엔 별다른 감정의 표시가 없었다.

"시장에 오셨나요?"

부드러운 말씨였지만 종문에겐 쌀쌀하게 들렸다.

"내 새댁이 찾아온 것 아닙니꺼. 아침부터 지금까지 찾아 돌아다니다가 내일 또 올 요량으로 돌아가는 길 아닙니꺼."

"어떻게 내가 이곳에 있는 줄 아셨죠?"

"탑골 할무니헌테 들었습니다."

"할머니가 뭐라고 하셨는데요?"

"동대문 재봉공장에 가셨다고."

"그 말만 듣고 찾아오셨수?"

"그렇습니다."

진희는 정말 어처구니가 없다는 듯 웃었다.
"어디 조용한 곳에 가서 얘기 좀 안 할랍니꺼?"
"그럴 시간이 없어요."
"식사는 해야 할 꺼 아닙니꺼?"
"식사는 이제 막 했는걸요."
"그래도 잠깐 앉을 데로 갑시더. 꼭 해야 할 말이 있습니더."
"항상 하시는 얘기라면 더 이상 들을 필요 없어요."
"항상 하는 얘기라도 까닭이 다릅니더."
"까닭은 달라도 그 얘기가 그 얘기 아녜요?"
"그러질 말고 잠깐만 내 얘기 들어주이소. 큰일 났습니더."

진희는 하는 수 없이 헌책방 근처에 있는 다방으로 송분을 안내했다. 종문은 자리에 앉기가 바쁘게 하세카와초의 집으로 이사했다는 것과 그 집에 주인이 있어야 하는데 차진희가 주인이 되어주어야겠다는 얘기를 늘어놓았다.

진희는 눈을 아래로 깔고 듣고만 있었다.
"우짤 깁니꺼? 새댁이 사람 하나 살려주는 셈 치고요."
"고향에서 부인을 모셔 오세요."

진희가 또박 말했다. 종문은 진희가 사실을 알고 말하는 줄 알고 뜨끔했으나 곧 그럴 까닭이 없다는 것을 깨닫고 단호하게 말했다.
"고향이고 오디고 부인이라쿠는 건 없다고 안 캅니꺼."
"꼭 그러시다면 달리 적당한 분을 구하세요."
"그런 말 마이소. 나 새댁이 아니몬 누구라도 싫소."

종문이 거칠게 말했다. 진희는 종문을 똑바로 바라보곤 다시 시선을 아래로 깔았다.

날마다 좋은 날 249

"부탁입니다. 이번으로서 그 말은 마지막으로 해주세요. 전 그렇게 할 처지가 못 돼요."

"이유가 뭡니꺼."

"이유는 알아 뭣 하시겠어요?"

"그래도요."

"이유는 말씀드릴 수 없어요. 그저 그렇다고만 알아두세요."

종문이 담배를 꺼내 물고 시무룩해지며 뱉듯이 말했다.

"이유를 알 필요도 없습니더. 나는 단념 안 할 낑께. 이 세상에서 안 되몬 저 세상에 가서라도 따라댕길 낑께. 만일 딴 놈, 아니 딴 사람허고 지내는 것만 보몬 살인날 낑께 그렇게 알아두소."

진희는 그 무례한 말에 성을 내기보다 살펴보는 눈이 되었다. 실성을 한 사람이 아닐까 하는 생각이 들어서다.

"나는 그 집을 새댁이 집으로 치고 있습니더. 새댁이 이름으로 넘겨두어도 좋십니더. 탑골에 있는 할머니를 데리고 와서 살아도 좋십니더."

아닌 게 아니라 종문은 실성한 사람처럼 지껄이고 있었다. 그러면서도

'이런 여자를 내 것으로 만들라몬 겁탈하는 수밖에 없다.'

는 생각을 되씹고 있었다. 그러나 진희는 겁탈당할 시간과 기회를 줄 것 같지도 않다.

진희는 종문을 무식하고 미련한데다가 촌스러운 것까진 좋은데 노름꾼으로서의 근성이 몸에 배어 허풍이 심하고 간사하기도 한 몹쓸 사람으로 보고 있는 게 분명했다. 처음엔 순박하다고 생각한 언동도 전후를 맞추어 판단해보면 뻔뻔스러운 수작으로밖엔 보이지 않았으니 진희에게 있어서 종문은 그저 귀찮기만 한, 관심 밖의 사나이였던 것이

다. 그런데 진희는 말로썬 딱 끊는 태도를 보이면서도 왠지 매정스럽게 종문을 대할 수가 없었다. 동정과는 달랐다. 체면의 문제도 아니었다. 그저 막연한 무엇이 있기 때문에 자리를 박차고 다방 밖으로 나가버릴 수가 없는 것이다.

'적당한 여자를 소개라도 해줄까.'

하는 생각을 가져보기도 했는데 그렇게 하다가 오히려 함정에 빠져들지 않을까 하는 두려움을 가졌다.

"전 바빠서 가봐야겠어요."

진희가 일어섰다. 종문도 순순히 일어섰다. 그리고

"어디 있는 줄이나 압시더."

하고 진희를 따라 나섰나. 진희에겐 그것까지 말릴 근기가 없었다. 언젠가의 그 추근추근한 종문의 태도를 상기했기 때문이다.

시장 뒤편, 서울운동장 근처에 있는 재봉공장의 먼지 냄새 나는 계단 어귀에서 진희와 헤어지며 종문은 혀를 차곤 진희의 귀에 못을 박을 셈으로 투덜댔다.

"재봉공장 여직공이 뭣꼬. 내 말 들으몬 고대광실 높은 집에 선녀처럼 모실 낀디, 복을 차고 궁색을 샀고만."

진희는 들은 척도 않고 계단을 밟고 올라가버렸다. 종문은 '닭 쫓던 개'라는 말을 상기했다.

'그렇다. 내 요 꼴이 바로 닭 쫓던 개 꼴이다.'

닭 쫓던 개가 사람이 되려면 술을 마셔야 한다. 종문은 동대문부터 어슬렁어슬렁 걷기 시작했다. 날씨가 풀려 있어서 걷기가 그다지 고통스럽지 않았다.

"제기랄, 뭣이 바쁘다고 모두들 저렇게 환장들이꼬……."

바쁜 걸음으로 이쪽저쪽 인도를 꽉 차게 걷고 있는 사람들의 모습은 그야말로 환장한 꼴들이라고 할 수 있었다. 종문은 걸으면서 지나가는 여자마다 관심의 눈초리를 쏟았다. 수없는 여자들이 지나쳤지만 어느 하나 차진희를 따를 만한 얼굴이 없다.

"두고 봐라! 이년을!"

어느덧 종문의 감정은 진희를 두고 '년' 자를 붙일 만큼 격해 있었다.

"백 번 찍어 안 넘어가는 나무가 있는가 보자."

종문은 이를 갈았다.

국일관 근처에 왔을 때 짧은 겨울 해는 빌딩의 저편으로 지고 땅거미가 어둑어둑 기어들고 있었다. 골목으로 한 대의 자가용차가 미끄러져 들어갔다. 종문은 무심결에 걸음을 바삐 해선 자동차의 뒤를 쫓았다. 자동차는 국일관 앞에 멈췄다. 운전사가 문을 열자 검은 두루마기를 입은 신사가 내렸다. 종문은 본 적이 있는 얼굴이란 생각이 들었다.

"아, 그렇다. 송진우 선생이다."

종문은 송진우를 알아봤다는 게 괜히 자랑스러웠다. 그리고 부러운 마음 한량이 없었다.

"여름엔 항라의 두루막을 잡숫고 겨울엔 검은 공단 두루막을 잡숫고, 나들이엔 자가용차를 타고, 술은 국일관에서 묵는다……. 사람 팔자 저만큼은 되어야 하는 긴디……."

종문이 국일관 앞을 지나 옆골목으로 돌았다. 그 안에 그가 종종 가는 대폿집이 있었다.

아직 손님이 들지 않은 텅 빈 홀을 지나 구석진 방으로 기어들었다. 오늘은 술도 마시고 계집 맛도 보아야 했다. 술은 진희의 쌀쌀함에 대한 울화 때문이고 계집 맛은 요네코가 떠난 이래 자꾸만 사내가 꿈틀거리기 때문이었다.

분 냄새와 머리기름 냄새를 강하게 풍기며 짤따랗게 생긴 작부가 들어와 술상의 저편에 앉았다.

"이왕이몬 옆에 앉아라."

종문은 작부를 자기 곁으로 끌어당겼다. 그런대로 하룻밤 노리갯감으로는 써먹을 수 있을 것 같았다.

"너 이름이 뭣꼬?"

"춘심이에요."

"고향은?"

"전리도 남원요."

"남원이면 춘향이라 해라. 나는 이 도령이다. 그런디 네 몇 살고?"

"열아홉 살 됐어요."

"열아홉이라, 열아홉에 그것 알것나?"

"그것이 뭔데요?"

"남자 여자 재미 보는 것 말이다."

춘심이란 여자는 뾰로통해지며 눈을 치켜올렸다.

"흥, 깔보지 말라 이 말이고나. 허기야 전라도 고기 맛 좋다쿠더라."

종문이 연거푸 석 잔을 들이켜곤 잔 하나를 꽉 채워 춘심에게 내밀었다.

"한 잔 묵어봐라."

춘심인 사양 없이 잔을 받아 단숨에 마셔버렸다.

"요것 봐라, 제법인디?"

"요것 봐라가 뭐예요. 이고 가라면 못 가도 마시고 가라면 가요."

"됐다, 됐어. 모주꾼 이 도령과 모주꾼 춘향이고나. 이거야말로 천생 연분이라쿠는 기다."

종문은 슬그머니 여자의 치마 밑으로 손을 넣었다.

"초저녁부터 왜 이래요?"

"좋은 것, 낮과 밤이 있나 뭐. 초저녁이몬 우떻노?"

종문은 뿌리치는 손에 얼른 100원짜리 몇 장을 집어주었다.

"공짜로 하자는 건 아닝께. 그런디 우선 그게 있는가 없는가 알아봐야 할 끼 아니가?"

"있으니까 걱정 말아요."

"있다고 해도 여러 가지 안 있나. 녹음방초 성화신가 동지섣달 황토밭인가."

"황토밭 귀신 되진 않을 거니 걱정 마세요."

그렇게 말하면서 춘심은 추근대는 종문의 손을 이젠 뿌리치지 않았다.

'제기랄, 잘난 건 돈이로다. 낙동강 노름쟁이 무식꾼도 돈만 있으몬 장안의 한량이로고나.'

종문의 취기는 점점 높아가고 가슴은 탁 트이기 시작했다.

9

종문의 기분은 이처럼 좋아지기만 했는데, 이웃 국일관에서의 송진우는 그날 밤의 사정만으로선 결코 남의 부러움을 받을 만한 처지가 못 되었다.

그날 밤 송진우는 임정 요인 가운데의 몇 사람과 한민당의 간부들을 초청하고 술자리를 베풀었다.

"민족진영의 단결이 목하 무엇보다도 중요하오. 목적이 같고 사상이 같은 처지에 단결이 안 될 까닭이 있겠소? 소이小異를 버리고 대동大同을 취하면 어려운 일이 아니지 않겠소? 그러니 오늘은 우리 허심탄회하게 의견을 교환하고 같이 이 난국을 타개하는 묘책을 강구해봅시다."

송진우의 인사말엔 한 군데도 흠을 잡을 곳이 없었다. 술자리는 화기애애한 가운데 진행되었다. 임정 측의 신익희와 한민당 측의 송진우, 장덕수는 동경유학 시절부터 서로 친숙한 사이라서 정치인들의 모임이라기보다 옛 친구들의 재회라고 할 만한 분위기이기도 했다.

이승만과 김구에 관한 얘기도 나왔다. 독립촉성회의 성격 문제도 화제에 올랐다. 좌익의 동향에 내해선 특별한 관심이 집중되기도 했다. 군정의 정책에 대한 불평과 불만도 털어놓았다. 이어 민족진영의 분열을 책동하는 분자와 움직임에 대해선 다 같이 경각해야 한다는 의견으로 번졌다.

이때였다. 신익희가 돌연,

"좌익에 약점을 잡히지 않으려면, 그리고 떳떳하게 대중 앞에 나설 수 있기 위해선 민족진영 내부의 청소를 해야 할 것인데……."
하는 발언을 했다.

"그게 무슨 소리지? 구체적으로 말해보시오."

송진우가 말했다.

"친일 인사를 함께 묶어놓고 무슨 일을 하겠소?"

신익희의 어조가 약간 강했다.

"친일 인사를 함께 묶어놓았다니, 우리 한민당엔 양심까지 일본놈에게 판 사람은 없소."

송진우도 격한 어조가 되었다.

"국내 인사치고 다소 친일을 하지 않고 어떻게 살아왔겠소?"

조소앙이 넌지시 말했다.

"그럼 국내 인사에겐 정치운동을 할 자격이 없단 말이우?"

송진우가 조소앙의 말을 이렇게 받았다.

"정도를 가려야죠. 친일에도 경중이 있는 것 아뇨?"

조소앙은 조용히 말했다.

"하여간 친일파는 안 됩니다. 민족진영의 대동단결은 숙청을 전제로 해야만 가능하다고 믿소."

이건 신익희의 말이었다. 장덕수가 물끄러미 신익희를 바라보더니 한마디 쏘았다.

"그러면 나는 숙청이 돼야겠구먼."

"어디 설산뿐인가."

신익희가 냉정하게 응대했다. 송진우는 한꺼번에 터뜨렸다.

"여보 해공海公, 그따위 망언이 어딨어. 국내에 발붙일 곳도 없이 된 임정을 누가 맞아들이기로 했다는 것쯤은 알 것 아니오. 우리가 안 했으면 누가 했겠소? 인공人共이 했을 것 같소? 이승만 박사가 서둘러주었을 것 같소? 어디서 그런 큰소리가 나오는 거요. 해외에서 헛고생을 했군. 우리가 일반 대중에게 임정을 떠받들도록 한 것은, 또 하고 있는 것은 3·1운동 이래의 임정의 법통을 중요시하기 때문이지, 노형들 개개인을 위해서인 줄 아시우? 여봐요, 중국에서 궁해빠졌을 때 뭣들 해먹고 살았는지 여기선 모르는 줄 알아? 임정의 간판 밑에 치사스런 당파싸움이나 했지, 뭣을 했단 말여? 국내 인사를 헐뜯으면 당신들의 추악상은 그냥 묻혀 있을 것 같애? 가만히 있기들이나 해요. 국외에서 배는 고팠을 테지만 마음은 편했을 거요. 돌아왔으면 국내 인사들에게 위로의 말 한마디쯤은 있어야 할 건데 되려 무슨 소리를 하는 거여. 국내 인사 숙청 문제 같은 건 바쁘지 않소. 제 살 제가 뜯어먹다가 좌익들에게 먹히지나 말아요. 임정 내부에서도 이런 말을 안 하는 게 현명할 거요."

송진우의 맹렬한 발언에 반대의견을 말하는 사람은 아무도 없었다. 자리는 다시 조용하게 되었으나 술자리를 계속할 흥은 깨어지고 말았다.

대기시켜놓은 기생들을 불러들일 겨를도 없이 산회하고 말았다.

돌아오는 도중 차 안에서 송진우는 장덕수를 향해 침울하게 말했다.

"도대체 저치들은 뭣을 믿고 저러는지 알 수가 없어. 이미 고질이 된 병이 쉽사리 나을 까닭도 없구……. 어차피 우리 당과 임정과는 서로 어울릴 수 없게 됐소. 설산도 명심하시우."

동대문 재봉공장으로 종문이 다시 찾아간 것은 그로부터 일주일쯤 뒤의 일이다. 밤일을 하지 않으면 그맘때쯤 공장이 파할 것이라고 짐작되는 시간에 종문은 그 공장 입구 근처에서 서성거리고 있었다.

그때 서른 남짓한 사나이가 한길에서 공장 안으로 들어가려다 말고 이종문 앞으로 다가섰다.

"당신, 볼일이 있수? 이 공장에……."

"볼일이 있소."

"무슨 볼일이우?"

"사람 만나러 왔소."

"사람이라니 누군데?"

"차진희란 새댁을 만나러 왔소."

그 사나이의 눈이 일순 이상하게 빛났다.

"그 사람허구 당신허군 어떻게 되는 사이죠?"

"그저 아는 사이요."

"그저 알다니?"

사나이는 철저하게 따져보자는 태도로 나왔다. 종문은 왠지 그 사나이에게 적의를 느꼈다. 기름을 반들반들 발라 자국이 완연할 만큼 빗어 넘긴 머리라든가, 푹신해 뵈는 외투의 깃을 세워 입은 꼴이라든가, 핥아놓은 죽사발처럼 매끈하게 다듬어놓은 얼굴 생김새라든가, 어느 모로 보나 얄미움이 치미는 사내라서 종문은 상대도 하지 않으려고 들었다.

조금 시간을 끌었으면 시비가 벌어졌을지 몰랐다. 마침 차진희가 직공들 틈에 섞여 나왔다. 진희는 종문과 같이 서 있는 사내를 힐끔 돌아보더니,

"오래 기다렸어요?"

하고 종문에게만 인사를 했다. 그건 마치 미리 약속이 있었다는 것을 암시하는 말투였다. 종문은 가슴이 부풀 만큼 그 말투가 반가웠다. 그랬는데 한길로 나와 단둘이 되자 진희의 태도는 언제나처럼 쌀쌀하게 굳어졌다.

"오늘 이대로 돌아가세요."

진희는 종문을 보지도 않고 말하며 걸음을 바삐 했다.

"어디 가서 식사라도……."

하는 말이 채 끝나기도 전에 진희는

"안 돼요."

하고 쏘아붙였다.

"우리 집에 한 번이라도 구경오지 않을랍니꺼?"

"이대로 돌아가시라니까요."

진희는 짜증을 냈다. 아무래도 무슨 이유가 있는 것 같았다.

"그럼 또 오겠습니다."

하고 종문은 그 자리에 서버렸다.

어둠이 깔리기 시작하는 거리의 군중 사이로 진희의 뒷모습은 사라져갔다.

또 오겠다고 했는데 거절하는 답이 없는 것이 종문의 가슴에 밝은 등불을 켰다. 그만하면 만족할 만한 일진이라고 할 수가 있었다. 종문은 오던 길을 도로 돌아서 걷기 시작했는데 길가의 전신주에 붙어선 아까의 사나이를 봤다.

'옳지, 이유는 저놈에게 있는 기로구나.'

그런 생각이 일자 종문의 가슴속에 켜졌던 등불이 일시에 꺼져버렸다. 그 대신 맹렬한 적개심이 솟았다.

'저따위 놈에게 진희를 뺏겨? 어림도 없는 일이다.'

종문은 그곳을 지나치고 조금 걸은 뒤에 뒤돌아보았다.

그 사나이는 공장으로 들어가고 있었다. 그 사나이와 약속이 있어서 자기를 따돌린 것이 아니란 점만은 확인할 수가 있어 종문은 마음을 놓았다.

그러나저러나 종문에게 라이벌이 등장한 것만은 사실이었다. 우울한 기분으로 전차를 탔다. 수송동으로 가야겠다고 마음을 먹었다. 모스크바 삼상회담이니 신탁통치니 하는 낯선 문자들이 아침부터 귓전을 스치고 있는데, 그게 뭔지 문창곡에게 물어봐야겠다는 생각이 들기도 했고 오랜만에 창곡과 함께 술을 마시고도 싶었다.

수송동 문창곡의 방엔 젊은 동지들로 꽉 차 있었다. 예상한 대로 신탁통치 문제를 알고 싶어 청년들이 모여든 것이었다. 창곡은 파리한 얼굴을 하고 있었다. 성철주는 투덜대고 있었다.

"좌우를 막론하고 정치하는 놈들 꼴도 보기 싫어. 오죽이나 우리를 얕보았기에 신탁통치한다는 말을 냈겠어. 그게 모두 정치하는 놈들의 실수 때문이 아닌가. 놈들의 꼴로 봐선 신탁통치를 해서 호되게 욕을 보여야 해. 모두들 괜히 잘났다고 찧고 까불고 거지들끼리 자루 째는 꼴을 뵈갖고 이런 꼬락서니를 만든 것 아녀?"

"그 기간이 5년이라고 하니까 그 기간만 기다리면 독립이 될 게 아니에요?"

누군가가 이런 말을 하자 성철주는 버럭 화를 냈다.

"그따위 소린 하지도 말엇. 해방된 감격이 엊그제 일인데도 요 모양 요 꼴인데 5년이나 지내봐. 어떤 놈은 미국에 붙고, 어떤 놈은 노서아에 붙고, 어떤 놈은 영국에 붙고, 어떤 놈은 중국에 붙고 해가지곤 나라 꼴은 엉망으로 될 것이여. 5년은커녕 50년, 500년을 가도 독립은 안 될꺼란 말여. 일본놈 밑에선 잘했든 못했든 독립운동을 하는 시늉이라도 했지만 4대강국을 상대론 입김도 안 들어갈 꺼여."

"그 4대강국이란 게 모두 여론을 존중하는 나라니까 우리가 단결만 하면 그렇게 절망적으로 되진 않을 것 아닐까요?"

또 누군가가 이렇게 말하자 성철주는 기도 안 찬다는 표정으로 소리를 높였다.

"지금 안 되는 단결이 신탁통치하에 된단 말여? 빨갱이들은 노서아의 힘을 믿고 그야말로 못할 짓이 없을 건데, 그런 상황 속에 어떻게 단결이 된단 말여?"

성철주가 이처럼 외치는데도 수송동 합숙소 안에선 정국이 혼란해지기만 하니 신탁통치를 통해서라도 정돈 단계를 마련할 필요가 있지 않을까 하는 의견을 말하는 사람도 있어 토론은 좀처럼 끝나질 않았다.

종문은 신탁통치가 되면 이승만 박사가 아무리 훌륭해도 대통령이 되지 못한다는 사실만을 알았다. 그리고 바로 그 점으로 해서 신탁통치란 것에 적의를 느끼기조차 했다. 그런 만큼 종문은 창곡의 의견이 기다려졌다. 그러나 창곡은 쉽사리 입을 뗄 것 같지 않은 표정으로 묵묵히 앉아 있기만 했다.

종문이 창곡의 귀에 대고 밖으로 나가자고 속삭였다. 창곡이 일어섰다. 그러자

"문 선생님의 의견을 듣고 싶습니다."

하는 소리가 있었다.

창곡은 그 소리 나는 곳을 힐끗 돌아보며 조용히 말했다.

"양 선생님과 충분히 의논을 한 뒤에 내 의견을 말하겠소."

창곡과 종문이 청진동 순댓국집에 자리를 잡았다. 술을 따라놓기가 바쁘게 종문이 물었다.

"신탁통치는 우찌 되는 깁니꺼?"

"신탁통치는 안 됩니다."

창곡의 말은 간단했다.

"명분으로서도 안 되구 사실상으로두 안 되는 거요."

창곡은 이어

"그러나 상당한 난관은 있겠죠. 민족 전체의 의사로서 반대운동을 해야 할 테니까."

하는 말을 덧붙였다.

종문은 괜히 들뜬 기분이 되었다. 신탁통치가 안 되면 불원간 이승만이 대통령이 될 것이란 기분에서다. 종문에게 있어선 기분이 곧 신념이었다.

"그건 그렇구 영수란 놈 밥값 구실이나 하는지 모르겠다."

"아주 똑똑하고 얌전합니더."

"아들처럼 생각해주오. 그애는 불쌍한 아이요. 내년엔 학교엘 보낼 참인데 그때까지만 맡아주오."

"맡다니, 천만의 말씀입니더. 내가 지금 신세를 지고 있는디요. 그리고 학교는 내가 보내겠심더. 걱정 마이소."

"그럼 더욱 고맙구. 나는 워낙 생활능력이 없어놔서……. 앞으로 나라가 잘 되면 조그맣게 논밭을 장만해서 농사를 짓고 살 참인데 그것도 될 것 같질 않구려."

"선생님은 높은 벼슬을 해야 합니더."

"내가 벼슬을 해요?"

창곡은 쓸쓸하게 웃었다.

"하몬, 벼슬을 하셔야지요."

"난 안 돼요. 배운 지식이 있나, 익힌 기술이 있나. 독립운동을 한답시고 떠돌아다니다 보니 어느덧 어중이가 돼버렸어. 생각하면 나 같은 처지의 어중이가 많을 거요. 벼슬은 정신이나 경력만 갖고 되는 게 아니거든. 능력이 있어야 하죠."

"문 선생께 능력이 없다쿠몬 누구에게 있겠습니꺼?"

"질서가 잡힐 때까진 무슨 할 일이 있겠지. 그러나 질서가 잡히고 나면 농사꾼이 될 수밖에. 우리는 아무 데도 쓸모가 없소. 공연히 자존심만 높아가지고 웬만한 자리는 싫구, 능력이 모자란다고 해도 일본놈들에게 아부하던 놈들 밑에서 일할 기분도 없구. 이래저래 불평분자가 생기는 거죠. 당파가 날로 늘어가는 경향도, 당과 당끼리 같은 이념인데도 뭉치지 않는 까닭도 바로 이런 어중이들에게 있는 거요."

"양근환 선생이 높은 자리에 앉으면 선생님도 같이……."

창곡이 빙그레 웃었다.

"양근환 선생도 과도기의 인물입니다. 정상기엔 할 일이 없으신 분이죠. 지금이니까 선생님의 의미가 있지."

창곡은 술이 들어가기만 하면 마음이 침울해지는 그런 인물이었다.

"양근환 선생이나 내나 같은 처지요. 정당을 만들 수도 없구, 어떤 정당에 들어갈 수도 없구……. 뭔가 조금씩 틀리거든. 노동자 농민을 위하는 방도를 강구해야 할 텐데 그 명분을 공산당이 횡령해버렸구, 공산당은 따지고 보면 결코 노동자 농민을 위하는 게 아니거든. 자유를 표방하고 있는 한민당 역시 자유라는 명분을 횡령한 꼬락서니구. 이 박사를 딸차니 앞으로 무슨 짓을 어떻게 할지 모르는, 위험하기 짝이 없는 어른이구. 김구 선생은 그 주변에 다닥다닥 붙어 있는 놈들 꼴 보기 싫어서 존경은 하되 접근하기가 싫구……. 어쨌든 나라만 잘되면야 내 일신의 문제 따위는 팽개쳐버릴 각오는 돼 있지만……."

무식한 종문이 창곡의 이런 말들을 이해할 수 있다는 건 기적과 같은 일이다. 무슨 까닭인지 종문은 성철주의 말은 이해하기 어려운데도 문창곡의 말은 수월하게 알아들을 수가 있었다. 그런 것을 안 탓인지 창곡도 종문을 상대로 자기의 가슴을 열어 보이는 것이다.

"나는 만주에서 많은 독립운동자의 죽음을 보아왔소. 그 가운덴 진짜도 있었고, 가짜도 있었지만 나라와 민족을 위해 목숨을 바친 것만은 사실이거든. 나는 요즘 그 죽음들이 어떤 보람을 가지고 있을까 하는 생각을 해봐요. 독립의 기회가 이처럼 가까워졌는데 모두들 왜 이 지랄인가 싶으니 가슴이 답답해요."

"답답하게만 생각하시니까 그런 것 아닙니꺼. 노름꾼 문자에도 있습니다. 세상은 안경 빛깔대로 변한다쿠는……."

"이 동지 좋은 말을 하누만……. 그런데 언젠가 이 동지가 날 보구 사람을 몇이나 죽였는가고 물었잖소. 지금 내 그 얘길 하리다. 먼 곳에 있는 놈을 쏴서 죽인 것, 말하자면 이름도 얼굴도 모르는 사람을 제외하고도 나는 다섯 사람을 죽였소. 그 가운데 셋은 일본놈이고, 하나는 중국인, 하나는 우리 동포요. 일본놈 셋은 우리 동포에게 아주 악질적으로 굴었던 경찰과 헌병이었고, 중국인과 조선인은 둘 다 밀정이었소. 죽여 마땅한 놈들을 죽였다고 지금도 나는 자신을 가지곤 있소. 그러나 요즘 돼가는 꼴을 보고 앞으로의 전망을 생각하니, 나는 공연한 살인을 한 게 아닌가 하는 뉘우침이 들 때가 있단 말이오……. 허기야 난 맨 처음 사람을 죽였을 때 맹세를 했소. 나는 내가 죽인 생명에 대한 보상의 뜻으로 평생 장가가지 않고 자식을 만들지 않겠다고……. 나라와 민족의 명분으로 사람을 죽일 수 있다곤 해도 생명이란 명분으로서 생각하면 사람이 사람을 죽일 순 없다는 내 나름대로의 신념이 세운 맹세였소. 내 손으로 생명을 죽여놓고 내가 또 다른 생명을 만든다? 안 될 일이라고 생각한 게거든. 어때, 술맛이 떨어지는 얘기지?"

종문은 뭐라 답을 꾸밀 수가 없었다. 술만을 연거푸 들이켰다.

"눈이 온다."

는 소리가 있었다. 골목 가득히 함박눈이 내리고 있었다.

10

 몹시도 추운 날씨다.
 이종문은 외투 깃을 귀 위까지 치켜올리곤 아랫배에 힘을 주며 제자리걸음을 쳤다. 정자옥 앞의 전차 정류장에 5분 동안을 그러고 있는데도 전차가 나타나질 않았다. 전차 종업원들이 노동조합을 만들고 나선 웬일인지 전차의 운행이 불규칙적으로 되었다는 세론이다.
 "아, 추워."
하는 소리가 나기에 고개를 돌려보았다. 외투도 없이 솜바지 저고리를 입은 노동자풍의 사나이였다. 그의 일행인 듯싶은, 일본 군대의 외투를 걸치고 털모자까지 쓴 사나이가 받았다.
 "세한이 춥긴 예사지."
 "그래두 금년의 추위는 너무해."
 "가난한 사람에겐 추위란 언제나 너무하지."
 "몇 놈 얼어죽겠어."
 "일본놈은 갔는데 추위는 조금도 줄어들지 않누만."
 그 말이 종문에겐 우스웠다.
 '일본놈은 갔는데도 추위는 줄어들지 않는다. 일본놈은 갔는데도 얼어죽을 놈의 팔자는 그냥 그 꼴이다. 일본놈은 갔는데도 굶어죽는 팔자도 있다. 일본놈은 갔는데도 전차는 늑장을 부린다……. 일본놈은 갔는데도 나는…….'
 대단한 문자를 배운 것 같아 연이어 그 말을 되뇌고 있는데 전차가 왔다.
 오후 세 시쯤의 전차는 텅 비어 있었다. 전차 속의 공기는 싸늘하게 얼어 있었다. 앉기가 겁이 날 정도로 걸상이 차가워 보인다. 그러나 종문은 점잖게 걸터앉았다. 춥다고 해서 오들오들 떠는 행색은 내지 말아야 한다. 수송동 합숙소에서 생활하는 동안 익힌 지혜다. 모든 사람이 추위를 견디지 못하고 몸을 웅크리고 있는데 자기만 턱 버티고 안 추운 척하고 있는 것도 약간 멋있는 일이다.

종문은 외투 주머니 속에 바스락거리고 있는 종이쪽지를 손끝으로 확인해보았다. 그 종이쪽지엔 하세카와초에 있는 자기 집의 주소가 적혀 있었다. 집을 나올 때 똘마니를 시켜 종이쪽지에 주소를 적어달라고 일렀던 것이다. 종이쪽지를 만지작거리면서 종문은 다시 다짐했다.

'오늘은 무슨 일이 있더라도 가부간 결판을 내야지. 아무리 보잘것 없는 내라고 해서 계집 하나를 갖고 마음을 썩일 순 없는 게 아닌가. 더욱이 그 일을 갖고 해를 넘길 순 없는 일이지.'

종문은 재봉공장의 지배인이란 그 제비새끼처럼 머리를 빗어넘긴, 핥아놓은 죽사발처럼 빤질한 얼굴의 사나이를 눈앞에 그려보며 오늘 수틀리면 한 방 야무지게 갈겨놓아야겠다고 마음을 먹었다. 사흘 전의 일을 생각하니 아랫배로부터 울화가 치밀어 추위쯤은 깡그리 잊을 정도가 되었다.

'이놈의 자식을 오늘은……. 덤벼만 봐라!'

사흘 전의 일이란 이랬다.

종문이 사람을 시켜 진희를 불러놓고 공장 앞 한길에서 서성거리고 있었다. 나타난 것은 진희가 아니고 언젠가의 저녁나절에 만난 그 녀석이었다. 그리고 그 녀석은 대뜸,

"차진희를 찾아온 사람이 당신이유?"

하며 입을 삐쭉했다.

"그렇소."

종문의 대답도 퉁명스러웠다.

"진희는 작업시간이라서 면회를 시킬 수 없으니 그만 돌아가슈."

"당신은 뭐요?"

종문은 덤비는 투로 말했다.

"나는 이 공장의 지배인이오. 그런데 왜 묻죠?"

"하두 도도하게 굴기에 물었다."

"물었다? 참으로 뻔뻔스런 촌놈을 다 보겠구먼."

"뻔뻔스런 촌놈? 너 말 다했구나. 무당 발바닥으로 비비 만든 놈 같은 놈!."

지배인은 어처구니가 없다는 듯

"해방이 된 탓으로 별놈이 다 생긴 거로구먼……. 하여간 면회는 시킬 수 없으니 그리 알기나 해요."

하고 돌아서는 것을, 종문이

"일이 끝날 때까지 기다릴 낑게."

하며 으르렁댔다. 그러자 지배인은 홱 돌아서며,

"기다리든 말든 공장 앞에서 얼쩡거리지 말앗."

하고 제법 호통을 쳤다.

"성냥통 같은 공장 지배인깨나 하니까 눈에 뵈는 게 없는 모양이구만. 행길 간섭까지 다 할라고 드나?"

종문이 너털웃음을 웃었다.

"행길이라도 여긴 우리 공장 앞이야. 그런 무식한 시비 말고 썩 물러서."

지배인은 삿대질까지 하며 덤볐다.

"시비는 누가 걸었는데. 뭐라캐도 나는 여기서 움직이지 않을 낑께."

"참으로 뻔뻔스러운 촌놈이로군."

"뭐라꼬?"

하며 종문은 날쌔게 달려들어 그 지배인이란 녀석의 멱살을 잡았다.

"흥, 좋다. 뻔뻔스러운 촌놈 맛 좀 봐라."

종문은 잡은 멱살을 흔들었다.

"아이구 사람 살려!"

지배인이 지른 비명 때문에 재봉공장에서 우르르 직공들이 몰려나왔다. 대개가 여직공이고 미성년의 사내들이 몇 섞여 있을 뿐이었다. 종문은 한편 지배인의 멱살을 흔들어대면서도 직공들 가운데 차진희가 없나 하고 두리번거렸다. 진희는 그 속에 없었다. 어디선가 이 광경을 보고 있을 것이란 짐작은 들었다.

지배인은 멱살을 풀려고 안간힘을 쓰며 몸부림쳤지만 그게 쉬울 까닭이 없다.

"이놈이 사람을 친다."

"치긴 누가 쳐, 이 건방진 자식."

종문은 둘러싼 직공들에게 들리게 할 양으로 말을 이었다.

"나는 이 공장에 일하고 있는 사람을 찾아온 사람이다. 손님에게 뻔뻔스럽다느니, 촌놈이니, 길에서 기다려선 안 된다느니 하는 그 말버릇이 뭣고……. 작업 중이면 몇 시에 일이 끝나니 그때까지 기다리라든가, 바깥이 추울 테니까 안으로 들어와서 기다리라든가, 그렇게 하는게 손님에 대한 도리가 아닌가 말이다. 종업원을 찾아온 사람이면 모두 공장의 손님이 아니가. 종업원을 찾아온 손님에게 그따위로 하는 놈이 종업원을 사람으로 여기겠나."

종문의 태도가 거친 탓인지 지배인이 본래 인심을 잃고 있었던 탓인지 공장의 종업원들은 겁에 질린 표정으로 지켜보고만 있었는데 길 가던 행인이 잠시 그 광경을 구경하고 있더니 말리려 들었다.
"그만큼 했으면 성이 안 풀렸겠소. 놔주시소."
종문도 약간 겸연쩍던 참이라 멱살을 잡은 손에 다시 한 번 힘을 주어 공장 입구 쪽으로 그 녀석을 홱 밀쳐버리고 손을 놓았다. 비틀거리며 엉덩방아를 찧는 녀석을 직공들이 부축해서 세웠다. 그 몰골이 가소로워 종문이 뱉듯이 말했다.
"모기 힘도 없는 놈이 소갈머리만 더럽게 가꾸어갖고, 퉷!"
"촌놈, 어디 두고 보자."
그래도 입만은 살아서 녀석은 이렇게 악담이를 놀려놓곤 비실비실 공장 안으로 사라져버렸다. 몰려 있던 직공들은 힐끔힐끔 곁눈질을 하며 뒤돌아섰다.
"그 녀석, 언젠가 혼짝이 나야 할 거유."
바로 뒤에서 이런 소리가 들리더니 그 동네에 사는 사람 같아 보이는 중로中老의 사람이 나타났다. 그 사람의 말에 의하면 그 지배인이란 자는 죽은 자형의 공장을 맡아 경영하고 있는 놈인데, 성질이 거만할 뿐 아니라 여직공 가운데 얼굴이 반듯한 여자는 거의 손을 대선 푼돈으로 내쫓곤 하는 버릇을 가졌다는 것이다.
"그 사실을 미리 알았더라면 두서너 대 뺨이라도 갈겨주었을 낀데."
하고 종문은 후회했지만 때는 이미 늦어 있었다.
그러고 난 뒤에도 종문은 약간의 거리를 두고 공장 문을 지켜보며 그 근처에서 서성거리고 있었다. 공장이 파할 시간을 기다릴 참이었다.
한 시간가량이나 그렇게 서성거리고 있는데 어떤 소녀가 공장에서 나와 종문이 있는 곳으로 걸어오더니 지나치는 척하면서 종이쪽지를 쑥 내밀어 건네주곤 큰길 쪽으로 가버렸다.

진희가 보낸 쪽지란 걸 짐작할 수 있었지만 펴보나마나 읽을 줄 모르는 글이 사연을 설명할 까닭이 없었다. 종문은 그때처럼 자기의 무식을 한탄한 적은 없었다.

그는 어슬렁어슬렁 큰길로 나와 쪽지를 읽어줄 사람을 물색했다. 제법 번듯한 외투를 차려 입은 허우대 좋은 중년의 신사가 불과 몇 자밖에 안 되는 언문을 몰라서 누구에게 읽어달라고 부탁하기란 여간 힘드는 일이 아니다. 종문은 수없는 사람을 지나쳐버리고 중학교 1학년쯤으로 보이는 학생을 붙들었다.

"학생, 이것 좀 읽어봐주소."

쪽지를 펴들더니 학생은 이상한 표정을 짓고 종문을 물끄러미 쳐다봤다.

'이 어른이 장난을 하는 건가, 아니면 무슨 수수께끼를 거는 건가.' 하는 그런 표정이었다.

"미안해 학생, 나는 아직 글을 못 배워서 학생에게 부탁하는 거요."

학생은 도무지 믿기지 않는다는 표정으로 다음과 같이 읽었다.

"오늘은 그만 돌아가세요. 밤일이 있을 뿐만 아니라 나가지 못할 사정이 있습니다. 진희."

그래 종문은 그냥 돌아올 수밖에 없었는데 그 지배인이란 녀석을 생각할 때마다 안절부절못할 기분이 되었다. 얼굴이 반듯한 여자면 손을 대는 버릇이 있다는 말도 마음에 걸렸다. 그런 버릇이 있는 놈이 군계일학 같은 차진희에게 눈독을 안 들일 까닭이 없다. 그렇기 때문에 그놈의 언동이 불온한 것이거니 하는 짐작도 들었다. 진희의 행동도 그러고 보니 지나치게 그 지배인에게 신경을 쓰는 것 같은 느낌이었다.

그로부터 사흘 동안을 궁리한 끝에 이종문은 그날로 결판을 내야겠다고 마음을 먹고 강추위를 무릅쓰고 동대문행의 전차를 탄 것이다.

한편 진희의 사정은 이랬다. 진희가 그 재봉 공장에 들어간 것은 탑골 할머니와 사돈관계가 되는 사람이 지배인 오봉두와 친한 사이여서 그의 추천이 있었던 때문이다. 진희는 들어가자마자 후대를 받았다. 여직공 반장이란 감투와 함께 평직공 세 배나 되는 임금을 받게 된 것이다.

그런데 취직한 지 일주일 만에 오봉두는 진희를 유혹할 수단을 부리기 시작했다.

"직매점을 몇 군데 더 마련해야겠는데 장차 그 직매점을 책임져보지 않으렵니까?"

하는 말을 하기도 하고,

"직매점 자리를 같이 찾아봅시다."

하며 밤 시간을 지정하기도 했다.

뿐만 아니라 중국집 같은 데 도사리고 앉아선 의논할 일이 있으니 빨리 와달라는 전갈을 예사로 보내기도 하고, 간부회의를 연답시고 밤중까지 붙들어놓는 수작을 부리기도 했다. 진희는 그의 저의를 번연히 알면서도 다시없는 직장을 얻은 고마움으로 그가 하자는 대로 응했는데, 최후의 순간에 미꾸라지처럼 피해버리곤 했다. 그러는 동안 진희는 여직공 가운데 오봉두와 관계가 있는 여자가 세 사람 있다는 것을 알아차렸다. 진희는 그들과 친하게 사귀어놓곤 오봉두로부터 중국집 같은 데 초대를 받을 땐 무슨 핑계를 달고라도 그 가운데의 하나를 동반했다.

오봉두는 일제 때 상업학교를 졸업한 만큼 아는 것도 많았고 말솜씨도 좋았다. 때를 만나면 큰 벼슬을 하거나 재벌이 될 것이란 허세도 없지 않았고, 여자의 마음을 들뜨게 하고 사로잡는 기술도 보통이 아니었다.

차진희가 재봉공장에 출근하게 된 지 한 달쯤 되었을 무렵이다. 퇴근시간이 가까워졌는데 지배인실로 오라는 전갈이 왔다.

오봉두는 차진희를 보자 사뭇 심각한 표정으로 오늘밤은 긴하게 할 이야기가 있으니 아무도 데려오지 말고 혼자 금강원이란 중국집으로 와달라고 일렀다. 그러곤 서랍 속에서 보석 반지를 꺼내 보이며 수선을 떨었다.

"이걸 누님을 위해서 생일선물로 샀는데, 진희 씨에게도 어울릴 것 같으니 한번 끼어보세요."

"생일선물을 딴 사람이 끼어보면 어떻게 해요?"

진희는 거절했다.

"아냐, 사이즈를 알아볼라는 거니 한번 끼어보우."

"제 사이즈는 알아서 뭣 하게요?"

해놓곤,

"오늘밤엔 집에 딱한 일이 있으니 초대받을 수 없어요."

하고 거절해버렸다.

바로 그날이 이종문이 진희를 처음으로 동대문 재봉공장으로 찾아온 날이다. 그 이튿날도 오봉두는 추근추근댔다.

"어제 찾아온 사람이 누구죠?"

"아는 사람이에요."

"아는 것도 여러 가지 있잖소?"

"그저 아는 사람이에요."

"그저 알다니, 무슨 내용이 있을 것 아뇨?"

"……."

진희는 아무리 오봉두가 추근대도 그 이상 입을 열지 않았다. 그랬던 것인데 난데없이 이종문과 오봉두 사이에 멱살을 잡고 잡히고 하는 사단이 벌어졌다.

그 일이 있은 직후였다. 오봉두는 예정에도 없는 야업을 발표하곤 누구라도 이 야업에 빠지는 사람은 파면처분을 한다는 위협까지 내렸다.

살짝 붉은 빛깔을 풍기며

"우리 공장을 모범적인 민주공장으로 만들겠다."

고 발라넘기던 그 입으로 '무작정 야업' '불복하면 파면'이라고 뇌까린 것이다.

밤 열 시쯤에 차진희는 지배인실로 불려갔다. 다짜고짜 하는 말이 이랬다.

"진희 씨, 그 뻔뻔스런 촌놈허군 어떤 관계요?"

"아는 사람이에요."

"단순히 아는 정도를 갖고 작업 시간에 나타나서 면회를 신청해요?"

"……."

"진희 씨 같은 분이 그런 촌놈을 알고 있다는 게 아무래도 이상하단 말야."

"……."

"무식하구 뻔뻔스럽구…… 완전히 야만인 아뉴? 야만인의 표본 같은 치 아뉴?"

"……."

"그런 놈을 안다는 사실만으로 진희 씨는 더러워지는 거유."

말이 여기에 이르자 진희는 슬그머니 부아가 났다. 이종문이 무식하고 뻔뻔스럽다는 사실은 누구보다도 자기가 잘 알고 있다. 그러나 그렇다고 해서 오봉두의 욕을 먹어야 할 까닭은 없다. 그날의 일은 어떻게 따지더라도 오봉두의 잘못이지 이종문의 잘못은 아니다. 이종문에게 잘못이 있다면 그건 진희, 자기를 너무나 좋아하고 있다는 바로 그 점이 아닌가. 자기를 좋아했기 때문에 오봉두의 모욕을 받아야 하는 종문에게 진희는 미안한 감정마저 가졌다. 그러나 그런 말을 할 수도 없어 덤덤히 서 있는데,

"하기야 진희 씨가 그런 사람을 거들떠보진 않을 것이니 긴 말을 할 필요가 없지만…… 그런 뜻에서, 아니 그런 놈의 침범을 막기 위해서라도 우리는 서로 합의를 해두어야겠소……. 내가 진희 씨를 소중히 하고 있는 마음을 아시겠죠? 나는 진희 씨가 응해주기만 한다면 현재의 처와 이혼할 용의까지 있소."

하곤 일어서더니 오봉두는 진희의 어깨를 안으려고 했다.

진희는 날쌔게 오봉두의 팔을 피했다. 오봉두는 무안한 표정으로 자리에 도로 앉더니 중얼거렸다.

"진희 씨는 아직 내 진심을 모르시는 모양이야."

"지배인님의 진심을 저는 잘 알아요."

침착한 진희의 말에 오봉두는 어리둥절해하는 것 같았다. 진희는 다음의 말을 이으려다가 말고 꼭 같은 말을 되풀이했다.

"지배인님의 진심을 잘 알고 있습니다."

"그렇다면 그처럼 쌀쌀하게 굴 필요는 없지 않소?"

"그러니까 더 이상 제게 아무 말도 말아주었으면 해요."

"그게 무슨 말이지?"

"아는데 새삼스럽게 알리려고 할 필요는 없잖아요?"
"그럼 오늘밤 야업은 열한 시쯤에 끝낼 예정이니까 끝나거든 나와 같이 식사나 하며 얘기 좀 합시다."
"더 얘기를 안 하셔두 지배인님의 진심을 알겠대두요."
"안 것만 갖구 되겠소? 알았으면 호의를 베푸실 줄도 알아야지."
"하여간 알았어요."
"그럼 이따 식사나 같이 합시다."
"그렇게 하죠."
진희는 최근까지 관계가 있었다는 금순이를 그 자리에 데리고 갈 작정을 세우고 이렇게 답했다.
지배인실에서 나오면서 진희는 이종문을 생각했다. 어쩌면 무식한 이종문이 유식한 오봉두보다 수십 배 나은 인물일지도 모른다는 생각이 들었다.

11

종문이 재봉공장 문 앞에 서서 사람을 불렀다. 공장은 2층에 있는 모양이고 아래층은 창고로 쓰고 있는 것 같았다. 미성년으로 보이는 직공이 나타났다.
"차진희 씨를 만나러 왔소. 좀 연락해주이소."
종문은 상대가 소년인데도 정중하게 말했다. 종문이 사흘 전의 바로 그 시각에 공장에 나타난 데는 나름대로의 이유가 있었다. 지배인이란 녀석을 끼어 결판을 내야만 가부간 속이 시원하겠다는 것이고, 작업 시간인데도 불구하고 진희가 만나주기만 하면 당장 결판을 못 내는 경우에라도 앞으로 희망을 걸어볼 수 있는 조건이 되는 것이다.

소년이 올라간 계단 위가 조금 시끄러워진 듯하더니 건장한 체구의 사나이가 하나, 둘, 셋이 나타나고 그 등 뒤에 지배인의 얼굴이 보였다.

"저놈이유?"

하는 말이 들렸다.

"저놈이야."

한 것은 분명히 지배인의 말소리였다.

종문은 건장한 체구의 세 사람이 깡패라는 것을 눈치 챘다. 지배인은 만일의 경우를 위해서 미리 깡패를 사둔 것임이 틀림없었다. 종문은 속으로 웃었다. 그의 경험에 의하면 백주의 대로에선 깡패 상대의 싸움처럼 떳떳한 일은 없다. 마음 놓고 치고받고 해도 상대가 깡패일 것 같으면 경찰에 가서 이편이 손해 볼 건 없는 것이다.

종문은 눈가늠으로 깡패들의 체구를 다뤄보고 별일 없다는 자신을 얻었다. 아무리 체력이 좋아도 관상을 보면 안다. 싸움은 체력만 갖고 되는 것이 아니다. 우둔하게 생긴 녀석은 뚝심만 갖고 덤비지만, 뚝심 같은 건 재치 있는 한 동작으로도 꺾어버릴 수가 있다. 권투나 유도의 기술도 서툴게 가진 놈은 오히려 상대하기 쉽다. 설익은 기술을 믿고 덤비는 놈은 반드시 노출하는 약점이란 게 있다. 그 틈을 타서 아랫배나 불알 같은 델 차버리면 그만이다. 그 대신 이편도 맞을 각오는 해야 한다. 한두 번 얻어맞고 충격을 받은 듯 꾸며갖고 상대방이 안심하는 허를 찔러 불알을 걸어차면 백발백중이다.

노름 끝에 으레 있는 싸움에서 익힌 극히 실리적인 전법을 가진 종문은 순식간에 적들의 됨됨이를 판단하고 자세를 고쳐 서며 고함을 질렀다.

"차진희 씨를 불러주소. 급한 용무가 있다쿠소."

고함은 2층을 통해 차진희가 직접 듣지는 못하더라도 누군가가 듣고 전갈을 되게끔 하기 위한 수단이었다.

"남의 공장에서 왜 떠들어?"

앞장서서 내려온 놈이 제법 호기를 부렸다. 종문이 다시 한 번 고함을 질렀다.

"차진희 씨 면회왔단 말요."

한 놈이 멱살을 잡으려는 것을 종문이 살짝 피하며 팔꿈치로 상대방의 가슴을 쳤다. 피하는 바람에 우연히 팔꿈치가 닿았다는 식으로 꾸민 동작이었다. 멱살을 놓쳤을 뿐 아니라 가슴뼈를 아프게 찔린 놈이 욱 하며 쓰러질 듯허더니 기까스로 몸을 일으켜세워 종문에 넘벼들었다. 종문은 발로 상대방의 정강이를 찼다. 아무리 힘이 센 놈이기로서니 구둣발로 맹렬하게 정강이를 채이고 성할 놈은 없다. 아이구 하고 문간 안쪽으로 뒹굴었다. 그러자 나머지 두 놈이 양편에서 덤볐다. 이때는 벌써 직공들이 2층 계단 위에 몰려나와 있었다. 한두 대 맞을 각오를 하곤

"사람 면회 왔다는데 함부로 사람을 쳐?"

하고 고함을 지르곤 상체를 낮추었다. 턱을 치려던 주먹이 두상을 스쳤다. 하나의 주먹은 어깨를 쳤다. 두상을 친 놈이 주먹의 여세로 앞으로 구부러지는 틈을 타서 그놈의 사타구니를 거슬러 불알을 힘껏 잡았다.

"아이구."

하는 비명이 돼지 먹따는 소리로 들렸다. 그런 동안 종문은 한 놈의 발길질로 옆구리에 심한 타격을 받았으나 아직도 여력은 있었다. 불알을 잡아당겨 한 놈을 콘크리트 바닥에 거꾸러뜨려놓고 그 손을 날쌔게 빼

선 발길질하는 놈의 발을 붙들어 치켜올렸다. 녀석이 공중에 떴다. 그리고 한길 쪽으로 집어던졌다. 그때 지배인이란 놈은 겁에 질려 계단 위로 피하려는 자세를 보였다. 종문은 날쌔게 그곳으로 달려가 활짝 편 손바닥으로 좌우 뺨을 갈겼다.

"비겁한 놈의 자석."

하고 얼굴에 침을 뱉어놓곤 옆구리에 야무진 발길질을 해놓았다. 분은 치밀었지만 그 이상 때릴 순 없었다. 깡패의 경우와는 달리 그놈에게 상처가 나면 뒤가 귀찮아질까 해서다.

각본 그대로인지 경찰이 달려왔다. 경찰은 사색이 되어 있는 깡패들을 보고 이상한 느낌이 들었는지

"이게 어떻게 된 거요?"

하고 물었다.

"저놈이 가택침입하는 것을 막으려고 하니까 저놈이 때려서 이 꼴이 되었소."

지배인 녀석이 뻔뻔스럽게 설명했다.

"누가 먼저 덤볐는데."

종문은 옷에 붙은 먼지를 털면서 이렇게 한마디 했다. 경찰관이 종문을 돌아보더니

"당신은 어디서 굴러먹는 깡패요?"

하고 말했다.

"깡패?"

종문은 허리와 두상, 그리고 어깨 근처가 욱신거리기 시작하는 아픔을 태연히 참고 점잖게 말했다.

"경찰관이면 똑똑히 사실을 알고 나서 말하시오. 누가 깡패란 말요?

나는 당한 사람이오. 허는 수 없이 대항했을 뿐이오."

종문은 말하면서 자기의 말투가 어느덧 문창곡과 성철주를 닮아 있다는 사실을 발견하곤

'나도 많이 늘었다.'

는 흐뭇한 감정을 갖기도 했다. 옛날의 이종문은 경찰관만 보면 무조건 겁이 나서 한 입에 두 말씩 '나으리'를 연발했던 것이다.

"하여간 경찰서로 갑시다."

경찰관이 냉정하게 말했다.

"왜 경찰서로 가는 거요? 경찰서에 갈 놈은 이놈들허구 저 지배인인가 하는 녀석인데."

"물론 그 사람들도 가야지. 그리고 당신도 가야 해요."

"난 잘못이 없는데도?"

"가택침입을 한 건 사실 아뇨?"

"가택침입? 문간에 서서 종업원 면회 신청한 게 가택침입이 되오? 기가 막혀서."

"당신이 뛰어들지 않았소? 그래 우리가 말리려니까 당신이 행패를 부린 것 아뇨?"

깡패 가운데의 하나가 겨우 정신을 차리고 이렇게 떠들었다.

"저놈은 며칠 전에도 우리 공장에 침입하려던 놈이우."

지배인이 말했다.

"어찌 됐든 경찰서로 갑시다. 조사를 해보면 알 테니까."

경찰관이 이렇게 말하고 있을 때 진희가 계단 위에 얼굴을 나타냈다. 종문은 진희를 향해 소리를 쳤다.

"내 지금 경찰서로 가야 할 모양인데, 전화 좀 걸어주소."

하고 수송동 합숙소의 전화번호와 문창곡의 이름을 두 번 세 번 되풀이했다.

"꼭 전화 좀 걸어주소. 이 사람들이 고의로 사람을 몰아넣을 모양인데, 내 뒤에도 사람이 있다는 걸 알려줘야겠소."

그리고 다시 한 번 전화번호를 일러주곤

"자 갑시다. 경찰서로 가든 재판소로 가든."

하고 종문은 앞장서 나섰다.

깡패 세 놈은 비실비실 피하려는 눈치를 보였다. 종문이 벼락같이 호통을 쳤다.

"저놈을 놓쳐선 안 돼. 지배인이란 놈이 저놈들을 매수해갖고 내게 폭행을 하도록 한 기니까 저놈들을 놓치면 나는 당신들 상대로 일을 벌이겠소."

종문을 만만치 않다고 보았는지 경찰들은 깡패들을 다그쳤다. 이렇게 해서 종문은 깡패들과 지배인 오봉두와 더불어 동대문경찰서로 가게 되었다.

택시를 타고 달려온 모양이었다. 문창곡과 성철주는 이미 도착해서 경찰서 정문 앞에 서 있었다. 종문의 일행이 다가서자

"이 동지, 어떻게 된 일이우?"

하고 문창곡이 근심스러운 표정으로 종문의 아래위를 훑어봤다.

"이따 얘기하지요."

취조실로 들어서긴 했는데 취조는 하나마나였다. 사정 얘기를 듣자 성철주가 설쳐댔다. 경찰간부 가운데 아는 사람이 있는 모양으로 아래위로 왔다갔다하더니 오봉두와 깡패들을 폭행죄로 되몰 태세를 만들

어버렸다.

오봉두의 심문이 시작되었다. 그는 끝내 이종문의 가택침입을 들고 굽히지 않았다. 깡패들도 보조를 맞추었다. 상대방은 넷, 이쪽은 하나, 그래가지곤 도저히 말발이 서지 않는다. 드디어 이종문이 그 공장의 직공인 차진희를 증인으로 세워달라고 했다. 진희가 문창곡에게 전화를 걸어준 것이 틀림없으니 자기에게 대한 호의를 의심할 필요는 없었으나, 사건 자체를 위해서보다도 이것을 계기로 진희와 자기와의 관계에 결판을 내야겠다고 생각하고 그런 제의를 한 것이다. 오봉두도 자기 나름으로 자신이 있었던지 진희를 증인으로 부르는 데 동의했다.

경찰서 취조실이란 살풍경한 장소, 그리고 낯선 사람들이 있는 가운데서도 차진희의 태도는 침착하고 점잖았다. 이송분이 만일 그런 어휘를 알고 있었더라면 우아하다고까지 느꼈을 것이다.

경찰관은 먼저 이름을 물었다.

"차진희라고 해요."

그러자 경찰관은 답하기 싫으면 대답하지 않아도 좋다는 설명을 해놓곤 이종문과의 관계를 물었다.

"그저 아는 사람입니다."

몇 번이나 만났는가 하는 질문엔

"노상에서 가끔 만났습니다."

했고, 무슨 일로 찾아오는지 그 이유를 알고 있는가를 물었을 땐

"앞으로 살아갈 문제에 대해서 의논하러 오시는 줄로 압니다."

했다.

아까 이종문이 당신에게 면회신청을 했다는데 연락을 받았습니까, 하는 질문으로 옮아갔다.

"연락을 받지 못했습니다."

이종문이 공장 안으로 뛰어들었다고 하는데, 하자

"그러는 걸 보지 못했습니다."

라고 대답했다.

"2층에 있었으니 문간에서 생긴 일을 알 까닭이 없죠."

오봉두가 거들었다. 그러자 차진희는

"그분은 남의 공장에 함부로 뛰어들 그런 사람은 아닙니다. 면회가 안 되면 몇 시간이라도 밖에서 기다릴 사람입니다."

하고 또박또박 말했다.

가택침입을 할 사람이 아니란 말이지요, 하는 질문이 있었다.

"그렇습니다. 그리고 가택침입을 할 필요가 없습니다. 연락을 받으면 제가 밖으로 나갔을 테니까요."

종문은 어안이 벙벙했다. 진희는 그 지배인에 대항해서 확실히 자기 편을 들고 있는 것이었기 때문이다.

깡패들을 가리키며

"이 사람을 압니까?"

하고 경찰관이 물었다.

"모릅니다."

공장 직원이 아니냐고 되물었다.

"오늘은 몰라도 그제까진 아니었다고 생각합니다."

이 대답이 계기가 되어 오봉두가 그제부터 그 깡패들을 공장에 데려다놓았다는 사실이 밝혀졌다. 차진희의 심문은 끝났다. 차진희는 조용히 물러나갔다.

"이 동지가 뭣이 딱해 그따위 공장에 억지로 들어갈라고 했겠어? 일을 꾸며도 좀 그럴싸하게 꾸미지."

성철주가 투덜대며 오봉두를 노려보고 쏘았다.

"자아식, 생긴 게 벼룩 간 빼먹을 놈처럼 생겼구먼. 계집깨나 울리구."

그리고 깡패를 보곤

"아무리 밥 빌어먹을 데가 없기로서니 이따위 간나새끼의 앞잽이 노릇을 해? 몸뚱아리에 힘깨나 올려가지고 치사하게 구느만."

하고 익살을 퍼부었다.

"이 동지가 장사였길래 다행이지 이놈들에게 크게 당할 뻔했소. 경찰관께선 여기 있는 이놈들을 족쳐야 하우. 엉뚱한 말 듣고 착한 시민 골탕 먹이지 말구."

문창곡이 짐짓 점잖게 말하고 일어섰다.

"이종문 씨는 돌아가시오."

주임급으로 보이는 경찰관이 말했다.

종문은 남아 있는 오봉두와 깡패들을 향해 뭐라 한마디 쏘아붙여주고 싶었지만 차진희의 태도에 흐뭇해진 그의 가슴엔 관용의 바람이 일고 있었다.

경찰서를 나서니 밖은 완전히 밤이었다. 차가운 바람이 일고 있는 거리에 전등불마저 떨고 있는 광경이었지만 종문의 기분은 화창한 봄날처럼 맑고 훈훈했다. 머리·어깨·허리 등에 아직도 타박의 고통이 욱신거렸지만 그것마저 등산한 뒤에 느껴지는 피로처럼 상쾌했다. 곁에서 걷고 있는 문창곡과 성철주가 그지없이 믿음직스럽게 느껴지기도 했다.

경찰서 문을 나와 몇 걸음 걸었을 때 종문은 가로등 밑에 서 있는 차진희를 발견했다.

"새댁이 고맙습니다."

종문의 말이 떨렸다. 진희는 억지로 웃는 얼굴을 지으려고 했으나 그렇게 되지 않는 모양으로 수심이 눈 언저리에 서려 있었다. 진희는 재봉공장을 그만둘 작정을 하고 있는 게 분명했다.

"새댁이 나헌테 오지 않을라몬 내가 좋은 자리를 만들어드리겠습니다."

하고 종문은 호주머니의 쪽지를 꺼내 진희의 손에 쥐어주었다.

"이게 내 집 주숩니다. 꼭 한번 찾아주이소."

그리고 함께 식사라도 하지 않겠느냐고 했는데, 진희는 고개를 저었다.

"그라몬 꼭 한번 찾아주이소. 내일에라도요."

진희는 보일 듯 말듯 승낙하는 표정을 지었다. 종문은 저만큼 떨어져서 기다리는 문창곡과 성철주 곁으로 돌아가서

"오늘 밤 제가 근사하게 한턱 하겠습니다."

하고 호의를 보였다.

"그 여자가 이 동지 색시될 사람이우?"

성철주가 물었다.

"그렇게 됐으면 싶습니다."

"이 동진 눈이 높아. 확실히 눈이 높아."

성철주는 자기 일처럼 기뻐했다. 그러고는 익살이 시작되었다.

"도대체 어디서 그런 큰 고기를 낚았을까. 난 눈을 비비고 돌아다녀도 그런 분 그림자 구경도 못했는데."

"성 동진 북녘 여자는 안 된다고 말했지요? 그분은 바로 북녘 여잡니더."

"북녘 여자라도 100명 가운데 한 사람쯤은 좋은 여자가 안 있을라구.

그분은 200명 가운데의 하나야."

종문의 들뜬 감정이 갑자기 불안으로 바뀌었다.

'과연 진희가 내 곁으로 올까? 그처럼 착하고 귀한 여자가 내 마누라로 되어줄까?'

말문을 닫아버린 종문의 얼굴을 들여다보며 창곡이 물었다.

"이 동지, 갑자기 왜 그러지?"

"와 그런가 자신이 없구만요."

문창곡이 허허 하고 웃었다.

"장사가 꽤나 소심하구먼. 오늘 내가 지켜본 결과에 의하면 그분은 이 동지의 색시가 되고 말 거요."

문창곡은 수심가를 좋아했다. 수심가를 잘 부르는 기생이 다동 정주집에 있었다. 그날 밤의 주연은 거기서 열렸다.

자리를 잡자 문창곡이 벽에 걸린 일력을 보더니 숙연히 말했다.

"1945년도 저물었구나."

"감격은 한때, 고민은 영원."

성철주가 맞장구를 쳤다.

"이런 일 저런 일 다 잊어버리고 우리 술이나 마십시다."

이종문이 술상 빨리 가져오라고 호들갑을 떨었다.

"이 동지는 기운도 좋아."

문창곡이 웃었다.

"기운이 좋다뿐입니까? 두고 보이소. 명년엔 왕왕 밀고 나갈 끼니까."

"헌데 참 이 동진 내년에 몇 살이우?"

성철주가 물었다. 종문은 나이에 생각이 미쳤다.

"마흔, 벌써 마흔이라. 이종문이 내년이면 마흔 살이 되는구나."

마흔이라고 하고 보니 이상한 감이 들었다. 마흔이면 영감이 아닌가. 종문은 자기 아버지 죽은 나이가 마흔이란 걸 깨닫고 우울해졌다. 마흔이면 노인이란 인식에 젖어 있었던 것이다.

"마흔이면 어때. 마음이 제일이지. 나도 후년이면 마흔이 되는구먼."

성철주의 말이다.

'그렇다면 성철주는 내보다 한 살 아래란 말인가. 그런 것을 덮어놓고 형 대접만 했구나.'

술상이 들어왔다. 미향이란 기생의 수심가도 들어왔다. 그 밤따라 정주집 미향의 수심가는 가슴을 에는 듯했다. 창곡은 수심가를 받아 감회를 풀었고 성철주는 노랫가락으로 감회를 풀었다. 이종문은 냅다 소리를 질러 잡가를 불러댔다.

"목침이 새침이 벌어진 곳에

빈대새끼가 제짝이고,

과부 살이 벌어진 데는

호래비 뭣이 제짝이라……."

12

"창이 아부지."

난데없는 소리에 종문은 뒤돌아섰다. 길진섭의 아들 창호가 길을 건너오고 있었다. 무교동에서 소공동으로 빠지는 골목 어귀다.

"창호 아니가."

종문은 반색을 했다. 창호는 종문과 같은 동네에 사는 청년인데 종문이 고향을 뜰 땐 학병에 나가고 집에 없었다.

"아무리 봐도 창이 아부지 같애서."

창호는 여간 반갑지 않다는 투로 말했다.

"우리 다방에나 가서 얘기 좀 하자."

종문이 앞장을 서 근처의 다방에 들었다. 창호에겐 일행이 있었다. 같은 또래의 해맑은 얼굴을 한 호감이 가는 청년이었다.

창호가 말했다.

"제 친구 소개를 하겠습니다. 이 친구는 고향이 마산인디 이동식이라 합니다."

"초면에 실례합니다."

동식이란 청년은 앉은 채 수벅 설을 했다.

"난 이종문이오. 창호 아버지완 친굽니다."

하고는 종문이 물었다.

"이씨라는데 어디 이씨요?"

"경주 이갑니다."

"나는 전주요."

해놓고 종문이 물었다.

"서울 운제 왔내?"

"한 달포 됐습니다."

"고향엔 운제 돌아왔내?"

"9월 중순쯤에요."

"네 학병 간 데는 어디고?"

"일본 나고야에 있었습니더."

"그라몬 별 고생 안 했겠고나?"

"천만에요. 일본 병정 노릇이 그렇게 수월한 줄 아십니꺼? 게다가 공습 바람에 혼났습니다."

"그러나저러나 무사히 돌아왔응께 다행이다. 느그 아부지 되게 좋아하재? 느그 색시도."

"그런디 아저씬 운제부터 서울 있습니꺼? 서울 가셨단 소린 들었습니다만……."

"나는 해방된 그 다음다음 날 서울 안 왔나."

"지금 뭐 하고 계십니꺼?"

"큼직한 그물을 쳐놓고 기다리고 안 있나. 큰 고기가 안 걸리나 하고."

"구체적으로 말씀하이소."

"구체적으로 하라카몬 할 말이 없구만. 그저 무슨 좋은 수가 안 터지나 하고 쏘다니는 깅께."

"그러나 형편이 좋으신 모양이네요. 버젓한 일류신삽니다."

"신사가 다 뭣고……지금부터 신사가 될 꺼 아니가. 그런데 자넨 지금 어디 있노?"

"삼청동에 있습니다."

"거기서 뭣 하노?"

"학병동맹에 관계하고 있습니다."

종문은 학병동맹에 관해서 문창곡으로부터 들은 적이 있었다.

"학병동맹이몬 좌익 아니가?"

"모두들 그렇게 말하는 모양입니다만 우리는 조국의 진정한 민주독립을 위해 일할 따름입니다."

"그렇겠지. 그러나 좌익은 못쓰네. 오죽 잘 알고 하겠나만 되도록 위험한 짓은 말게."

"참다운 일을 위해선 위험쯤은 무릅써야지요."

"참다운 일이 하늘의 달처럼 뚜렷하게 비치는 건 아니께. 누구 말 들은께 정의엔 양쪽에 꼬리가 달려 있다쿠더라. 힘이 센 쪽으로 끌려간다는 뜻 아니가."

"아저씨 말에도 일리가 있습니다."

"일리가 있는기 아니라 꼭 그대로 아니가. 우익은 우익대로 즈그가 옳다고 우기고, 좌익은 좌익대로 즈그가 옳다고 우기고 있응께. 운제든 한번은 난리가 나고야 말 끼다. 그런 판에 뛰어든다는 건 위험한 일 아니가?"

"아저씨 서울 오시더니 굉장하게 유식해졌네요."

창호의 말엔 약긴 빈정대는 데가 있었으나, 종문은 친구의 아들이기 때문에 각별한 충고를 하는 터였다.

"보고 듣는 게 많으니까…… 말하자면 귀동냥 눈동냥으로 안 일이지만 아무래도 정세가 심상치 않은 건 사실 아닌가배."

"걱정 마이소. 사람은 신념에 살고 신념에 죽어야 하는 겁니더."

종문은 빙그레 웃었다.

"신념에 살면 그만이지, 죽는 얘기까지 들먹일 필요는 없는 거 아니가."

"신념에 살자면 신념에 죽을 각오도 해야 안 합니꺼."

"그런기 모두 청년의 객기라쿠는 기다. 각오가 돼 있으몬 그만이지 죽느니 뭐니 할 것까진 없단 말이다. 난 그 죽는다는 말이 제일 싫더라. 신외무물身外無物이라 안 쿠나. 모두들 살자꼬 바득바득 하고 있는 거 아니가."

이동식이란 청년은 잠자코 듣고만 있더니 뚜벅 한마디 했다.

"아저씨 말이 옳습니다."

그래서 그런 것이 아니라 종문은 왠지 그 청년에게 호감이 갔다.
"청년도 학병동맹에 가담하고 있소?"
"전 학병동맹관 아무런 관계가 없습니다. 그런데 길군으로부터 권유를 받고 있는 중이죠."
"지금 뭣 하고 있소?"
"학업을 계속하려고 대학에 들어갔습니다."
대학이란 종문과는 먼 세계였다.
"그런디 대학이라쿠는 딘 뭐하는 뎁니까?"
"학문을 하는 데죠. 그런데 요즈음 학문이고 뭐고 되질 않습니다."
"거기도 정치 바람이 불고 있는가요?"
"그렇습니다."
"도처에 춘풍이란 말이 있드니 도처에 정치풍이로구나."
"그런데 참."
하고 길창호가 말을 끼었다.
"아저씬 왜 집에 연락을 안 하십니꺼? 되게 걱정을 하고 있는데요."
"제기랄, 글 쓸 줄 알아야 편지를 쓰지. 아는 사람이 있어야 소식을 전하지. 자네 짬이 있거든 집에 쓰는 편지 가운데 내 소식을 끼어주게. 한몫 단단히 잡아갖고 돌아갈 낑께 걱정하지 말라고."
이런저런 얘기가 오가던 중 신탁통치 얘기가 나왔다. 이종문은 문창곡으로부터 들은 풍월을 씨부렸다.
"신탁통치는 명분으로도 안 되며 사실 문제로도 불가능한 거다."
길창호는 반발하기에 앞서 적이 놀랐다. 노름꾼 이종문의 입에서 그런 고상한 어휘가 튀어나올 줄은 꿈에도 몰랐던 것이다.
그러나 그런 말은 하지 않고 창호는 명분으로서도 떳떳하며 사실 문제로서도 가장 실현성이 있는 것이라고 설명했다.

"자넨 진짜 좌익이로구나."

이종문은 웃으며 말했다.

"신탁통치를 반대하는 건 무지한 대중의 소박한 감정을 선동해서 조국과 민족의 장래를 그르치게 하는 반동분자들의 책동입니더."

이렇게 말하고 있는 길창호를 이동식은 애매한 웃음을 띠며 지켜보고 있더니

"길군, 그만해두게."

하고 손을 저었다.

"청년도 신탁통치를 지지하요?"

종문이 동식에게 물었디.

"전 지지도 반대도 안 합니다."

"그건 무슨 소리요?"

"이군은 항상 이런 꼴이라서 탈입니더."

창호가 동식을 힐끔 보며 말했다.

"반대하지 않는 이유는 그 문제를 자파 세력의 확장에 이용하려고 드는 것 같은 노골적인 움직임 때문이고, 지지하지 않는 것은 아까 길군이 말한 국민의 소박한 감정에 거슬리기 때문입니다."

"그렇다고 해서 가만히 지켜보고만 있겠단 말이가?"

창호가 시비조로 나왔다.

"지지도 반대도 안 하는 입장이란 것도 있지."

동식의 답이었다.

"물결 치는 대로 바람 부는 대로?"

"서민의 입장은 결국 그런 거다. 대세에 따를 뿐이지."

"자네가 서민이가? 엘리트 축에 끼는 사람 아닌가. 그런 사람이 그런 태도를 취하는 건 못써."

"못쓴다는 건 자네의 의견이고⋯⋯. 사람은 각기 자기의 의견을 가질 수 있으니까. 나는 내 학문이나 하면 돼."

"이기주의자로군."

"나는 이기주의자다. 나는 나의 이기주의에 철저해볼 작정이다. 이 나라에서 이기주의가 얼마만큼 자랄 수 있는지를 실험해볼 참이다."

이종문은 동식의 말을 완전히 이해할 수 있었을 뿐 아니라 그러한 태도에 공감을 느끼기도 했다. 그래

"세상이 온통 정치 바람에 휩쓸려 야단인디 몇 사람쯤 정치에 물들지 않는 것도 좋지."

하는 제법 의젓한 말을 하기도 했다. 화제는 송진우 씨의 암살사건으로 옮아갔다.

"반동분자 내부의 알력이지 별게 있겠나?"

창호는 아무렇지도 않게 말했다.

"반동분자 내부의 알력이건 뭐건 해방된 지 반년도 못 되어 테러 선풍이 불기 시작했다는 건 유감스러운 일 아닌가."

동식의 말이다.

"반동에 테러는 딸키 마련이니까."

하는 창호,

"뭐 적색 테러란 건 없나?"

하고 응수하는 동식⋯⋯.

"그러나 우리 진영에선 김두한 패 같은 테러단을 키우진 않아."

하는 창호,

"학병동맹은 그럼 테러 이외에 무슨 일을 할 작정인가?"

하고 빈정대는 동식, 종문이 두 사람의 응수에 흥미를 느껴 물었다.

"두 사람은 항상 그런 토론을 하나?"

"길군이 자꾸 시비를 걸어오는 걸 어떻게 합니까?"

동식이 웃으며 말했다. 종문은 소공동 집의 주소를 가르쳐주며 한번 놀러오라고 했다.

"소공동에 집이 있어요?"

창호가 놀라며 물었다.

"집을 하나 맹글었네."

"샀어요?"

"샀지, 그럼 주운 쭐 아나?"

"아저씨 기술 대단하네요. 서울 장안에 집을 다 가지고."

"집이라도 그저 이 근처에 있는 집과는 다르다네."

하고 종문이 뽐냈다.

얘기는 다시 송진우 암살사건으로 돌아갔다. 한현우란 범인에 관한 얘기가 오갔다.

"하여간 불행한 나라야."

동식이 이렇게 말하자

"나라가 불행한 줄 아는 사람이 그런 태돈가?"

하고 창호가 쏘았다.

"생각해봐. 미국과 소련이 그들의 정략과 기분으로 한반도에 38선을 긋지 않았나. 이게 될 말이야? 그러나 우리는 이 38선을 무시하면 그만이거든. 자기들끼리는 군사적 경계로 하더라도 우리는 그런 데 아랑곳없이 동일한 생활권으로 치고 살면 되는 거야. 지금 지도자들이 할 일은 바로 그거란 말이야. 정당이나 단체의 본부를 38선 한가운데 갖다 놓고 버티며 국민의 일치된 행동을 호소해야 한단 말이다. 이대로 두면 38선이 굳어질 염려가 있다. 38선은 미국과 소련이 그들의 필요상 그은 선이지만 우리에겐 유해한 선이다, 이렇게 선언해놓고 매일 수만 명씩 동원해서 38선이 무의미하게 되도록 넘어가고 넘어오고 한단 말이다. 그렇게 1년쯤 해놓으면 아무리 미국과 소련이라도 할 수 없을 것 아닌가.

　동시에 모스크바와 워싱턴에 메시지를 매일 보내는 거야. 당신들 나라를 분할할 수 있는가, 당신들이 우리 처지가 되어보라, 하고. 매일 수만 명씩 넘나드는 데모 군중을 총을 쏘아 죽일 수야 없겠지. 자기 나라의 불구화를 피하기 위해 서두르는 민중의 소리를 막을 수야 없겠지. 그런데 우익이고 좌익이고 간에 지도자들은 뭣 하고 있지? 되려 38선으로 분할된 현상에 편승하여 자기들의 책략을 세우고 있지 않나. 탁치 문제에 반대하기에 앞서 38선 철폐운동을 전개해야 한단 말이다. 본말전도가 아닌가. 그런 지도자가 이끄는 정치운동을 신용할 수가 있어? 찬탁이건 반탁이건 거게 동조할 수 있어? 느그들 학병동맹은 또 뭘 하는 곳인가. 반동이니 친일파니 우익이니 해갖고 욕지거리를 일삼는 것보다 38선에 가서 드러누워 38선의 철폐를 주장해야 할 게 아닌가."

　동식의 말은 열을 띠고 있었다. 듣고 보니 이종문은 일일이 수긍할 수 있는 말이었다. 수송동에 가서 문창곡에게 동식의 말을 전해야겠다고 생각하고 더욱 주의해서 귀를 기울였다.

　"그렇지 않은가?"

　동식이 따졌다.

"자네는 불가능한 얘기를 하고 있어. 우리가 데모를 한다고 38선이 철폐되겠나?"

창호가 말했다.

"그게 틀렸다는 거다. 명색이 애국운동을 할려면 근본적인 그 문제의 해결을 서둘러야 할 것 아닌가. 지금 좌익들은 상당한 수를 동원할 수 있지 않나. 그 동원력에 성의와 정열만 있으면 되지, 안 될 게 어딨겠는가. 좌익들의 심보에 38선을 온존하는 게 유리할 거라는 타산이 있는 게 분명해……."

동식이 다시 열을 올렸다.

"인류는 스스로 해결할 수 있는 문제만을 문제로 해야 한다네."

창호가 말했다.

"그런 서툰 마르크스의 말을 꺼내지 말게……. 꼭 그대로라고 치고 자네는 이 나라에 공산정권을 세울 수 있을 것으로 아나?"

"누가 공산정권을 세우려고 하나? 민주국가를 건설하자는 거지."

"그렇게 되면 또 물싸움같이 되니 얘긴 그만하자. 단 내가 정치에 가담하지 않는다고 만날 때마다 비난하진 말게. 나야말로 스스로 해결할 수 있는 문제만을 문제로 삼기로 했네."

열띤 토론을 벌이고 있는 두 청년을 다방에 남겨놓고 이종문은 밖으로 나왔다. 음력으로만 치고 해가 바뀐 줄 모르고 있었던 이종문이 양근환 선생에게 세배를 하러 가는 길이었던 것이다.

양근환은 종문의 세배를 받곤

"이왕이면 한 달쯤 지내고 올 일이지 정월 7일에 세배가 다 뭣꼬?"

하고는 웃었다.

"음력 설에 다시 세배를 하겠습니다."

종문이 뒤통수를 긁었다.

"이 사람아, 세배는 1년에 한 번이면 되는 거네."

양근환은 퍽 기분이 좋았다. 반탁운동이 순조롭게 될 것 같다면서 흐뭇해하기도 했다.

그러나 송진우사건이 화제에 오르자 언짢은 표정을 지으면서

"괜한 짓을 했어. 뭐니뭐니 해도 민족진영의 일꾼이었는데."

하며 입맛을 다셨다. 그때만 해도 양근환은 자기가 한현우의 배후인물로서 당국으로부터 혐의를 받고 있다는 사실을 모르고 있었던 것이다.

"금년엔 꼭 돈을 좀 벌어야겠습니더."

하고 종문이 말하자, 양근환이

"봄에 토건회사를 하나 채려주지. 일도 장만해주구."

하는 흔연한 답을 했다.

"제게 맡겨만 주시몬 돈을 벌어 선생님을 돈방석에 앉혀드리겠습니더."

이종문이 넌지시 허풍을 쳤다. 양근환의 방에서 나와 문창곡에게로 가서 종문은 동식의 얘기를 전했다. 창곡은 좋은 말을 들었다면서 기회가 있으면 동식을 한번 데리고 오라고 했다.

학병동맹에 관해선

"결국 공산당의 앞잡이 노릇을 하자는 거겠지만, 무슨 짓들인지 알 수가 없다."

며 불쾌한 표정을 지었다.

창곡은 또 이런 말도 했다.

"신탁통치 문제가 나오는 바람에 민족진영은 대동단결의 기운을 맞았다. 한편 좌익은 찬탁을 들고 나온 만큼 앞으로 좌절할 것이다. 아닌

게 아니라 탁치 문제는 우익의 구심점이 되었다. 우익인사가 애국하는 척 할 수 있는 기회를 주기도 했다. 그러나 좌익이 내건 찬탁은 대중의 기분에 점화되지 못하고 구구한 변명으로 설득시켜야 할 것이니 그로 인해 좌익운동은 좌절한단 말이야."

그날 밤 늦게까지 수송동에서 놀다가 얼큰한 취기와 더불어 종문은 소공동 집으로 돌아왔다.

그 이튿날 아침, 똘마니가 종문을 깨웠다.

"아저씨요. 밖에 누가 왔어유."

"누군데?"

"몰라유. 여자던데유."

"여지? 젊은 여자디냐?"

"그래유."

종문이 황급히 일어나 옷을 집어 입고 현관 쪽으로 나갔다. 현관문을 열어젖히고 보니 휘날리기 시작한 눈을 이고 검은 옷차림의 진희가 거리를 향해 서 있었다. 손에는 보퉁이가 쥐어져 있었다.

"새댁이."

하고 부르는 소리가 떨렸다. 돌아본 진희의 눈엔 종문의 마음 탓인지 이슬이 맺혀 있었다. 그러나 진희의 표정은 한없이 부드러웠다.

"눈이 오는데……. 빨리 들어오시오."

하고 종문은 보퉁이에 손을 댔다. 진희는 사양 않고 보퉁이를 종문에게 맡겼다.

종문은 그 동작을 진희가 스스로의 운명을 종문에게 맡기는 의사표시로 받아들였다.

"호래비 집이 돼서 이렇게 두서가 없소."

하며 깔아놓은 이불을 발길질로 거둬버리고 진희가 앉을 자리를 만들면서 종문은 소리 높여 말했다.
"똘만아, 화로에 불을 넣으래이."
화로에 불이 지펴지기 앞서 종문의 가슴엔 이미 불이 붙어 있었다.
"잘 왔습니더, 참말로 잘 왔습니더."
이렇게 되풀이하며 종문은 어쩔 줄을 몰랐다.

산하 1

지은이 이병주
펴낸이 김언호

펴낸곳 (주)도서출판 한길사

등록 1976년 12월 24일 제74호
주소 10881 경기도 파주시 광인사길 37
홈페이지 www.hangilsa.co.kr
전자우편 hangilsa@hangilsa.co.kr
전화 031-955-2000~3 팩스 031-955-2005

부사장 박관순 **총괄이사** 김서영 **관리이사** 곽명호
영업이사 이경호 **경영이사** 김관영 **편집주간** 백은숙
편집 박희진 노유연 이한민 박홍민 김영길
관리 이주환 문주상 이희문 원선아 이진아 **마케팅** 정아린
디자인 창포 031-955-2097
인쇄 예림 **제책** 예림바인딩

제1판 제1쇄 2006년 4월 20일
제1판 제3쇄 2023년 9월 12일

값 14,500원
ISBN 978-89-356-5931-9 04810
ISBN 978-89-356-5921-0 (세트)

• 잘못 만들어진 책은 구입하신 서점에서 바꿔드립니다.